王梽夫 著

六骏风烟

陕西新华出版传媒集团
太白文艺出版社

图书在版编目（CIP）数据

六骏风烟 / 王楸夫著. -- 西安：太白文艺出版社，2019.1（2023.1重印）
ISBN 978-7-5513-1573-9

Ⅰ. ①六… Ⅱ. ①王… Ⅲ. ①长篇小说－中国－当代 Ⅳ. ①I247.5

中国版本图书馆CIP数据核字(2018)第294528号

六骏风烟
LIU JUN FENGYAN

作　　者	王楸夫
责任编辑	张婧晗　刘　琪
封面设计	刘挺军
版式设计	诗风文化
出版发行	陕西新华出版传媒集团 太白文艺出版社
经　　销	新华书店
印　　刷	三河市嵩川印刷有限公司
开　　本	787mm×1092mm　1/16
字　　数	260千字
印　　张	15
版　　次	2019年1月第1版
印　　次	2023年1月第2次印刷
书　　号	ISBN 978-7-5513-1573-9
定　　价	48.00元

版权所有　翻印必究
如有印装质量问题，可寄出版社印制部调换
联系电话：029-81206800
出版社地址：西安市曲江新区登高路1388号（邮编：710061）
营销中心电话：029-87277748　029-87217872

九嵕山
巍峨天地间
擎天一柱无比肩
孤傲峻拔独胜寒

苍松重重高
山色多氤氲
沟深草重多流泉
疑是东海藏幽邃①

古冢何累累
风流冠古今
千秋魂魄相依伴
多少贤良哭昭陵②

古往事
烟云依稀梦
石马嘶风犹在耳
神鹰依旧绕山岗③

祭坛荒楚楚
廊庑书里寻
古石苍苔今夕在④
野草也有怀土心

岁月多堪叹
破碎万古心
担酒万斗上祭坛
空空荒陂祭君愁

①当地传说,九嵕山下有一海眼,与东海相通。
②求进不得的志士贤才,企慕贞观之风,或望昭陵咏诗言志,或前去昭陵哭祭倾诉。
③在九嵕山主峰绝壁的石洞里,栖息着一对苍鹰,常在九嵕山上盘旋翱翔,当地群众说它们是护陵的神鹰。
④古石苍苔指石马。

1

　　渭北高原这片古老安静的土地上,有一座山叫九嵕山。这座山里边,躺着一个人叫李世民。这座山南边顶端绝壁的石洞里,栖息着一对鹰,当地人叫它们神鹰。这座山北麓的祭坛上,耸立着用石头雕刻的六尊石马,叫昭陵六骏,当地人又叫它们神马。

　　一千二百多年以来,这山、这人、这鹰、这石马,任凭风吹雨打,任凭朝代变迁,一直相依相伴、相互守望,安然无恙。

　　但其后情况却发生了变化。山还是那座山,人还是那个人,鹰还是那一对鹰的后代,而石马却遭受了厄运。

　　在一个月色朦胧的夜晚,荒草萋萋、寂静空旷的九嵕山上,突然传来了神鹰凄厉的叫声。那叫声尖厉聒耳,充满了焦躁不安和愤怒。它像一把利剑刺破夜空,惊动天地,回响在千沟万壑之间,同时也惊醒了周围睡梦中的乡民……

　　这是一个不能不说的故事。

　　这是一个叫人痛心疾首、扼腕跺脚的故事。

　　为什么说昭陵六骏是前无古人?

　　为什么说昭陵六骏是千古绝唱?

　　为什么它们在昭陵的祭坛上放了那么久都安然无事,却突然遭外人觊觎?

　　为什么它们的存在对于老百姓来说是那样重要?

为什么时至今日,老百姓每一年还要在荒草萋萋的山坡上举办庙会,对其烧香祭拜,最后泪洒衣襟?

在昭陵六骏身上,到底寄托了中国人怎样的情感?

事情是怎样发生的?

为什么发生了那样的事情?

在那些事情的背后我们又能看见什么?

难以想象,"飒露紫"和"拳毛䯄",历经磨难,被贩卖到异国他乡,两颗"破碎"的心思念祖国,眷恋故土,朝思暮想盼望团圆,该是怎样的日夜煎熬?相思的泪又是怎样的滴答滴答……

2

话却要从头说起。

唐贞观八年(634)的秋天,太宗带着文德皇后去九成宫游幸,不料皇后身染疾病,之后经过太医的多方诊治,仍不见好转,太宗心里着急起来,从早到晚龙颜不展。

文德皇后自幼就受到了良好的教育,加上她天资聪颖,好读书,循礼教,没有成年就已经成为闻名长安城的才女。她嫁给太宗皇帝以后,不仅是太宗生活上的好伴侣,更是其事业上的好帮手。她孝仁节俭、胸襟宽阔、直言规谏、心怀江山社稷、德孚朝野,因而深受太宗的怜爱敬重。面对皇后的病情,太宗日夜煎熬,无奈之下,准备大赦天下,以求上天的福助。

但事情还没有做,话却传到了皇后的耳边。她立即让宫女传话给太宗,说有要紧的事情告知皇上。太宗不知何故,赶紧随宫女来到了立政殿。

太宗看着病中的皇后,殷殷地弯下身问:"皇后有什么要紧的事情告诉朕?"

皇后嘴角泛起一丝微笑,卑谨深切地看着太宗说:"皇上为天下社稷日夜操劳,妾实在不该让皇上分心。"

太宗坐在床边,看着身体虚弱的皇后,红了眼圈。太宗说:"皇后安心养病,身外的事就不要再去想了。"

皇后深情地看着太宗，握住他的手问道："妾听闻皇上因妾的病要大赦天下，可有此事？"

太宗动情地说："皇后跟随朕多年，依依相随，日夜操劳，朕不能没有皇后呀！"

皇后打起精神，肃然看着太宗说："妾能理解皇上的心情，可大赦是国家的大事呀！皇上怎么能因为我一个女人去乱了国家的大法？"

太宗听了忍不住落泪。

皇后满眼热泪，继续情真意切地说："皇上知晓妾的禀性，假如皇上执意这样做，不仅会坏了国家的纲纪大法，还会让天下的庶民百姓耻笑，更会让妾寝食不安、羞愧难当呀！"

太宗长叹一声泣语道："皇后的心里总是装着天下社稷呀！"

泪水像小溪一样顺着皇后的眼角流下。她断断续续地说："妾德薄能鲜，有幸跟随了皇上，不能为皇上分担社稷大事，只能尽一个妇人的本分。从今日起，皇上就不要再为妾分心，更不能因为妾的病影响了朝政。若有谁再问起妾的病情，皇上只管说妾的病一天天见好。"

太宗忍不住又一次泪流满面，握住皇后的手泣语道："皇后的品德，南比太白，北越九崚，为天下之楷模！"

又见冬去春来，春草萋萋。朝野上下都知道皇后的病在一天天好转，只有太宗心里明白，这只是皇后的一个美好的谎言，他不能不多考虑一步了。

一天早朝，太宗威仪的神情中流露出许多的无奈与忧伤，他自言自语道："春天来了，宫苑里的花要开了，他该出发了。"

一边的侍臣问："皇上说谁？"

太宗轻声叹息道："把天罡和淳风叫来吧。"

袁天罡和李淳风是当时最通晓天文、历法、数学、阴阳学说的大家。上晓天文，下知地理，在"形势""理气""藏风""得水"等阴阳风水方面无人能及。两人来到朝上，太宗若有所思地望着宫廷外边说："年年岁岁，冬去春来，花开花落。"

李淳风愣了一下连忙说："四季更替，草木枯荣，这是天地之常态，是万物之本源，皇上为何要这样说？"

太宗迟疑片刻，忧心忡忡地说："天地之道不可违呀，草木如此，人也如此。"

李淳风赶紧说："皇上万岁万万岁！"

太宗深长地叹息一声说:"日出日落,花开花落,朕虽为皇上,也不例外,哪有万万岁,一千岁都没有呀!"

袁天罡猛地一愣说:"臣明白了。"

李淳风说:"臣也知晓了。"

3

袁天罡和李淳风接了圣上的旨意,带着随从骑马出城,踏上了各自的路途。

李淳风出了长安南城门,向秦岭奔去。他站在滴河边,望着连绵起伏的群山苦思冥想,然后沿秦岭北麓打马一路西行。袁天罡则出了长安北城门,来到渭河岸上,遥望天际间水墨画似的山脉,思忖许久,嘴角露出了一丝微笑。

李淳风一路向西探寻,眼见已到夏天,虽然找到了几处不错的地方,但从阴阳风水学上讲,终有欠缺。他的情绪十分低落,因为在他看来,这件事不仅关系到皇上本人,还关系到江山社稷,关系到庶民百姓。他身心疲惫,骑马来到散关的河岸上,望着哗哗流淌的河水,想休息一下。

李淳风躺在河边萋萋的草地上,昏昏然进入梦境。一觉醒来,好像有了一种灵感,好像想起了什么。他掉转马头,沿着关中平原北一路向东,来到了醴泉地域。他见不远处连绵的群山中,有一座山擎天一柱,山势雄奇。他心中一惊,似豁然开朗,但心里仍不踏实,便向过路的乡民打问。乡民言,此山叫九嵕山,山上树木遮天蔽日,山间长年清泉淙淙,山前山后盛产御杏、石榴和柿子,每一年都要送往长安城给太宗皇上。

李淳风听后自言自语道:"老夫愚钝呀。"随后看了看天色,告别乡民,打马过了醴泉县城北的泥河沟,向东北走十余里涉水过了甘河(泥河是甘河的一条支流)。站在甘河原上,他向北望去。只见群山低下,唯有九嵕山一枝独秀。接着他招呼随从打马沿甘河北岸的官道一路向东,不久便来到了山的东边,再回望九嵕山,形如笔架,有千秋气象。此时,太阳正在落山,霞光万道,他只好打马原路返回,在醴泉县城客栈歇了一夜。

第二天天色微亮，他再次出发，过了甘河沿着官道一路向北，走过几十里，站在西边望去，九嵕山形如覆斗包容万象。他兴奋不已，快马加鞭来到了山的北麓，仰头望去，只见九嵕山高耸入云，气势磅礴，巍巍然形如卧虎。

　　李淳风情不自禁大喊几声，即刻招呼随从要登临山顶再去观望。但上山却没有路，满眼都是密林深草，并且荆棘丛生。他思忖良久，顺着一条山间小路来到山脚下的一个村落，找到了一个老乡。随后在老乡的带领下，披荆斩棘，抓着荒草荆棘才攀爬到山顶。站在山顶上，他立即有了一种战战兢兢、云天之外的感觉，他被眼前的景象震撼了。抬眼望去，只见万山伏小，独九嵕山孤拔峻傲、高耸万仞。山根之下，沟壑纵横，绵延起伏，东南西北有九道山梁缠绵相聚，稳稳地托起九嵕山主峰。稍远处，茫茫的关中大平原上田连阡陌，炊烟树影，遍地生辉。更远处，秦岭主峰太白山与之遥相呼应。而山前与山后，不仅有甘河缠绵，更有泾河滔滔、渭水泱泱。

　　他心中大喜，观察良久，找准穴位，掏出一枚铜钱埋进土里。

　　李淳风为此十分高兴，再催马来到醴泉县城。夜幕已经降临，他在城里又过了一宿。第二天清晨，他便急急忙忙打马一路东去。可到了咸阳县，却遇渭河涨水，码头歇船，只好在渭河渡口的客栈里又歇了一晚。第三天洪水退去，他赶着第一趟船过了渭河，扬鞭催马赶往长安。临近长安城，见城墙上旌旗飘摇，在路边的一家酒坊里，袁天罡坐在桌边独自酌杯。李淳风下马拱手道："师傅好逍遥自在呀！"

　　袁天罡轻声一笑说："算你今日回来，已等你多时。来来来，先喝上几杯。"

　　两人相对而坐，李淳风说："师傅好像话中有话？"

　　袁天罡轻声一笑，举起酒杯说："一路辛苦了！"

　　李淳风说："再不进城皇上怕要退朝了。"

　　袁天罡笑道："喝过这杯，我们就一起进城。"

　　唐太宗听了二人寻访的结果，决定亲自去看看。太宗问先去哪里，二人相互谦让。第二天，车马辚辚，群臣一路随行，从长安城北的草滩古镇上的渭河渡口过了河，一路西行。

　　过了咸阳地界，到了店张驿，九嵕山就近在眼前。太宗望着巍峨的九嵕山，许久以来忧虑的眉头终于有了几分舒展。他知道此山叫九嵕山，知道每年送往长安的御杏、石榴还有柿子多半产于此地。他当年带兵打仗与后来去皇家牧鹿场和北山一带狩猎也多次从九嵕山旁经过。当时，见山上苍松翠柏，紫气氤氲。山的南边沃野千里，山的东西两侧群山连绵，独有九嵕山孤耸回绝。再加上山后有泾水缠绕，山前有甘河与渭水滋润，他就对此山情有独钟。

站在甘河原上，太宗望着即将落山的太阳说："天色不早了，众爱卿先随朕去牧鹿场，明天再去登山吧。"

第二天，太宗带着众臣从西边的官道来到九嵕山的北麓。他望着气势磅礴、直耸云霄的九嵕山连声赞叹。李淳风指着高高的九嵕山说："皇上，你看那山头像不像一只卧虎？"

太宗连连点头。袁天罡只是笑而不语。

李淳风又说："山有走势，地有起伏，位要得水、藏风、生气。我已在山顶选准穴位，埋了一枚铜钱。"

众臣惊愕不已，太宗也有几分好奇，随之招呼众臣登临山顶。由于山高路险、林木茂密，他们又请来当地乡民在前边披荆斩棘。太宗和众臣小心翼翼紧随其后，抓着荒草荆枝向山上攀爬。到了山顶，只见劲风呼啸，乱云奔涌，仿佛来到了天外之仙境。众人正在惊悸之间，忽然又见云走天净，擎天一柱。看万山卑微，沟壑纵横，南瞰茫茫秦川，北望漠漠沙塞。众臣连连惊叹："危乎高哉，危乎累卵，山高地又远，日月如弹丸，真乃神灵之地也。是因为皇上登临，才有眼前如此之变幻。皇上不愧为真龙天子！"

李淳风让随从在指定的地方小心翼翼翻开土层，果然发现了一枚铜钱。

袁天罡笑道："再向下挖三寸。"

随从听言，小心翼翼拨去铜钱，向下挖过三寸，见下边插着一枚银针。

众臣面面相觑，李淳风惊奇地看着袁天罡。袁天罡哈哈一笑说："你难道忘了圣上说过的话，九嵕山孤耸回绝，树木荫翳，因山旁凿，可置山陵处？"

李淳风在自己脑门上拍了一把，羞愧地说："臣下愚拙，咋就忘了圣上的话？还是师傅智慧！"

太宗望着起伏连绵的群山和山下烟雾缭绕的大地说："爱卿没有辜负朕的心愿，这九梁拱举的九嵕山，真是虎踞渭北，气掩关中，实乃荫翳江山滋润千秋万代龙脉的福地呀！"

4

雨唰唰地下着。

文德皇后从昏迷中清醒过来。她听着窗外的雨声,轻声问:"是在下雨吗?"

太宗附耳低语道:"是,是在下雨。"

皇后嘴角露出不易觉察的笑意,自言自语道:"下雨了,下雨了!"

接着,她缓缓地将手伸向太宗,眼角流着泪说:"妾不能再犹豫了,再犹豫怕就没有机会说与皇上听了。"

太宗忍受着生离死别之苦,深切地看着气息衰微的皇后说:"皇后有什么话只管说,朕一定记在心里。"

皇后看着太宗缓缓地说:"妾自从与皇上结发以来,备受皇上宠幸……唯怀感恩之心,岂能对皇上再有什么要求……妾心里最放心不下的有三件事……一件事就是入夏以来,天持续干旱,遍地生烟……数日以来,妾躺在床上默默地祈祷,今日终于听见了雨声。"

太宗握着皇后的手含泪道:"皇后真是心地仁慈,德馨天下呀!"

皇后望了一眼窗外说:"把窗帘拉开吧!"

宫女拉开窗帘,皇后侧过头望着窗外的雨喃喃自语:"唰唰的雨声听起来是多么美妙动听呀!把窗子打开吧。"

窗子被宫女打开,一阵风跟着吹了进来,唰唰的雨声立即变得清晰起来,甚至可以听出雨落在地上和落在树叶上的不同。皇后痴迷地听着,之后回过头看着太宗说:"皇上可否记得,就是在这样一个美好的雨天,妾穿着朝服向皇上贺喜的事?"

太宗动情地说:"朕怎能不记得?魏徵在朝廷上大声顶撞朕,朕回到后宫以后气愤难消,说一定要把这个乡巴佬杀掉。皇后听了朕的话,一句话也没有说,回到内室换了一身朝服出来。朕惊讶地问皇后为何要换朝服,皇后欣喜地说,皇上圣明,大臣才敢直谏。今魏徵竟敢当着大臣的面顶撞皇上,说明皇上是圣明的,怎能不祝贺呢?"

皇后嘴角露出一丝微笑,轻声说:"记得就好。"

太宗一边感叹一边说:"朕不仅记得这一件事,还记得另一件事。那也是在一个雨天,你哥哥跪在雨地里哀求朕,要求降他的官职。"

皇后眼角有一滴泪珠落下,但她微笑着看着太宗。

皇后的哥哥就是长孙无忌,和太宗皇帝不仅是布衣之交,还在太宗皇帝夺取天下的过程中,出谋划策,出过大力。太宗当了皇上以后,就想给长孙无忌很高的官位。文德皇后知道后,私底下又穿起朝服对太宗进谏说:"妾身为皇后,皇上若再让妾的哥哥当高官,众臣肯定会对皇上有看法,这样做容易引起朝纲的混乱。希望皇上能吸取历史的经验教训,切不可这样做。"但太宗并没有采纳皇后的意见,还是给了长孙无忌很高的官职。从那以后,皇后就从早到晚心事重重,愁容满面。直到有一天,长孙无忌跪在雨地里苦苦哀求,太宗不得已才降了长孙无忌的官职。从那以后,皇后的脸上才重新有了笑容。

太宗一边为皇后拂拭着眼角的泪水一边问:"皇后又说起过去的事,莫非还有别的话要对朕说?"

皇后轻声叹息道:"房丞相久事陛下,一生处事小心缜密,对皇上鞠躬尽瘁,心里唯装着江山社稷,要是他没有犯大的错误,希望皇上不要抛弃他。"

房丞相就是房玄龄,他为唐太宗夺取天下,为开创贞观之治做出了重大贡献。但此前却因为一件事办得不合太宗的心意,说话时又不是很得体,被太宗撤了官职,回府反省。

太宗红了眼圈,动情地说:"皇后总是为社稷和百姓着想,唯独忘了自己呀!"

皇后转过头望着窗外,突然泣不成声地说:"妾命浅呀,不能够陪皇上到百年……妾活着的时候,没有对国家尽尺寸之功,但愿离世以后,皇上万万不可浪费国家的财力物力,一定要把妾俭薄送终。"

太宗握着皇后的手泣语道:"皇后的品行,美如珠玉,为天下之表率。"

皇后回过头打起精神,深情地看着太宗缓慢地说:"皇上过誉了。妾托身帝宫,已经尊贵至极,再加上皇上的宠信,备受众人瞩望,一言一行本应战战兢兢、以身作则才是,唯恐遭天下人的耻笑!"

说着话,皇后又泣不能语,她让自己稍许平静后接着说:"妾离开皇上之后,皇上就把妾依山而葬,就在九嵕山旁凿石为墓就好……不要起坟,不要用棺椁,不要陪葬器物,不要金银,全用瓦土……皇上切莫违背妾的心愿,葬人就是藏人,叫活着的人看不见就是了……"

太宗听着泣不可抑。

皇后继续声息微弱地说:"皇上不是妾一个人的皇上,皇上是天下庶民的皇上……愿皇上能继续亲君子,远小人,纳忠谏,斥奸谗,省作役,至游畋……妾虽在九泉之下,心里也会替皇上高兴的……"

暮色降临,雨下得更起劲了。文德皇后听着唰唰的雨声安然离世。

5

文德皇后去世以后,朝野上下无不悲痛。太宗根据皇后的遗嘱,只在九嵕山旁为她依山建造了坟墓。凿石的工人,只有百十余人,数十日便完工。

安葬了文德皇后,太宗便陷入对皇后深切的哀思和怀念中,从前不经意的生活细节都变得格外清晰起来,特别是皇后的一举一动、一颦一笑,都变得那样生动美好,那样难以忘怀。每日早晚,太宗总是要站到禁苑中一个小土丘上,面对着九嵕山的方向,久久地极目远眺。甚至在上朝的时候,也不能一心一意,总是不断地想起皇后出嫁时的窈窕模样,新婚宴尔时的娇嗔逗玩,以及生活中方方面面的贤能与美德,想着想着就忍不住泪洒衣襟。到了晚上,他的思念之心更是深切绵绵,更是神思恍惚。他不断地做梦,梦里又回到与皇后生活在一起的日子。

一天,他突然有了一个想法,想在禁苑中的那个土丘上修建一座高高的望楼,这样一来,早晚的时候,他站在高高的望楼上,就能更清晰地瞭望九嵕山。他为有这样一个想法稍感心安,当天上朝后,就下诏建造,却遭到了魏徵等几个大臣的反对。太宗生气地说:"你反对朕建造土楼,莫非认为这也是劳民伤财吗?"

魏徵说:"一丝一缕也是民脂民膏。"

太宗生气地指着魏徵大声说:"你真是一个不通人情世态的呆子。"

有大臣见状,立即打圆场说:"陛下息怒,臣下想事偏执。大唐万里江山,建造一个小小的土楼,谈不上劳民伤财,再说,这也符合人之常情呀!"

隔天,望楼就开始建造,三月有余便完工。

从此，早晚时分，太宗或独上望楼，或带着近臣一起登临，眺望九嵕山。

有一天日落时分，太宗独上望楼。夕阳西下，晚霞满天，他向着西北方向深情地瞭望。在霞光中，他眼前出现了皇家牧鹿场狩猎时的一幕。那也是夕阳西下，他带着众臣在九嵕山旁的牧鹿场狩猎，与众臣骑马搭箭围追一头梅花鹿。那头鹿倒是有趣，在前边忽紧忽慢忽左忽右地奔跑，好像在故意逗弄大家，惹得追随的众臣一片惊嘘。眼看就要追上，梅花鹿却突然转身向皇后跑去，太宗和众臣也随之掉转马头紧追不舍。眼看这头鹿在劫难逃，皇后突然跑过来伸手挡住众人的去路。太宗勒马问其原因，皇后说："不要射杀，它是一头母鹿，小鹿就在附近呢！"太宗和众臣听后，唏嘘良久。

往事还历历在目，现实却已物是人非！

太宗遥望着九嵕山，悲不自胜。是呀，去年还可以早晚相见，现在却遥不可及！在生前，无论是怎样亲密无间，是怎样夫妻恩爱，都有分离的那一天，都有永远寂寞地躺在那样一个无边无际的黑暗里的那一天！

现在，皇后一个人躺在荒山上深邃的黑暗中，一定很寂寞，一定很孤独！

太宗眼含泪水，遥望着薄暮下九嵕山的方向，对着亡灵，也好像对着自己一边叹息一边喃喃自语："有白天就有黑夜，有花开就有花落，这都是自然之道，都是没有办法的事情！没有谁能够永远地活在这个世界上！每一天，都有人来到这个世界，也有人与这个世界诀别，说不准是哪一天，朕也要与皇后一样，寂寞地躺在那山陵之上！"

夜阑人静的时候，太宗无可奈何地下了望楼，回到寝宫和衣而睡，蒙眬中却来到九嵕山，只见月朗风清，青山绿树，云烟氤氲。他沿着山间小路向前行进，路边的荆棘不时地曳扯着他的衣冠，不久，他就迷失了方向。他正在山林间踯躅迷惘的时候，听林木中有瑟瑟之声。他环顾四周，突然见皇后从摇曳的林木中款步而来。

他惊呼一声，急忙上前，却见皇后退却一步道："妾知道皇上对妾的思念之情，妾也很思念皇上，许多次都想去皇上的梦里，只怕惊扰了皇上。"

太宗道："朕想皇后一个人在这偏僻之野，一定很孤独很寂寞的。"

皇后低语道："妾自从来到这九嵕山，就有双鹰在山顶的石崖上安了家，来陪伴妾，你往那里看！"

太宗顺着皇后手指的方向看，果然在寂静的山林之上，在月光照耀的林木间，有双鹰飞动的身影。

之后，皇后泣声道："今晚，妾之所以来到皇上的梦中，是想对皇上说，人死不能复生,这也是天命,皇上万万不可以因为思念妾耽误了社稷大事,应该听从魏徵等大臣的谏言,把望楼拆掉。"

太宗悲切地说:"朕是因为思念皇后,才下诏建了望楼,用以瞭望九嵕山。"

皇后说:"皇上自己没有察觉,自从修建了望楼,皇上就把许多美好的时光都在望楼上虚度了。如果皇上再这样继续下去,那妾不就变成了天下第一罪人?不就变成了天下第一恶妇?那妾还有什么脸再见皇上?妾宁愿不要皇上这样的思念。"

太宗说:"朕思念皇后,并没有疏忽朝政呀!"

皇后说:"皇上已经疏忽了,皇上难道没有看见大臣愁容满面的样子?妾希望皇上把妾忘掉,立即把望楼拆掉,不然,妾在九泉之下也会感到羞愧,也会寝食难安……皇上难道忘了妾对皇上说过的话?皇上不是妾一个人的皇上,皇上是天下庶民的皇上,皇上应该一心一意为天下苍生谋幸福,应该把国家治理好,成为千秋万世的楷模,这样的话,皇上要营建的九嵕山才可以成为昭示天下的象征,后世才能永远记住皇上的不朽伟业。"

太宗正要说话,皇后又说:"希望皇上记住妾说的话,天就要亮了,妾不能再陪皇上了。"说完话便消失在密幽的林木之中。

随之,山陵下边的村子里传来了鸡叫声。

太宗惊醒以后,望着窗外逐渐泛白的曙色,心潮起伏。

早朝以后,太宗立即下诏拆除望楼。

随后,太宗以祭扫皇后之名,去了一趟九嵕山,果然见山顶之上有鹰在缓缓地盘旋。他唏嘘良久,回来以后,遂确定九嵕山为昭陵,并正式开始营建。

6

太宗以为,仅仅营建一个昭陵是远远不够的,还应该做一些别的事情,正如皇后在梦中给自己说的那样,不仅要把国家治理好,成为千秋万世之楷模,还要把九嵕山营建为昭示天下的象征。

但是,怎样做才能达到这样的效果?

太宗为此事日夜纠结起来。

眼见又是春去秋来,太宗还没有想出一个好办法。有一天,他在禁苑漫步,望着薄雾里遥远的天空,忧思徘徊,直到夜色降临。晚风飒飒,月色迷离,竹枝摇曳,幽静的夜色下虫鸣声此起彼伏,太宗仍慢慢地走着想着。过了许久,他感到有些倦意,便坐在树影下的长椅上小憩,蒙蒙眬眬中,想起之前梦中的事情。他自言自语道:"皇后为什么会来到朕梦中?她怎么知道修建了望楼?又怎么知道魏徵等大臣反对?她在梦中对朕说的那些话,为什么与活着的时候说的话一模一样?特别是,她也说要把九嵕山营建成为昭示天下的象征,这话说得为什么与朕的想法完全一致……"

他突然似有所悟,阳世与阴间虽然是两个世界,但这两个世界是相通的,物事道理都是一样的,人在阳世上怎样生活,在阴世里同样怎样生活。

如果百年以后,自己与皇后居住在高高的九嵕山之上,那些皇亲国戚与文武大臣跟随着自己居住在山脚下,这样以来,那山陵上下就不会再有寂寞了。

这样的话,那高高矗立的昭陵,那高低起伏连绵不断的陪葬墓群,就一起构建成一个苍茫的陵园,就会像不朽的丰碑一样,千秋万世向后世讲述自己辉煌的文德武功,向后世昭示泱泱大唐的盛世雄风!

他突然起身,望着朦胧的夜色自语:"对,就以九嵕山为主陵,修建一个宏大且独一无二的陵园!"

他为自己有这样的想法感到十分欣慰。

第二天早朝,他立即与众臣商议此事。他对众臣说,君臣之间,义深舟楫,功臣们为了大唐的江山,或定谋帷幄,或身摧行阵,薨后应当继续和帝王在一起,居止相望,一如生前,继续呈现大唐盛世之辉煌景象。

众臣听后满心欢喜。随之,唐太宗就下诏拟制《九嵕山卜陵诏》,也就是陪葬制度。诏书中说:"自今以后,功臣密戚及德业佐时者,如有薨亡,宜赐茔地一所,及以秘器,使窀穸之时,丧事无阙。所司依此营备,称朕意焉。"

从此,昭陵的陪葬制度得以确定。

虽然这样,太宗还是感觉有什么不满意的地方,有什么地方还做得不够,他却说不明白。

他再一次为此事纠结。

许多天过去了,他还是没有想到。

有一天，他正处理着朝政，突然想起过去南征北战"铁骑取天下"的日子，豁然开朗。退朝以后，他来到宫廷外，望着落日下辽远的天空，下令要侍臣们陪他去登城墙。

他站在高高的城墙上，望着远方正在落山的太阳，望着城墙外广袤的关中大地，望着目不能及的远方，心里就激动起来，眼里就湿润起来。昔日披坚执锐率领千军万马冲锋陷阵的情景又历历在目：

他想起二十一岁时跟随父亲在晋阳起兵南征北战的日日夜夜……

他想起像滚滚的黑云一般压向敌阵的"皂衣玄甲军"——这支精骑是他从自己统领的骑兵中选拔出来的，从马匹到骑士皆皂衣玄甲……

他想起冲锋陷阵的"白蹄乌""特勒骠""飒露紫""青骓""什伐赤"和"拳毛䯄"……

7

"白蹄乌"是他与西北的薛举、薛仁杲父子作战时骑过的一匹战马。

薛举、薛仁杲父子也是有着大想法大抱负的人，也是想做英雄豪杰、想当皇帝坐拥天下的人。他们盘踞在金城郡，也就是今天的甘肃兰州。他们虽然身居一隅，当看到天下风云变幻的大势时，也于617年决然举旗反隋，自称秦帝。不久就占据了陇山以西的广大地方，随后他们加紧屯粮练兵，准备麾军东进，夺取关中，志在长安。

此时，李家父子已经渡过黄河攻占了长安。薛举、薛仁杲父子经过深思熟虑，想趁李家父子立足未稳的时候，扬鞭催马起兵东进。很快，他们就兵临关中西府。

面对大军压境、长安城危于累卵的局势，长安城里一片惊慌。二十一岁的李世民，头戴兜鍪，身披战甲，战前请缨。李渊设宴壮行，李世民喝过壮行酒，亲率"马佩黑色面帘、鸡颈，身披黑色铠甲。人戴黑色兜鍪，身披黑色铁甲"的"玄甲军"，顶风冒雪为开路先锋，在扶风一线和薛军展开激战，大败薛军，并一路追到陇山脚下。

到了第二年七月，薛家父子又重整旗鼓从关中西北突入，与李世民率领的唐军在高墌城（今陕西省咸阳市长武县西北）再次激战。这一次，李世民患病在床，将士们未能很好地贯彻李世民"不要轻易出战，宜深沟高垒"的战术，结果唐军大败，京师骚动。可就在薛家父子准备乘胜进击长安时，薛举却在军中染病身亡。薛仁杲不得不率军后撤。

李渊、李世民父子抓住了这次战机。

李世民骑着毛色纯黑四蹄皆白的"白蹄乌"再次挂帅西征，在长武以北安营扎寨，坚守不出。上一次是唐军在城里，薛军在城外，这一次却是薛军在城里，唐军在城外。薛仁杲由于远离老巢，粮草补给困难便急于求战，派十万精锐出城，来到唐军大营前挑战，李世民却按兵不动。

时值隆冬，朔风凛凛，天寒地冻，食宿困难。李世民继续命大军闭垒坚守，只派小股人马不断地出击滋扰，在高墌城外挖沟断路断水。一种恐慌不安的气氛迅速在薛营里蔓延，高墌城内不断地有将士或出城投唐，或逃之夭夭。

两个多月过去，薛军粮尽，军心动摇，薛仁杲急得像热锅上的蚂蚁。李世民见战机已到，便在深更半夜悄悄地调兵遣将。

他命令行军总管移军驻守在浅水原上（今陕西省咸阳市长武县北），利用薛军求生决战的心理，几番诱敌出城，待敌出城后，却只是坚守。几天过去，薛军疲乏不堪。随之，李世民又命另一位大将率军在浅水原南边与薛军展开激战，一时间，杀声震天，烟尘弥漫，遮天蔽日。就在两军交战正酣之时，李世民趁敌不备，骑着"白蹄乌"，率领"玄甲军"，从浅水原北面出其不意，像滚滚的黑云一样向薛军背后掩杀过去。眨眼间，战鼓擂动，人喊马嘶，"白蹄乌"在烟尘中四蹄腾空，鬃毛飞扬，声声嘶鸣，像流箭一样飞向敌阵。薛家军猝不及防，一下子被背后突如其来的滚滚铁流冲乱了阵脚，兵卒慌乱中四处奔命。"白蹄乌"长嘶短鸣，左冲右闪，犹如龙腾虎跃，犹入无人之地。李世民挥舞长枪，左右上下如龙蛇飞舞。军士们杀声震天，勇猛向前势不可当。薛仁杲来不及整收兵卒，仓皇败北而去，向折墌城（今甘肃省平凉市泾川县东北）方向溃逃。

为了不给薛军集结喘息的机会，李世民紧急进行战前动员，要求人不解甲，马不卸鞍，渴饮泉水，饥食干粮，乘胜追击。"白蹄乌"仿佛领会了主人的意图，一声嘶鸣，腾空而起，像离弦之箭疾驰而去，带着几千"玄甲军"，衔尾猛追。

薛仁杲溃败之军急于奔命，一心想逃进折墌城重整旗鼓。眼看路程已过大半，折墌城已经遥遥在望，却突遭天气变化，天空无端地生起团团乌云，眨眼间狂风大作，飞沙走石，黑云覆地。疲于奔命的薛军，瞬间变得纷纷藉藉纠缠打转。相反，"白蹄乌"却鬣鬣迎风，带领着"玄甲军"，迎着飞沙走石，像雨中的飞燕一般向前逐风奔驰，向慌乱逃命的薛军冲过去。

经过日夜马不停蹄舍命驰奔，折墌城已近在眼前，李世民当机立断，命将士回马挺枪，直直地挡住了薛军后续人马进城的路。此时，人困马乏的薛军将士，望着横在前头的黑衣黑马，已经是望而却步。有薛军将士欲杀出一条生路，挺枪向唐军冲来，"白蹄乌"昂首嘶鸣，像飞燕游龙一般迎上去。李世民瞅准时机，将薛将斩于马下。恰在此时，唐军后续大军赶到，从薛军背后掩杀过来。几乎同时，"白蹄乌"由于昼夜长途疾驰，又几番交战，仿佛完成了自己的使命，突然一声嘶鸣，仆然倒地。

薛仁杲站在城墙上，看着被围困得水泄不通的孤城，知道大势已去，第二天一大早，便打开城门向唐军投降……

8

"特勒骠"是李世民在山西与刘武周和宋金刚作战时骑过的一匹战马。

李渊、李世民父子在晋阳起兵时，不仅有薛举、薛仁杲父子起兵反隋，还有盘踞在山西马邑（今山西省朔州市朔城区）的刘武周也起兵反隋，并投靠突厥，自封皇帝，"南向以争天下"，率军沿汾水向南快速侵扰，很快拿下了军事要地太原城，驻守太原的李元吉连夜逃回长安。高祖李渊派大将裴寂前去抵挡，结果唐军大败。刘武周的大将宋金刚趁势一直打到了绛州（今山西省运城市新绛县），关中震动。

李渊慌了手脚，决定放弃黄河以东，让驻守河东的军队放弃抵抗，赶快退缩，"谨守关西而已"。

在这险恶的关头，李世民急红了眼，顶盔掼甲前来向父皇请缨。他说："太原乃王业的发祥地，如果放弃，实为痛心。再说，河东大地殷实富饶，为京邑物资的重要供给地，请父皇给我三万人马，我一定夺回河东失地！"

李渊考虑再三，最终同意了李世民的请缨，并在长春宫为其送行。

此时已是619年冬天,寒风凛冽,二十三岁的李世民大碗喝过壮行酒,即刻跨上毛色黄里泛有白斑的"特勒骠",以"玄甲军"为先锋,带着大军趋龙门,过黄河,在柏壁(今山西省运城市新绛县西南)地域安营扎寨,与宋金刚形成对垒之势。

大战在即,诸将群情激昂前来请战,李世民却不慌不忙地说:"宋金刚悬军千里,深入腹地,精兵骁将都在此地,意在速战。要坚营蓄锐,以挫其锋,待其粮尽计穷。"

转眼就到了次年二月,两军相持近四个月,宋金刚毫无办法。在这期间,李世民一边派小股人马,不断地出关骚扰。一边又分兵策应坚守在浩州(今山西省汾阳市)的唐军,命其掠扰宋金刚的大营,切断其粮道。这个策略果然取得了效果,宋金刚终因军粮困缺,军心骚动,被迫向后撤退。

李世民看见机会来了,立刻披坚执锐,跨上"特勒骠",发出了进军的号令。"特勒骠"虽然其貌不扬,却傲骨嶙峋,志向云天。它啸傲奋蹄,率领着"皂衣玄甲军",像滚滚的铁流一样一路猛追,追到吕州(今山西省临汾市霍州市)地界,却不见宋金刚主力的影子,只追上了一支残部,一触即溃。

李世民不敢停歇,命令将士们继续追,一昼夜马不停蹄,长驱二百余里,中间追上了宋金刚的几股后尾部队,硬打猛冲,一直追到了高壁岭,还是不见宋金刚的主力。此时唐军将士个个犹如土人,难以辨认。"特勒骠"更是汗流至踵,全身积满了厚厚的尘土。

由于推进速度太快,辎重粮草被远远地甩在了后边,偏偏天又降起大雪,风雪交加,士卒马匹饥饿疲劳至极。行军总管拦在"特勒骠"前边,苦苦向马上的太宗劝谏哀求,说:"大王破贼逐北到此,人不解甲,马不卸鞍,不吃不喝。你不爱惜自己的身体,可士卒马匹饥疲至极呀,我们在此稍作休息,喘一口气,等辎重粮草赶上来,然后再追击也不迟呀。"

由于头戴兜鍪,尘土满面,已经看不清李世民的表情,只听见他坚定地说:"宋金刚计穷而退,军心松散,我们不能停歇半步,必须乘势追击,不然战机转瞬即逝。"说完,他一边派人催赶粮草,一边喝声策马。"特勒骠"腾空嘶鸣,在纷纷扬扬的大雪中,继续率领着"皂衣玄甲军"一路猛追。

又经过一番不舍昼夜的穷追猛打,他们终于在鼠雀谷(今山西省介休市西南)追上了宋金刚的主力。李世民不敢持久歇息,不敢解甲休兵,只吃过几口炒面喝过几口冷水,做过短暂的战前动员之后,立即进入战斗。一日之内接连打了八次硬仗,雪地上血流成渠,尸横遍野,"特勒骠"身上也是血迹斑斑。宋金刚面对如此不怕疲累、不怯死亡、穷追不舍的黑衣铁甲军，只好带着其余的人马龟缩进介休城里去了。

是夜，李世民与将士们在冰天雪地的鼠雀谷过了一夜。李世民已经几天没有解甲，没有吃一口热饭了，军中只留下了一只羊，他命煮成热汤与将士们分着喝了。

宋金刚不甘心失败，第二天让两万多士卒走出介休城，在西门外南北长约七里的地方，背城摆开阵势，想破釜沉舟与唐军决一死战。

李世民面对宋金刚的布阵，决定采用"两头出击，正面猛击"的战术，命令大军分别从两头同时出击，狠狠地打击敌人，让两头的敌人都认为自己那里是主战场。等战斗进行到最激烈的时候，李世民突然率领预先埋伏的三千"玄甲军"，从正中间像夏日滚滚黑云一样向敌阵中央掩杀过去。"特勒骠"嘶嘶腾跃，带着三千"玄甲军"冲入敌阵，犹如蛟龙闹海，杀得天翻地覆、烟尘弥漫，瞬间把敌人的阵线完全冲垮冲散。不久就冲杀到敌阵的背后，随之又掉转马头，冲进敌阵。

在混战中，李世民恰遇宋金刚，"特勒骠"仿佛认识宋金刚似的，突然双蹄腾空，仰天傲嘶，吓得宋金刚双手一松，长枪落地，落荒而逃！

唐军收复了介休城，又乘胜直驱太原，大军还未到达太原，坐镇太原的刘武周已带着一百骑向北方的突厥落荒而逃……

9

"飒露紫"是李世民与洛阳的王世充在邙山之战中骑过的战马。

打败了刘武周和宋金刚，二十四岁的李世民又兵锋南转，挂帅东征，把战争的重点移向了中原地区。之前，王世充已经在洛阳篡夺帝位，国号郑。

620年，李世民骑着毛色为纯紫色的"飒露紫"，率着黑衣黑甲的"玄甲军"开路。七月，骄阳似火，李世民率军进入洛阳以西的慈涧地域（今河南省洛阳市新安县东）安营扎寨。接着，他亲率三十余骑"玄甲军"去侦察敌情，不料，半道上与王世充带的大队人马相遇，陷入了重围。在敌众我寡兵力悬殊的情况下，李世民令左右先行，自己断后。数百敌骑紧紧地咬住李世民不放,"飒露紫"傲睨自若,萧萧腾跃。李世民在马上挥舞长枪,上下翻腾,横扫直杀。身边的士卒也拼死相搏,硬是在重围中杀开一条血路。回到军营,战马们个个犹泥涂墨染,汗流至踵;士卒们个个双刀皆缺,流血满袖,盔甲上扑满厚厚的尘土。守门的将士竟认不出李世民,等李世民摘下兜鍪,才免遭误会。

　　回到营地,李世民只喝了一口水,又骑上"飒露紫",以"玄甲军"为先锋,带着大军杀了一个回马枪。将士们以一当十,猛冲猛杀,喊杀连天,烟尘滚滚,"玄甲军"像黑云一样横扫向前,直杀到慈涧城下。守城的将士站在城墙上,看着那些嘶鸣叫阵的黑甲雄师,竟未战而降。

　　慈涧不战而降,洛阳城外许多州郡的守将也跟随效仿。李世民随之派几路大军,把洛阳城东南西三面主要结点牢牢守住,并切断粮道。自己再率大军在洛阳城北的邙山连营数十里,形成了对洛阳城的四面包围之势。

　　八九月间,王世充孤注一掷,出动了两万人马出城迎战。李世民站在高处瞭望,先派大将率步兵渡过谷水(涧水下游)向敌出击。自己则跨上"飒露紫",带着"玄甲军"向侧翼移动。为了试探对方的虚实强弱,他又带数十骑"玄甲军",出其不意猛冲敌阵,直杀到敌阵的背后。突然,一道长堤横在面前,"飒露紫"猝不及防,腾空一跃。李世民环顾左右,跟随的将士失散,身边只剩下将军丘行恭一人。面对纷纷拥来的敌人,他无路可退,大喝一声,掉转马头。"飒露紫"四蹄腾空,一声长啸,再次冲入敌阵,向回猛杀。突然,一支敌箭射在"飒露紫"的胸前。在这危急时刻,大将军丘行恭搭弓射箭,前边的敌人应弦落马。丘行恭瞬间翻身下马,把自己的战马让给李世民,折身又为"飒露紫"拔去胸前的长箭。"飒露紫"忍着疼痛,嘶声一跃,像一道紫色的闪电,向前猛踏敌阵!

　　李世民骑在丘行恭的战马上,抡起长枪,上下挥舞,左砍右杀。丘行恭紧跟其后,手持长刀徒步作战,喊声如雷,主臣合力杀出了敌阵。

　　此时,涧水下游的唐军向王世充阵线发起冲锋,李世民骑着丘行恭的战马,率领"玄甲军"再次杀进敌阵。烈日炎炎,大地生烟,"玄甲军"像黑色的铁流势不可当,王世充败退缩回洛阳城中……

　　转眼二月已尽,唐(李世民)郑(王世充)之战已有八个月之久,将士们疲惫不堪,思乡心切。一种班师回朝的情绪很快在军中蔓延,这种情绪甚至传到了长安。李渊也命令李世民撤军,但李世民并没有听从李渊的话。他为了稳定军心,立即召开将士大会,言之凿凿地说:"如果现在班师回朝,之前取得的胜利将付之东流。我们疲惫思乡,敌人也疲惫思乡,现在比的就是意志与耐心,此举成功,将会一劳永逸,机不可失!"

接下来,李世民令士卒在洛阳城外挖掘壕沟,修筑工事。王世充再也不敢贸然出城,只好婴城固守以等待窦建德的援兵……

10

"青骓"和"什伐赤",是李世民与河北的窦建德浴血鏖战时骑过的战马。

窦建德是隋朝末年河北、山东一带农民起义军的领袖。隋炀帝被杀后,他也在河北乐寿称帝,国号夏,控制着河北之地。

李世民东征洛阳时,王世充曾派人日夜兼程到河北向窦建德求救,窦建德却置之不理。当洛阳败局已定,有谋臣向窦建德建议说,唐(李世民)在关中,郑(王世充)在河南,夏(窦建德)在河北,正可以形成三足鼎立之势,如果河南的郑被唐灭了,对河北的大夏来说,就有唇亡齿寒的危险。窦建德思忖再三,为了自身利益,最终接受了王世充的求援,亲率大军,直奔洛阳。

621年三月,窦建德率十几万大军,水陆并进,很快到达了成皋(今河南省荥阳市汜水镇)东原。面对窦建德凶猛的来势,唐许多将领认为,他们腹背受敌,形势严峻,建议撤退,以观形势再战。李世民却认为,这是围城打援的好机会。他说:"王世充粮尽,内外离心,我当不劳攻击,坐收其敝,如果撤退,王世充和窦建德联起手来,我们不但河东之地不保,统一大业也难以实现。"

他意志坚定,决定围城打援,先派齐王李元吉率一路大军围住洛阳城,自己骑着苍白色的杂毛马"青骓",以数千骑"玄甲军"为先锋,率领另一路大军赴汜水与窦建德决战。

三月底,李世民率大军驻守虎牢关。他一方面以此为依托,据险坚守,以逸待劳。另一方面,亲率小股部队不断地主动出击,诱敌扰敌,寻找战机,接连打了几次漂亮的伏击战,活捉了窦建德的几名骁将。同时,又派精锐骑兵不断地袭击窦建德的运粮通道。窦建德因为孤军深入,不想这样拖拖拉拉小打小闹,只想速战速决,但李世民始终不给他这样的机会,一直凭借虎牢关扼关坚守,窦建德一点办法也没有。

五月的一天,李世民有意带着几千精骑,大张旗鼓北渡黄河。到了黄河北岸以后,他命将士解甲,人躺在草地上休息,马放到河岸上去悠闲地吃草。窦建德派兵侦查,直到暮色降临,唐军将士仍然不慌不忙地在河岸上悠闲地牧马。

等到后半夜夜深人静的时候,李世民却悄悄渡河返回大营。

第二天,窦建德再派兵去侦察,见唐军将士仍在黄河北岸。于是,他就想利用这个机会速战速决。他命大军在汜水边摆开二十余里长的阵势,随后擂鼓全力向前推进,攻取虎牢关。

李世民骑着"青骓",站在高处观望,却下令据守不出。窦建德的兵卒几次攻关,都无济于事。正午一过,兵卒情绪沮丧,饥肠辘辘,疲倦松懈,有的席地而坐,有的争抢饮水。此时,昨天跟随李世民到黄河北岸牧马的将士,已经悄无声息地回到了南岸。李世民见时候到了,便急令全线出击。"青骓"听见进军的战鼓,驮着主子,凌空飞奔,一路嘶鸣,像离弦的飞箭冲向敌阵。它身后的"玄甲军"更像滚滚铁流,摧枯拉朽一般向敌阵掩杀而去。霎时间,汜水岸上,战鼓号角齐鸣,战马士卒嘶鸣喊杀声震天动地,扬起的尘埃遮天蔽日。

战斗正酣,"青骓"却凌空悲嘶,扑通倒地。原来,在混战中,"青骓"已身中五箭。李世民在军卒的护卫下,徒步杀出重围。刚冲出敌阵,他即刻又骑上全身通红的"什伐赤",再一次冲进敌阵。激战的号角和擂鼓声还没有平息下来,"什伐赤"又身中五箭……

这场恶战,窦建德受伤被俘。困守孤城洛阳的王世充见窦建德失败,只好打开城门投降。李世民带着万余铁骑,凯旋长安,这一年他二十五岁。

李世民回到长安两月有余,窦建德的部下刘黑闼却在河北一带起兵反唐。唐留守在河北的诸将屡战屡败,刘黑闼迅速占领了河北一带的大片土地。

是年十二月中旬的一天,李世民不得不再一次骑上黑色嘴头、全身黄色旋毛的"拳毛𬴊"奉命出征。先攻下相州(今河北省邯郸市临漳县西南),随后带军北上来到河北的洺水(漳水)河边。李世民采取坚壁不战的策略,一边命大军养精蓄锐,一边派士卒在洺水上游秘密修筑堤堰。两军相持近两月,堤堰修成,河水变浅,刘黑闼却毫不知情。是日,草木焦黄,阴风刺骨,刘黑闼率两万多步骑涉水过河。两军又一次在洺水河边展开激战，从中午一直杀到暮色苍茫，杀得天昏地暗，尸横遍野。李世民骑的"拳毛䯄"身中九箭，为了大唐的江山，血染沙场。

刘黑闼败退之时，唐军掘开堤堰。一丈多深的洪水汹涌而下，士卒溺水者无数，刘黑闼仅带二百余骑逃往突厥。

当夜，天气骤变，纷纷扬扬地下起雪来，不久，刚刚经历了一场大战的土地，就被皑皑的白雪覆盖了，洺水在静静的雪夜里一如既往地汤汤奔流……

11

他是多么怀念与自己一起出生入死的战马呀。

太宗站在高高的城墙上，久久地望着月色下的苍茫大地，久久地望着夜色下昭陵的方向，久久地想念着那些跟随自己征战的战马。突然间，有一个想法在脑子里一闪而过：茫茫的陵园之上，不仅有文德皇后，有皇亲国戚，有文武百官，还应该有那些战马呀！

对，在大青石上把它们镌刻得像真马一样，放置在九嵕山之上，等自己百年以后，让它们也日日夜夜陪伴在自己的身边！

对，就这样做。

他突然情不自禁，热泪盈眶。

是呀，人总有一死，从古到今，没有谁能够永远地活着世上，没有谁不想在死后也能像活着的时候一样去生活。他相信，那些战马耸立在祭坛上，不仅可以守护昭陵，当自己的魂魄在游兴山陵的时候，在翻山越岭过沟跨涧寻访故友的时候，还可以继续骑上它们！

他一边扼腕叹息一边在城墙上走来走去，有侍臣见此情景，赶紧招呼人手，在城墙上挂起灯笼，摆起酒盏与笔墨纸砚。

宫苑里，月色皎然，花木婆娑妩媚；宫墙之外，月色迷蒙，苍茫混沌一片。

太宗临风把酒，举杯邀月。

他情不自禁一杯又一杯自酌自饮。

酒过十盏，他仿佛得到了一种神助的力量，有了把酒挥毫的激情。他再次拿起酒壶,大口喝了几下,全身像火一样熊熊燃烧起来。他一转身挥翰临池,笔走龙蛇,仿佛不是他在挥毫,而是神指使着他在走笔,在抒怀。

不知不觉,他感到筋疲力尽,身酥如泥,睡意浓浓。等他再醒来的时候,已经躺在了寝宫里。他看着窗外,天色已经发白,桌子上却放着昨晚留下的笔墨,一时间,竟然有些不知所以,半天回不过神来。愣坐了许久,他才起身去看个究竟。原来,是为那些跟随自己出生入死的战马写的赞语。

他赞"白蹄乌":"倚天长剑,追风骏足。耸辔平陇,回鞍定蜀。"

他赞"特勒骠":"应策腾空,承声半汉。天险摧敌,乘危济难。"

他赞"飒露紫":"紫燕超跃,骨腾神骏,气詟三川,威凌八阵。"

他赞"青骓":"足轻电影,神发天机。策兹飞练,定我戎衣。"

他赞"什伐赤":"瀍涧未静,斧钺申威。朱汗骋足,青旌凯归。"

他赞"拳毛䯄":"月精按辔,天驷横行。弧矢载戢,氛埃廓清。"

早朝的时候,他让侍臣传话,叫阎立本和阎立德前来觐见。侍臣说,他二人近日去了九嵕山,在那里主持营建昭陵。

阎立本是当时著名的画家兼工程学家,他的画作不同凡响,被称为"神品"。阎立德也是画家和工程建筑家,其工艺建筑造诣突出。

太宗说:"那就快马加鞭,叫他二人前来见朕。"

当天,驿骑就扬鞭催马,赶往昭陵。阎立本和阎立德不知道皇上为什么这样着急召见,便连夜赶回长安,第二天一大早便去觐见。太宗见了二人,先问了营建昭陵的情况。阎立本说,凡是楼台殿阁,需要雕栏画栋描龙镂凤之处,他都事必躬亲,敬请皇上放心。阎立德说,近日找到了一种往山顶上运送砖瓦的好办法。太宗问是怎样的好办法,阎立德说,以前,由于山高路险,多半是羊肠小道,运送砖瓦要靠人力往上背,很不方便。在那些征调的民夫中,有一个放羊娃,家就住在九嵕山脚下,他跟大家跑了几天,就忍受不住每天列队登山运输的辛苦,还说他家里有卧病在床的母亲需要照顾,提出把分给他的那些砖瓦单独放出来。领工的人见他态度诚恳,又是个孝子,就同意了他的请求。第二天,当大家背着砖瓦上山以后,发现他已经把自己的砖瓦运到了上边。大家觉得奇怪,随后才发现,每天清晨,天还没有亮,他就赶着羊群上山了,那些羊身上,都用绳子绑着两个小竹筐,竹筐里放着砖瓦。这个办法既省人又省力,立即被大家传开。现在,每天都有成群结队的羊群在九嵕山上来来往往搬运砖瓦。

太宗听了龙颜大悦,一边下旨奖励那个放羊娃,一边叫侍臣把自己写给战马的赞语拿给二人观看。

二人看后连声赞许。太宗说,他想把它们刻得像真马一样,放置到九嵕山之上。二人一同言道,这是他们的荣幸!太宗立即下诏,将其所乘战马,刊名镌为真形,置之祭坛左右。

随之,二人进行了分工,阎立本负责起草图样,先把它们的形象描画出来,然后阎立德负责设计,把它们雕刻在大青石上。次日,阎立本便去走访当年的将士,对各匹战马再做深入的了解,随后关门闭户谢客,苦思冥想。后来,据阎立本自己说,在描画那些战马的最初几天,他只要往桌前一站,一拿起笔,手脚就抽筋,就像犯了羊角风;而一离开桌子,手一放下笔,人就慢慢地恢复了常态。他不知道哪里出了问题,但又不能对皇上说,他急得寝食不安,惊慌无措。一天,他无意中一回头,却见墙上似有浮光幻影一般的东西一闪而过,他突然有了灵感,急忙把纸贴在墙上。当他再拿起笔的时候,奇怪的事情发生了,自己的手脚不但不抽筋了,那纸面上好像不断地有线条像光影一样在闪现。他握着笔,目不转睛,屏气凝神,紧紧地追随着、捕捉着纸上跳跃的转瞬即逝的光影……

就在阎立本日夜煎熬苦思冥想的时候,阎立德却是车辚辚马萧萧,以皇家的名义,带着车队出了长安城,一路向北边的青石山走去,选运雕刻的石料……

一年多以后,"白蹄乌""特勒骠""飒露紫""青骓""什伐赤""拳毛騧"六匹战马,终于以石雕的形式出现在世人的眼前。

在此之前,乡间早就在传,说是在九嵕山上,有几位天上派下的神匠,个个青衣蓝衫、白发婆娑,不食人间烟火,从早到晚躲在大帐里,在青石上雕刻大唐皇帝李世民打仗时骑过的几匹战马。在雕刻石马的那些日子里,大帐从早到晚都遮盖得严严实实,大帐周围还有官兵把守,谁也不能靠近,更不要说揭开大帐往里边看上一眼。有一天晚上,一轮皎月静静地悬在九嵕山的上空,一个把守的官兵,终于忍不住想揭开大帐的一角,往里边看上一眼。他望了望天上的明月,望了望空蒙月色下寂静的九嵕山,想着夜深人静众人都睡着了,自己看上一眼也无妨。于是,他走到大帐的跟前,手刚一伸出去,突然一道天光从头顶上一闪而下……

安置石马的这一天,周围百里千乡的乡民都赶来了。昭陵上所有还在营建的工程都停止了。祭坛前的山梁上,站满了营建昭陵的民工,站满了周围百里千乡的乡民,还有朝廷派来的大小官员和兵卒。整个祭坛上下,旌旗猎猎,人喊马叫。接近正午,祭坛上突然香烛缭绕,鼓乐声声,双鹰在山顶上盘旋,众人不约而同地匍匐下拜。

大帐被徐徐打开,六尊神态各异、线条简洁有力、造型栩栩如生的石马呈现在祭坛之上!

12

昭陵的营建前前后后持续了十三年。

九嵕山的南面,建有朱雀门,门内依山建有献殿。这里是上陵朝拜、进行日常祭祀活动的地方。俗名又叫砖瓦岭。

九嵕山的西南面建有下宫,俗称皇城。这里是供墓主人灵魂饮食起居,以及宫人、官员和守陵的军队居住的地方。

九嵕山的北麓,建有司马门和祭坛,昭陵六骏就矗立在祭坛上。这里是举行重大祭奠活动的地方。

九嵕山高高的主峰之内建有元宫(墓室)。从墓道至墓室深七十五丈。因墓道口周围山势陡峭,凹凸不平,还缘山凿石架有栈道,栈道绕山腰四百多米,盘曲而上,直达元宫门。守陵的宫女就是沿着栈道进入元宫,像平常在皇宫里一样进行供养之仪。接近山顶的地方,又凿石扩地,修建有房舍、游殿。这是供墓主灵魂游乐的地方。

九嵕山的四周有墙垣围绕,墙的四隅建有角楼,墙的正中各开有一门,也就是南边的"朱雀门"、北边的"玄武门"、东边的"青龙门"、西边的"白虎门"。

从山下到山上,苍松翠柏遮天蔽日,在绿树与青山的掩映中,飞檐翘角雕梁画栋的殿堂楼阙鳞次栉比,再加上山间常年烟色氤氲,清泉淙淙,双鹰早晚在九嵕山上空翱翔。可以想象,福地盛景是何等壮观呀!

649年,太宗皇帝走完了自己辉煌的一生,在终南山翠微宫含风殿驾崩。八月的一天,阴云惨淡,冷风飕飕,哀乐低回,灵幡旌旗猎猎,在皇亲国戚文武要员和官兵的护送下,灵柩启程前往昭陵。

在途经的地方,乡民们自发地沿路披麻戴孝,哭声遍野。有乡民在途经的官道中央，依照民间的习俗，铺上百米长的"引路"纸钱。灵车经过时，他们点燃"引路"纸钱的一端，灵车跟随着燃烧的纸钱，一点一点向前缓慢移动。乡民们以此方式表达对先皇的崇敬与悼念。也有乡民，在路边打着旌幡祭幛，上边书写着"吞食蝗虫，百代英主"，以赞扬先皇太宗的恩德。

"吞食蝗虫"的故事发生在贞观二年（628）。当时京师一带大旱，蝗灾严重，太宗下田视禾，捉住几只蝗虫，对之诅咒说："人以谷为命，而汝食之，是害于百姓。百姓有过，在予一人，尔其有灵，但当蚀我心，无害百姓。"说着话，就要吞食手中的蝗虫，左右大臣急忙上前说："恐成疾，不可。"太宗说："所冀移灾朕躬，何疾之避？"遂吞下蝗虫。此事很快被传扬开，万民感恩之心尤甚，每每念及此事，热泪盈眶。今日皇上驾崩，他们更是念念不忘。

灵柩还远在路上，昭陵周围千村万户的乡民，男男女女老老少少，也提早披麻戴孝，白天黑夜守候在昭陵脚下，饥食干馍渴饮泉水，也打着"牵念苍生、千古一帝"的挽幛，恭迎先皇神灵的归来。

安葬先皇的这一天，天空阴云密布，双鹰低空盘旋，民众披麻戴孝跪拜在通往地宫的道路两边，痛哭流涕，一直看着先皇的灵柩被恭送进高高的地宫。

当先皇的灵柩被恭送进地宫，天空突然出现了神奇的一幕：周边的云雾向九嵕山上空聚拢，变幻成一道巨大的黑幕从天缓缓而降，把整个山陵包裹起来。皇亲国戚文武大员和守陵官兵以及四方的乡民见状，惊愕万分。就在众人面面相觑的时候，有人突然喊道："先皇显灵了！先皇显灵了！"

百官与乡民听闻，立即匍匐在地，哭声震天。

紧跟着，一道闪电，犹如游龙一样出现在九嵕山顶上，随之而来的是电闪雷鸣疾风暴雨，整个昭陵完全被隆隆的雷声和雨雾所笼罩。

而九嵕山之外，却是风静云散。

到夜色降临的时候，九嵕山上又是出奇的安静，只有淙淙的流水声在山林间回响。

依照当地民间的习俗，先祖新到地宫，还有些心神不安，更担心有妖魔鬼怪前去打扰。于是，官府和当地的乡民，就依照当地的习俗，一连三个晚上，在陵墓四周烧起烟火，也叫"打怕怕"。夜静以后，众人离去，只有陵前的烟火，在沉沉的夜色中闪烁不定。突然，寂静的九嵕山上，隐隐地传来骏马的嘶鸣，一时在九嵕山的东边，一时在九嵕山的西边，一时又在九嵕山的北边。守陵的士卒不解其声，赶紧骑马前去察看，结果什么也没有发现。

天亮以后,守陵的士卒把这个情况报告给守陵的陵令(五品官员),陵令也说昨晚上他好像也听见了,以为是士卒在骑马巡陵。大家茫然不解。此时,有山脚下的乡民前来报告,说昨晚上夜静以后,山上不断地传来嘶鸣声。陵令觉得事关重大,决定上报高宗皇上。不过,还未等他上报,一个惊人的消息已经像风一样传开了,说是昨天晚上,祭坛上的石马因为见到主人"显灵"了!

听闻者,无不望着高高的九嵕山匍匐膜拜。

第二天第三天晚上,到了夜深人静的时候,同样的事又发生了。在高高的九嵕山周围,一时在东,一时在西,又传来了马的阵阵嘶鸣。

一时间,朝野上下,无不感慨万千,无不扼腕唏嘘。随后,朝廷众官及周边的乡民,在祭坛上又为先皇和神马举行了隆重的祭祀活动。

祭祀结束以后,高宗皇帝痛哭流涕,带着朝廷众官返回长安。

之后,为了防盗的考虑,更是为了确保元宫门的隐秘,设计昭陵的阎立德与一些大臣建议:"望除栈道,固同山岳。"高宗听后,呜咽啼哭。后经过舅父长孙无忌的多次劝说,才算同意。

栈道被拆除以后,灵寝便高高悬空,高不可攀,飘若烟云,始与俗尘的世界相隔绝……

13

光阴荏苒,有一年的夏夜,居住在九嵕山脚下的一位老人,坐在自己家门前的石头上抽烟,无意中看见九嵕山上似有灯火飘忽不定,忽明忽暗,时隐时现。他赶紧叫来左邻右舍一起观看,这时,九嵕山上却什么也看不见,只有黑蒙蒙的夜色。有人戏谑老人,说是人老了眼花了,看不清了。但老者信誓旦旦,说自己心明眼亮,不可能看不清。但邻人还是不以为然。

随后,为了对自己说过的话有一个交代,也给大家一个证实,老人坚持每天晚上坐在家门口的石头上,朝九嵕山上观望。几天后的一个晚上,同样的事情又真真切切出现了,他赶紧喊左邻右舍再出来观看,许多人由于着急,光着脚跑到街上。这一回,大家不仅看见了,还看得清清楚楚明明白白。

由此,再没有人怀疑老者人老眼花了。

于是,众人站在土街上议论纷纷,你问我我问他,说九嵕山上为什么出现了灯火,为什么那灯火还能游走。说来说去,就与天地神灵联系起来,就和太宗神主联系起来。有人说,那是守护昭陵的神灯。有人说,那是先皇与皇后显灵。还有人说,那是神马在巡护昭陵。

几天后,恰逢集市,人人都在传扬此事,说来说去,说得更加神秘,这就激发了少数人的好奇心。时隔不久,竟有一个胆大的人在晚上悄悄上陵,潜伏在野草中,借着幽暗的天光,目不转睛地往山上观望。不久,两盏神秘的灯火出现在山的西边,忽明忽暗,闪烁不定。不一会儿,它们竟然游弋到他的头顶上。他瞪大眼观望,想弄清它们到底是什么东西。就在此时,突然间天缘奇巧,月亮从云层间走了出来,观望者惊呼一声:"鹰!"

原来,是双鹰夜飞。

它们的翼展有两米之长。

它们伸展着宽大的翅膀,悄然无声地从山上飞过。

这可就奇了怪了,鹰为什么在晚上飞起来像灯火一样呢?

对,它们可不是一般的鹰,它们是守护昭陵的神鹰,是守护昭陵的"祭鸟"呀。

对,它们的身上,一定担负着神的使命,所以在飞行的时候身上才会熠熠闪光。

第二天,这消息立即又像风一样传向十里八乡……

转眼,安禄山率领大军攻破洛阳,直逼潼关,威胁到了长安。唐朝派军队驻守潼关抵御,与叛军在潼关相持五个月,终于不敌,官军大败,潼关失守。就在这一天,秋风萧瑟,阴云密布,安禄山手下将领率领大队人马,白旗猎猎,杀声震天,向前追击,眼看唐军就要败下阵来,在这紧要关头,一队黄旗军突然像雪花一样从天而降,他们人马具装,马戴面帘人戴兜鍪,手持长枪。正在交战的双方都突然愣住,弄不清眼前发生了什么事情。就在双方面面相觑的时候,黄旗军突然向白旗军掩杀过去,一时间,人喊马叫,烟尘四起,白旗军军士的头颅像谷穗一样纷纷落地,整个阵线溃不成军,像潮水一样向后退去。战斗持续到日近傍晚,白旗军借人多势众拼死苦战,终于又稳住阵脚,发起了反攻,把黄旗军重重包围起来。黄旗军在万军当中相互协同,紧紧扭成一团,像旋风一样行踪不定,从东杀到西,从河滩杀到原上。到暮色降临的时候,突然阴云四起,狂风飞沙,黄旗军不知去向。安禄山的人马惊得呆若木鸡,慌乱之中又疾速后撤……

就在这一天,守陵的陵令连夜快马向朝廷传报,说昭陵六骏和陵宫前的石人石马,个个气喘吁吁、汗流浃背。

一时间,这个消息像疾风一样,在朝野上下和民间盛传,不仅说在潼关与白旗军作战的黄旗军,说昭陵祭坛上和陵宫前边的石人石马,还说这是一位叫徐惠的女人,最先告知了石人石马。

徐惠,生前是唐太宗的充容(嫔妃名号),是继文德皇后之后又一位令人肃然起敬的良妃。她聪慧绝伦,美如珠玉,诗文并茂,心怀社稷,体恤民情,反对滥用民力,反对穷兵黩武。在面对太宗行政上出现的明显偏差时,在众臣们噤若寒蝉不言不语时,她却敢于骨鲠进谏,矫正时弊。她的一篇《谏太宗息兵罢役疏》更让她名垂青史,流芳千古,成为人们世代缅怀的英烈奇女。不过,在民间,乡民们更喜欢说的是她对太宗的那份痴情。

说是在太宗驾崩以后,徐惠因为对太宗一往情深,哀慕成疾,拒绝医治,去世时,年仅二十四岁,后被安葬于昭陵主峰之石室。安葬之日,适逢天降瑞雪,朝廷给予了极其隆重的饰终之典。十里八乡的乡民,也感恩于她的美德和贞烈前去送葬。

不过,故事发生的时候,徐惠已经去世有一百余年。传说她在阴间,仍然像在阳世一样喜好诗文。这一天,她早早起身,在高高的九嵕山主峰前走来走去,手拿书卷,吟诵诗文。就在这时,她无意中抬头远望,见潼关那边升起烽烟,两军激战,唐军不敌。正在她万分焦急的时候,恰遇石人石马巡陵,她立即告之,石人石马随之直驱潼关……

事情发生后不久,九嵕山上人头攒动。乡民们自发前来,对石人石马以及太宗的神灵和徐惠的芳魂进行烧香祭拜。

世代居住在九嵕山脚下的乡民,本来对这片林木茂盛、田地肥沃、五谷丰稔、山沟里清泉淙淙的故土就深爱有加,当先皇把自己安息的地方选在了九嵕山以后,乡民们尤感荣耀与自豪。其后,九嵕山上又相继发生了圣主显灵、石马显灵、神鹰双飞、芳魂绕陵的事,这让世代居住在九嵕山周边的乡民,愈是对这高高的九嵕山充满了崇敬和膜拜,并且这种情怀日益月滋。

于是,在他们的心里,九嵕山不再是一座普通的山,而是一处神灵之地,一处春夏秋冬日日夜夜心灵依偎的地方。

于是,他们心里就有了一种强烈的愿望,希望通过一种方式来真真切切地表达对昭陵的膜拜之情!

14

　　站在昭陵的祭坛上，顺着起伏的山地向东北方向望去，不远处另有一座小山，孤零零地突出于天地之间。在山顶的上边，隐隐约约能看见一座庙宇，它就是远近闻名的顶天寺。

　　按照当地乡民祖辈流传下来的说法，早在西汉时期，就有人看中了顶天寺独特的自然风光，并在山上修建了祠庙，曰天齐公祠。并且在每一年的六月六日，还要在顶天寺上举行盛大的庙会。到了太宗皇帝的时候，他不仅对九嵕山赞叹不已，也对顶天寺情有独钟，在下诏营建昭陵的时候，同时下诏整修顶天寺。从小山的半山腰到山顶，仅百十来米的山坡上，分三个层次，营建了宏大的庙宇。三层庙宇之间，修有一条青石踏阶，在苍松翠柏之间蜿蜒而上。

　　从此，顶天寺上终年香烟缭绕，每天晨钟暮鼓回荡在千沟万壑之间。特别是民间，每一年的六月六日，更是非同寻常。这一天，百里千乡的乡民，都要沿着崎岖的山路，爬沟过岭，再走过只有一车宽两边是深渊的天桥，去祭拜顶天寺的神灵。

　　远远看去，顶天寺很不起眼，就是一座孤零零的小山。如果站在南边山脚往上看，它只有盈尺之高，好像一伸手，就能够伸到山顶上去，这与醴泉人从古到今出门在外，总是喜欢骄傲地给外人夸口说"醴泉有个顶天寺，把天顶得咯吱吱"好像一点都搭不上边。但是，当你踏着那青石台阶气喘吁吁地登上山顶之后，一切却突然变得不同凡响。

　　山顶平坦，面积不大，甚至还没有一个足球场大。但是，当你站在小山上，就会立即被眼前的景象惊得不知所措，会像触电一样全身酥酥发麻，会不由自主伸展开双臂叫喊起来，甚至会眼含泪水情不自禁地屈下双膝。

　　原来，在这座平常的小山背后，隐藏着一个诡谲多变、大气磅礴、波澜壮阔的自然景象，隐藏着一个望不到边际的连绵起伏的群山。在这些大山之间，是纵横交错的忽开忽合的幽不见底的荡气回肠的一个又一个的大峡谷。

　　虽然只是站在一座小山的山顶，其实，已经是站在了万山之上，已经是站在了蓝天白云之外。

　　这万象的群山,这纵横交错的大峡谷,如万剑林立,如龙蛇飞舞,如万马奔腾,如翻江倒海。而在这群山和大峡谷的深处,就是寂寞的像是凝固住的实则是在咆哮的泾河。这泾河,这黄土地一样的河水,在这崇山峻岭之中,在这深邃的大峡谷之中,弯来拐去几乎望不见它的身影。它只是在西边大峡谷的一个拐弯处,和东边的一处山缝间,稍微显露了一下身影,就再也看不见它的踪迹……

　　还有,在那山上山下,在那断崖峭壁之上,却是少有树木,少见黄土,通体都是黑苍苍的嶙峋怪石,通体都是黑苍苍的狰狞百草。在那些怪石缝隙里,在那些百草丛里,在那些峡谷的深处,只觉得寒气森森,阴霾弥漫,混沌蛮荒。稍一愣神,耳畔就有一种声音在回响。它时强时弱、时远时近,飘忽不定。它是风声,是流水声,是古老的钟声!

　　这连绵万象的群山啊,这纵横交错的大峡谷啊,这黄土地一样的泾河水啊,组成了一个伟大的苍凉雄浑的波澜壮阔的世界啊!

　　面对这样的自然景象,还能无动于衷不动声色吗?想一想,在我们尘世的生活中,有多少的想法?有多少的煎熬?有多少的无奈与无计可施?有多少的仇恨杀戮还有生生死死?而来到这样的一个地方,面对这样一个波澜壮阔的自然景象,我们难道不会联想到一些什么东西吗?比如说天地、日月、昼夜、江河、雨雪、空气、地球、太阳、星星、宇宙,花开花落、来来往往、生生死死,一百年前一百年后、一万年前一万年后、一亿年前一亿年后……

　　这也许就是我们的祖宗要在这偏僻的小山上修建庙宇,李世民在下诏营建昭陵的时候也下诏整修顶天寺的原因了吧。

　　这座山虽然很小,却是孤耸入云、绝临险境,居万山之上,处望日之巅。

　　虽然这座山很不起眼,但这里却是太寂静了,太天荒地老了。在这样一个寂寞空旷的地方,最容易叫人浮想联翩,最容易叫人浮躁的心慢慢地安宁下来,叫人忘记现实的生活去想一些身外的事情……

　　这一年的六月六日,民间依旧延续着当初的庙会,乡民们结伴来到顶天寺上焚香化纸,敬献美酒佳肴,念经歌咏祭拜天地神灵。当主祭仪式完成以后,据说是一位村学里的老先生,坐在庙宇前的荒草里,望着近在咫尺的昭陵,心里就有了触动,就产生了一个想法:

　　我们不应该只祭拜天地神灵呀,还应该去祭拜高高的九嵕山呀!去祭拜祭坛上的神马、天上的神鹰以及昭陵里的太宗神主呀!

在顶天寺上,我们祭拜的是天地神灵;而在昭陵,我们祭拜的却是先皇神主,是天地的儿子呀!

对,昭陵也应该年年举办庙会才是。

随之,他叫来几位长者,把自己的想法对大家说了,大家听后非常赞同。有人说,早就应该这样做了。还有人说,不但要举办庙会,还要一连举办三天,把正会的日子就选在太宗生日的那一天。

大家经过热烈讨论,把事情定下来。转眼,就到了第一个庙会的日子,却遇上天降大雪,道路阻隔,众人心里虽有遗憾,并没有放到心上。到了第二年庙会的日子,还是遇上了下雪天,纷纷扬扬的大雪下了整整三天,大家开始觉得有点奇怪,还是没有往深处去想。转眼,又到了第三个庙会日,偏偏和前两次一样,还是遇上了下雪天。人常说,事不过三。这一次,大家不再认为这是一种自然现象,不再认为这是一种巧合,而认为这是天地神灵和太宗神灵的一种默契,是在向芸芸众生传达着一种信息!

众人不知所以。

九嵕山脚下各村中的长者,聚集到村学里商议此事。商量了很久还是没有结果,最后有一位老先生说到顶天寺上去问一问吧!于是,村学里的先生与几名长者一同去了顶天寺。见了庙里的长老,长老听后沉思稍许说:"天寒地冻,万木休息,把祭拜的日子也改到六月吧,与顶天寺同月。"

有长者问其缘故,长老说:"天寒地冻,万木休息就是缘故。"

从此,昭陵上的庙会就改在了六月的二十七、二十八和二十九日。每到这三天,周边百里千乡的乡民都赶来了。从早到晚,山上有卖各种吃食的,还有烟火袅袅缭绕,美酒佳肴飘香,丝竹器乐声声,诵经歌咏不绝。人人祭拜神马神鹰、太宗神主和天地神灵,祈福风调雨顺、国泰民安。

说不准是哪一年,又到了庙会的日子,乡民们不但在祭坛上焚香化纸,敬献酒肴祭品,还在九嵕山北麓搭起了帷幕,演出灯影戏。

由此,庙会就这样一年又一年一辈又一辈延续下来。

15

已往矣，留不住的是岁月，是春来秋去一辈又一辈的人在老去。

由于唐太宗时期，以人为镜，以古为镜，纳谏如流，广纳贤才，风清气正，政治清明……

由于唐太宗时期，遵循以农为本，轻徭薄赋，休养生息，兴修水利，改革调整"均田制"，遇虫灾皇帝吞食蝗虫，令万民感恩之心尤甚，社会很快显现出"民心大安"、百业兴旺发达的盛世景象……

由于唐太宗时期，采取了一系列开明的民族政策，国家出现了"天下贴然，四夷臣服，海内宁一"的昌盛局面。在唐太宗病逝以后，唐高宗继位，还专门下了一道诏令，有说是根据唐太宗的遗嘱，将各部落十四国的酋长刻石为像，陈列于昭陵北坡的司马门内。有一些酋长和番将特别伤心，甚至请求"杀身以殉"……

由于唐太宗时期，致力于文治，兴办学校，提倡儒学，兼容百家，重视国内各民族以及国际的文化交流，不仅使长安成为全国政治文化的中心，也成为当时世界文化交流的中心。玄奘返回长安时，唐太宗举行盛大的欢迎仪式，为其译经著书予以特殊优越的条件……

由于唐太宗时期，采取了对外开放的政策，大批的阿拉伯人和波斯人，通过陆上丝绸之路和海上丝绸之路来到中国进行贸易。当时的长安、洛阳、广州、扬州、泉州等城市，阿拉伯人和波斯人成千上万，其中有商人、使节、学者、艺人、僧侣等，唐朝也由此进入了一个对外开放的黄金时代……

由于唐太宗的贞观治世，中国封建社会由此进入了一个经济繁荣、国力强盛的时代，中国不仅成为当时世界上最强大的国家，唐太宗本人也成为当时世界上最伟大的帝王。没有人像他那样，在巨大的历史舞台上，在政治、军事、法律、经济、文化、民族事务和对外关系等广阔的领域，竖立起如此辉煌和不朽的丰碑。正因为如此，他才有了百王之冠、绝代英主、千古一帝与天可汗（天下各族人民共同的君主）的美名。他的存在，已不仅是作为一个历史人物，更成为值得中华民族骄傲的伟大帝王。

由于从贞观年间到随后的一百多年,昭陵南面广大的山地平原上,陆陆续续营建了一百九十多座陪葬墓,形成了一个国内独一无二、世界范围内也少有的、两万多公顷的茫茫帝王陵园。这些大大小小的陵墓都以高高的九嵕山为轴心,向南辐射成一个巨大的扇面,犹如众星拱月一样。这样的格局,也恰如君臣生前一样,帝王背北面南,朝臣侍列在前。也恰如太宗生前希望的那样,君臣居止相望。无言地向后世呈现着当年的贞观遗风,也向后世昭示着大唐盛世之景象……

昭陵陪葬的人物中,不仅有皇亲国戚,有文武大臣,有文德皇后和徐惠这样心怀天下才华出众的贤妃,还有像魏徵这样敢于犯颜直谏的良相,以及像秦琼、敬德这样崇尚武功闻于乡野的英雄豪杰……

由于在唐朝的时候,就已经有这样的事情发生,臣民有冤屈的时候,就到昭陵去哭诉。求进不得的志士贤才,因企慕贞观之风,时常眺望昭陵咏诗言志。晚唐时的诗人李洞就写下了"公道此时如不得,昭陵恸哭一生休"的诗句。到了宋朝,陆游也留有"积愤有时歌易水,孤忠无路哭昭陵"的诗句……

由于时光荏苒,风吹雨打,朝代更迭,还有战乱、天灾甚至盗窃等因素,九嵕山上当年宏大的建筑已经灰飞烟灭,只剩下稀疏的树木和萋萋的荒草。唯一留存下来的、可以伸手触摸的,除去躺在荒草里的那些断瓦残碑,就是矗立在凄迷荒坡上的昭陵六骏。

也由于神鹰双飞的故事,由于圣主显灵的故事,由于六骏显灵的故事,由于芳魂绕陵的故事,由于敬德放火烧"皇城"的故事,由于《兰亭序》的故事,由于邬马儿追白兔的故事,由于放羊娃运砖的故事,由于后世封建帝王为了巩固政权,表示要以唐太宗为楷模,也常来昭陵祭奠,由于民间一年又一年的庙会和一次又一次的祈福求雨活动等,昭陵的一草一木都变得非同寻常了。于是,中国人对昭陵福地和六骏故里的情感也就日积月累,层层深入。

16

时间仿佛一个转身,就到了1911年的晚秋。

这一年,中国大地上,正在发生着一场伟大的革命。辛亥革命全面爆发,清政府已经是风雨飘摇。

在一个树叶瑟瑟飘落的日子,一位留着粗长辫子的人力车夫,正迎着飕飕的冷风细雨,喘着粗气,奔跑在古老又衰败的北京大街上。他的眼珠子一动不动,直直地盯着前方,粗糙黝黑的脸与麻木的表情,极像衰败没落的北京城。与之相反,坐在车上的人却显得意气飞扬、高高在上,一路哼着小调,用手不停地捋着自己像公山羊角似的八字胡。车子拐进一条胡同,来到一棵古槐树下,他打发走车夫,继续哼着小调,走进槐树后边的一座小洋楼里。

法国的古董商人格鲁山已经在洋房前等着他。

一头红发的格鲁山远远地伸出手高兴地说:"见到你十分高兴,戈兰德先生。"

翘着像公山羊角一样八字胡的戈兰德,握住格鲁山的手说:"尊敬的格鲁山先生,我和你一样,也十分高兴呀。"

格鲁山笑道:"戈兰德先生,你的中国话说得越来越地道了。"

戈兰德哈哈一笑:"说得不地道,怎么能和中国的朋友做好生意呢?看你的神情,是不是又发现什么宝贝了?"

格鲁山哈哈一笑说:"我们进到屋里去,一边喝着中国茶一边说话。"

戈兰德捏了一下自己的大鼻子笑道:"见到你,我更想喝几杯我们的红酒。"

格鲁山摇着一头的红发说:"好好,喝我们的红酒更有味道!"

在屋子里,他们首先为以往多年的合作干杯。随后,格鲁山便拿出几张照片说:"你看看这个。"

戈兰德放下酒杯,习惯性地捋了一下自己的大胡子说:"几尊石马?"

格鲁山一边喝酒一边说:"你仔细瞧瞧,它们被放在长满荒草的山坡上,简直就像被扔在无人问津的荒岛上一样。"

戈兰德抬起头,深眼窝里的眼睛一闪一闪地问:"哪里来的?"

格鲁山说:"是我们的投资人巴龙先生给的。巴龙先生说,这是一位法国教授之前在西安考察时拍的。"

照片上拍摄的,正是昭陵六骏。它们被置放在荒草萋萋山坡上两间破烂不堪的小房子里,也叫东西两庑。两庑的屋顶大部分都不见了,只剩下一个破烂不堪的砖框子。在一间小屋上边,还残留着几截破破烂烂快要腐朽的木椽,木椽的上边勉强地残留着一些泥土和瓦片,好像是几片破碎的枯叶,在屋顶的一角风雨飘摇。

两庑的前边,野草丛生。

戈兰德装着糊涂的样子问:"巴龙先生对这个感兴趣?"

格鲁山兴奋地捏了一下自己的鹰钩鼻子说:"亲爱的戈兰德先生,这和你以前搞到的那些石像与青铜器完全不一样,巴龙先生和我已经对这几尊石马做过多方的考证,它们无论是从历史的角度还是艺术的角度,无论是从中国的角度还是世界的角度,都是独特和不朽的,都是前无古人后无来者的。一句话,它们是不可多得的稀世宝贝,我希望你能继续发扬以前的勇气和探险精神,尽早出发去找到它们。另外,据巴龙先生说,有可能和我们同行的德国朋友也有了和他一样的认识,所以说,他要求我们立即行动。"

戈兰德犹豫了一下说:"难道你没有看见,中国正在闹革命,到处都在闹独立,到处都是动荡不安硝烟弥漫?从北京到西安,一路上交通阻塞,兵匪横行,危险重重,是很不安全的。"

格鲁山捏着自己的大鼻子说:"戈兰德先生,中国闹革命,这难道不是很好的机会吗?你难道要等他们把国家治理好了,政权稳固了,天下太平了,法制健全了你再去吗?"

说着话,格鲁山举起酒杯与戈兰德碰了一下杯接着说:"巴龙先生说过,我们缺少的是不朽的石马,缺少的是不朽的艺术,而不是银子。你能听明白巴龙先生说这话的意思吗?"

戈兰德在屋子里转了一圈说:"像这样的石马,既不好藏匿,又不好运输,再说,又是稀世宝贝,可以想象,要把它们弄到手里怕是很难很难的,需要加倍的努力,需要付出更多的代价。"

格鲁山摇着一头的红发哈哈大笑道:"正因为它们是稀世宝贝,才值得我们去冒险。我已经听明白你的话了,不就是需要更多的经费嘛!也希望你记住巴龙先生反复说过的话,我们缺少的是不朽的艺术,而不是银子,希望我们再次合作愉快,也祝你马到成功。"格鲁山说着又哈哈一笑:"对对,马到成功!"

戈兰德是一位有经验的"探险家",他那样说一方面是因为他说的是中国的实情,另一方面,他就是想得到更多的经费与报酬。在他的心里,还是很愿意与格鲁山和巴龙合作,去完成这样一次"探险"。他来中国已经多年,对于中国的国情有着比较多的了解。就在格鲁山说话的时候,他一手端着酒杯,一手敲击着桌子,脑海里却像过电影一样,闪现着一个世纪以来中国历史上有关的事件。

稍后,他自言自语道:"自以为是一个泱泱大国,都签订了《南京条约》《北京条约》《马关条约》《辛丑条约》,还有……想不起来了。可惜呀,我们没有赶上到圆明园里去转一圈,那里肯定有很多很多的稀世宝贝。"

格鲁山哈哈一笑说:"这石马和圆明园里的宝贝比起来,不但不逊色,反而更有它们的历史文化价值和代表性。"

戈兰德眼睛一亮,狠劲捋了一下大胡子说:"好,我准备一下就出发。"

17

戈兰德没有想到中国的形势急剧变化,战事比他想象的还要复杂。他翘着像公山羊角一样的八字胡,在路上战战兢兢走了几十天,所过之处全部都是兵荒马乱的景象。还好,他有的是银子,有的是生意上的中国朋友。虽然步步惊心,还算通畅,没有遇上兵匪打劫的事,顺利地来到了西安城残缺不全的古城墙下。他和助手站在护城河边,看见又有众多的兵马在行动。

原来,陕西的同盟会联合哥老会响应辛亥革命,在西安城发动了新军起义(清政府编练的近代化陆军)。由于起义军以新军为主,同时还有陆军学堂的学生和农民等,所以,队伍的衣着就很混乱,有土色的,有灰色的,也有黑色的;有的军士有领章,有的连领章也没有;有的军士戴着硬壳大檐帽,有的军士还光着头,不过辫子都已经剪掉;有的军士打着绑腿穿着长筒靴,有的军士不仅未打绑腿甚至还穿着土布鞋。

总之,在这支队伍里,原来如果是新军,那只要在帽墙上绑一圈白布,在胳膊上系一条白毛巾就可以了。假如原来不是新军,但只要剪去辫子,在胳膊上缠一条白毛巾,哪怕穿着对襟棉袄,只要走进打着共和旗帜的队伍里,就可以成为起义军的一员。

起义军胜利后,随即秦陇复汉军政府成立,推举张凤翙为大统领,万炳南为副大统领,张云山任兵马都督。

清政府闻讯,急调豫军进攻潼关,调甘军进逼长武,准备东西两路夹击秦陇复汉军。西安起义时逃亡到兰州的陕甘总督升允,被清政府任命为陕西巡抚,他纠合了大批甘军一路向陕西杀来。西安战事随之吃紧起来,万炳南率兵赴凤翔反击。秦陇复汉军兵马都督张云山率兵西征长武、彬县、乾州……

戈兰德看见的正是这些队伍中的一部分。

戈兰德暗暗吸了一口冷气,和助手站在护城河边,等着兵马过完,才小心翼翼地向城里走去。

戈兰德翘着大胡子,战战兢兢地走进冬天灰蒙蒙的西安城。城里边一片狼藉,街面萧条,人人恐慌不安。他来到鼓楼北边的北院门,见到了之前生意上的合伙人——古董商人黄树螂。

黄树螂在这里经营着一家古董店,表面上在经营一般古董字画的买卖,暗地里却与境外的古董商合作,倒卖甚至盗卖中国的古玩商品。戈兰德就是他的合伙人之一。

黄树螂见到戈兰德,惊讶极了,小眼睛一鼓一鼓,鼻子一耸一耸,半天说不出话来。他让伙计照看着门面,把戈兰德和助手引到里边的屋子,一边倒茶一边问:"戈先生呀,你冒着枪林弹雨在这个时候来到西安,有什么万分火急的事?"

戈兰德习惯性地捋了一下自己的大胡子说:"当然有重要的买卖要做,否则,能冒着枪林弹雨来吗?"说着他哈哈一笑,又说:"你是知道的,钱的力量是很大的,它会给我勇气和胆量。"

黄树螂说:"我知道,你就是个要钱不要命的家伙。"

戈兰德喝了一口茶,笑道:"钱当然很重要,但命还是要要的,否则,明天就没有挣钱的资本了。中国到底在发生多大的革命?简直不可想象!一路上到处都有军队,到处都好像要打仗。西安也在闹革命吗?那么多的军队向西跑,要打仗吗?谁和谁打?"

黄树螂生气地把自己的长辫子往身后一甩说:"当然是要打仗,谁和谁打,给你说了你也听不明白!"

戈兰德的眼皮闪动了两下说:"你没有说,咋就知道我听不明白?"

黄树螂耸动着鼻子说:"西安的新军响应辛亥革命,起义了,西安光复了,甘军要来进犯西安,已经到了陕西的彬州,听明白了吗?"

戈兰德说:"辛亥革命是知道的,新军、光复,还有甘军,真不知道是怎么一回事,我们还是谈我们的生意吧。"

于是,戈兰德把巴龙和格鲁山对昭陵六骏很感兴趣的事情说了。

黄树螂一听,小眼睛立即紧张地盯着戈兰德说:"我们之前卖的珠宝、青铜器、陶瓷、字画、雕刻虽然都是宝贝,有的甚至也到了国宝的级别,可那些东西毕竟体积小好运输,容易掩人耳目,社会关注度小,但昭陵六骏就不一样了,它们是顶尖级的国宝,体积大,又放在荒山上,再加上去昭陵山高路险,运输十分困难。"

戈兰德说:"请你放心,我给你的回报一定会令你十分满意。"

黄树螂犹豫地说:"从前与你合作,都是暗地里做,没有人知道,事情过去也就过去了,在这兵荒马乱的年代,也没有人顾得上来管。可这昭陵六骏不同,那么大的石头,你能悄悄地把它们弄走吗?在你眼里,昭陵六骏只是宝贝,可你并不知道,它们在中国人的心里,特别是在陕西人的心里,那可非同一般,如果你真要把它们弄走,那些人知道了能拿笨镰(老式的镰刀)把你往死挖!"

戈兰德一笑说:"你说的这些我都知道,我在路上已经想过了,我们想一个办法,自己不出面,叫别人给我们弄。"

黄树螂嘴一撇说:"叫别人?你到哪里找别人去?这是傻子都不敢弄的事情。"

戈兰德笑着问:"傻子是怎样的人?"

黄树螂没好气地说:"就是和你一样的人,爱钱不爱命。"

戈兰德摇着头说:"我爱钱但也爱命,和你是一样的。"

黄树螂盯了戈兰德许久,说:"你不知道你是在干啥,你给我一斗银子我都不干,这可是天大的事!"

戈兰德自信地捋着自己的大胡子说:"给你两斗银子!"

18

黄树螂终于经不住诱惑,认为当下国家动荡不安,没有人去关心注意放在荒山野岭上的几尊石马,就答应先陪伴戈兰德到醴泉县去看一看情况。

隔天,他就与戈兰德去了骡马店,去了才知道牲口和车辆大多被军队征用,剩下的都是一些瘦骡子老马。无奈,他们骑着两头驴上路了。

驴毕竟不是骡马,噔噔地迈着碎步,就是赶不出路,再加上冬天白天的时间本来就短,等从西安城一路向西,过了渭河再走进咸阳县,灰蒙蒙的太阳就已经不高了。于是,他们在咸阳县北城门边的骡马店里过了一夜。不巧,当天晚上下起了雪。

雪下了一个晚上,第二天仍然在下着。黄树螂说:"落雪了,路不好走,我们改天去吧。"戈兰德却不同意,坚持要去,说下雪天才好办事。

于是,他们迎风冒雪又出发了。

果然,由于道路积雪,驴不善于走雪路,他们从早上出发,一直走到了天色向晚,才到了店张驿。走进一家客栈,他们把驴安顿下去吃草,就听店主人说,甘军已经过了彬州,革命军已经退守到乾州、醴泉一线。昨天,店张驿这里还住了不少兵,今天一大早往西走了。

黄树螂以为在彬州打仗,没想到战事这么快就到了跟前。本来,他想到醴泉县城去找大头。大头的真名叫周四皮,在醴泉县城开了一家当铺,喜欢收集珠宝古董方面的东西,因此与黄树螂有生意上的来往。不过,以前都是周四皮去西安,黄树螂还从没有到过醴泉县城,对于醴泉县城以及昭陵的情况,他一点都不了解。如果要完成这样一次"探险"任务,黄树螂就需要周四皮这样的地地鬼朋友来帮助。

由于天快要黑了,醴泉县城里又驻满了兵,黄树螂左思右想,与戈兰德在店张驿歇了下来。没想到,雪没歇没停又下了一个晚上,等到天亮,站在官道上抬眼望去,天上地上白茫茫的一片,刺得人只能把眼睛眯起来看东西。黄树螂再一次犹豫起来:到醴泉去吧,情况不明;回去吧,醴泉就近在眼前。想来想去,还是到醴泉县城和周四皮见上一面,看看情况再说。

黄树螂和戈兰德骑着毛驴又小心翼翼地上路了。

地上的落雪已经能埋住脚，田野里的村落和树木已经与天地融为一体。黄树螂眯着眼一边走一边对戈兰德说："下雪天看不见了，要是在往常，现在就可以看见昭陵了。"

戈兰德大胡子里冒着热气说："我们是否不去见你的朋友，直接去昭陵？"

黄树螂眯着小眼睛奇怪地看着戈兰德说："这么大的雪，还能去个啥！我又没有去过昭陵，对那里的路一点都不了解。听说上山的路很陡，不但沟壑纵横，还经常闹土匪，我们自己去，滚不到沟里也被土匪打劫了，这下雪天，最容易遭遇土匪。我们先去醴泉到大头跟前把情况了解一下，再做仔细的考虑，心急吃不了热豆腐。"

戈兰德问："大头是谁？为啥心急吃不了热豆腐？"

黄树螂耸动着鼻子笑道："大头就是周四皮，心急吃不了热豆腐就是说不要急慢慢来。"

走了半天，已经能望见醴泉的城墙了。黄树螂和戈兰德正走着，迎面过来了一队军士。由于革命军与甘军大战于乾州一线，双方相持不下，战事已经处于胶着状态，革命军又紧急调兵去驰援乾州。眼前的这一部分军队，就是从泾阳三原那边经过小屯渡口过来的。他们在醴泉县城经过短暂歇息，正去往乾州。

驴的性格本来就倔强，黄树螂与戈兰德见有军士过来，慌乱中紧急避让，驴却动作迟缓，犟着脖子不听话，有军士一边跑一边把驴向路外边推。由于雪厚路滑，而且戈兰德骑驴的技术根本就不行，再加上驴的那犟脾气，也由于路窄，外边又是壕沟，驴脚下一打滑，就滚坡了，滚到了壕沟的下边。壕沟底下又多乱石，不但把驴的腿给踒坏了，还把戈兰德的胳膊给摔折了。

驴上不了沟坡，戈兰德坐在雪地上吱吱哇哇乱叫。黄树螂急得坐在雪地上溜了下去，小心翼翼地来到戈兰德跟前，扶着戈兰德往壕沟上爬。壕沟很陡，戈兰德折了一只胳膊，疼得使不上劲，黄树螂在后边用力将戈兰德往上推，戈兰德才一点一点地爬了上来。两人坐在路边的雪地里一时不知所措。黄树螂是一个很迷信的人，他望着醴泉城门下站岗的团丁，开始犹豫起来。他想这不是啥好兆头，今天本就不该来。

他猛然想到自己身上还装有银圆，还有防身的短枪，如果进城时，那些团丁要搜身怎么办？再说，戈兰德还是一个外国人，他的大鼻子深眼窝，特别是两撇翘起来的大胡子,弄不好会把两个人的小命整没了。

他吓得出了一身冷汗。

戈兰德疼得不停地叫唤,黄树螂装作没有听见,他顾不上说话,也不管壕沟里那头蹾坏了腿的驴,赶忙扶起戈兰德离开了这个危险之地。

19

年关临近。

清帝宣布退位,南北开始议和。

北京的袁世凯电令升允休战,但升允却秘而不宣,反而加倍进攻,"连营数十里,旌旗遍野,烟焰蔽天",乾州、醴泉等地危在旦夕。此时,秦陇复汉军西路征讨左翼大都督张云山也接到了南京的停战电文,遂委托行营执事官兼王字营副统领的醴泉人雷恒焱作为秦陇复汉军的代表,赴乾陵北麓十八里铺与甘营议和。之所以选他,就是想利用他在甘肃陆军学堂上学时的人脉。

临行前,张云山在乾州城南为雷恒焱设宴饯行,并派雷恒焱的同乡——独臂英雄王山民带着几名军士护送雷恒焱一同前往。

去甘营之前,雷恒焱先绕道去了甘军陆统领的驻防地——乾州东北的田家凹。因为他在甘肃陆军学堂上学的时候,与陆有师生关系,就想让老师一起前去帮助说服升允议和。在田家凹的田家祠堂里,雷恒焱见到了老师。

雷恒焱说:"清帝已经宣布退位,南北议和已经开始,老师能否与我们一起去,说服升允放下武器?"

老师迟疑地问:"清帝已经退位了?可统帅升允却说要打到西安,把溥仪接到西安来当皇帝。"

雷恒焱说:"清朝已经成为历史,民主共和的时代已经到来,我们要顺应历史的潮流,不能当历史的罪人。"

老师说:"议和之事,我出面不妥,还需要你去和统帅商定。"

临走时,老师又对雷恒焱说:"统帅升允为人骄横独断,你又性情耿直,说话直来直去,你去见统帅,万万注意说话的方式,有话慢慢说。"

随后，又派了一队人马护送雷恒焱赴十八里铺。

积雪还没有消融，雷恒焱骑在马上望着被雪覆盖的原野，忧心忡忡地对王山民说："我没有见过升允，只听别人说他为人骄横，一贯保皇。今天，陆统领都不愿随同我们去说一句话，可见升允是怎样一个刚愎自用的人。可我又心直口快，弄不好，难以成事，还凶多吉少。"

王山民剑眉一耸说："我的职责就是保护统领的安危，定当与大哥同生死。"

雷恒焱忧愁地说："在敌人的大营里，你根本保不了我，弄不好还会把自己置于危险的境地。"

王山民手在刀柄上按了一下，坚定地说："保不了也要保。"

雷恒焱冷着面孔勒住马，望着被雪覆盖的缓缓起伏的山地说："你伤还没有痊愈，我带你一块去，是因为我们是同乡，我们相互了解信任。我这次去万一出事，你一定要把消息带给张师长，这就是你跟我去的主要任务。以后，再找一个机会，到醴泉雷家堡子把我的父母看一下，再把实情告诉我的弟弟雷恒民。"

王山民突然红了眼。

雷恒焱叹息一声接着说："我们从参加革命的那天起，就已经做好了随时牺牲的准备。之前你不是也被炸弹炸掉了一只胳膊，差点要了自己的命？我们现在干的事，本来就不是耕田种地，是把脑袋提在手里闹革命。"

到了十八里铺甘营驻地，雷恒焱在一座深宅大院里见到了升允。王山民等军士被挡在屋外，雷恒焱只身进去见升允。升允一见雷恒焱，就诘斥道："你胆子不小呀！"

雷恒焱昂首挺胸，斩钉截铁地说："我受张云山大都督的委派，作为秦陇复汉军的代表，前来和你商谈议和之事，我们已经接到了南京的停战电文，电文上说，清帝已经宣布退位，南北开始议和，我们希望双方休战，顺应时代之潮流。"

升允傲慢地说："谁说清帝已经退位？你再造谣惑众，我割了你的舌头！"

雷恒焱厉声道："皇帝的朝代已经过去，民主共和是大势所趋，你不要再执迷不悟，置军士生命和国家的前途于不顾，否则，战祸蔓延，生灵涂炭，你就是千古之罪人！"

升允呵斥道："小小逆贼，什么千古之罪人？大清的江山，哪有议和的道理？我要打到西安城去，把皇帝请到西安来。"

雷恒焱大声斥责："皇帝已经退位，万民期望民主共和，你却一意孤行，违背民心，开历史的倒车，必遭历史唾弃。"

升允大怒："我先割了你的头，让你到阴曹地府去喊民主共和吧。"

随后，叫军士将雷恒焱绑押出营。

王山民在屋外见状，急忙上前阻隔，被升允的将士一枪击倒。

雷恒焱一路痛骂不止，升允令军士将雷恒焱押至十八里铺西门外。

雷恒焱被绑在木桩上，仍然骂声不绝："你个王八蛋，禽兽不如，开历史的倒车，祸害百姓，必遭报应。"

升允大喊道："先把他的舌头割了！"

穷凶极恶的刽子手拿刀往恒焱嘴里捅。

雷恒焱嘴里流着鲜血，继续瞋目怒骂："你违背民心，你今日杀了爷，爷到了阴曹地府也饶不了你！"

凶残成性的刽子手对雷恒焱割耳削鼻。

雷恒焱脸上鲜血直流，依旧高昂着头口吐鲜血，怒目切齿，骂声不绝。

灭绝人性全身沾满鲜血的刽子手，拿刀砍断了雷恒焱的两臂，仍不解气，又对其剖腹，之后，将他弃于枯井之中……

傍晚时分，王山民苏醒过来。坐在一边的老者轻声说："你到底醒过来了。"

跟随王山民一起来的军士郭胜根情不自禁地喊："醒过来了！醒过来了！"

王山民闭着眼忍着疼痛问："这是在哪里？"

老者说："野地里的看瓜窑窑（土窑洞）。"

王山民轻声地说："我没有死呀？"

老者说："他们都以为你死了，叫我把你推着往枯井里倒。走到半路，我看你身子好像动了一下，就赶紧把车停下来，用手在你鼻子底下一摸，果然还有气，就把你推到这里来，正好你们的人也跟着过来了。"

王山民问："雷统领怎么样？"

郭胜根说："已经被甘军杀害了。"

另一个军士说："这是雷统领的帽子，是我们在路上捡到的。"

王山民眼角流着泪说："留着它，不要弄丢了。"

郭胜根说："再等一时，天黑了我们背你回去。"

王山民仍然闭着眼,气息奄奄地问老人:"老叔,你叫啥名字?以后有机会报你的恩。"

老者突然落泪说:"兵荒马乱的,这也是遇上了,说啥报恩不报恩呀!"

天黑了下来,没有月光,野地里的风很刺骨。郭胜根背着王山民,踏着冻结的积雪,疾速向乾州城走去……

20

几天后,就是大年除夕夜,虽然战争的阴云还在,但百姓对过年的热情一点也没有减。

按照乡民过年的习惯,三十晚上天一擦黑,城里城外家家户户都开始燃放辞旧岁的鞭炮。醴泉的大街小巷,从天刚擦黑,鞭炮声就此起彼伏,外面火光冲天。家家户户放过辞旧迎新的鞭炮,老老少少就坐一起开始"守夜"了。一家人安安静静地坐在热炕上,吃着花生瓜子和糖果,说着去年的故事,说着新一年的打算。而孩子们已经把明天要穿的新衣服放在了枕边,把明天黎明时要放的迎接新年的鞭炮放在了热炕头,同时,已经开始想象着明天早上要吃的浇汤挂面、浇汤烙面或浇汤饸饹,想象着吃过年早饭以后,穿着新衣服去给婆婆爷爷磕头,领好吃的……

在醴泉地域,浇汤挂面和浇汤烙面都是必须要吃的,这是祖祖辈辈传承下来的,一个象征着天长地久,一个代表着对家乡永久的记忆。

与此同时,守城的革命军也像当地的老百姓一样开始过年了,他们喝酒吃肉,放松了警惕,城防上通宵无备。而甘军却借此机会,偷袭醴泉县城。他们先派军士潜入县城西关,利用乡民守夜的机会,偷偷把居民的土墙挖了一个洞,让军士一个个从中钻过去,埋伏在西门外边的玉皇庙里。

大年初一,当夜幕还笼罩着大地,当黎明的曙光刚刚在地平线上显露,当城里城外的百姓开始燃放鞭炮迎接新年的时候,埋伏的甘军突然冲入城内,袭击守城的革命军。革命军没有任何防备,立即乱作一团。有的人睡眼惺忪还没有弄清是怎么一回事,就糊里糊涂地丧了命。

乡民们更是始料不及,过年的鞭炮声瞬间变成了枪炮声。

一时间,城内枪声大作,乡民四处躲逃,哭喊声不断。隐蔽在醴泉城外、泥河沟北岸的甘军,听到城内的枪声,蜂拥越过泥河沟向城内发起冲锋。他们先用大炮向城墙上轰击。城防本来就空无一人,甘军顺利地登上城墙。

天亮以后,东城门、北城门和西北城门均被甘军占领,革命军慌乱中一边与甘军激战,一边向南城门退却。城内大街小巷的枪声、喊杀声震耳欲聋。有乡民小心翼翼地爬上屋顶向街上观望。

战斗持续了大半天,大街上尸体纵横、血流遍地。革命军战死千余人,乡民死者二百多人。

枪声停歇下来之后,甘军随即持枪沿街抢劫财物。有的人不愿被抢并加以阻拦,他们当即将其击伤或击毙,大街小巷又不时传来稀稀拉拉的枪声。

大年初一,周四皮早早地来到当铺,他有这样的一个习惯,每年要在太阳出来之前去敬奉财神。他还没有走到当铺,街上就响起了枪声。他弄不清发生了什么事,赶紧撒腿就跑,进了当铺关了屋门,随后就一直心惊肉跳地躲在里边。多半天过去,当枪声停下来以后,他战战兢兢地把门打开一道缝,刚把头探出去,就看见沿街抢劫的队伍。他吓得喊了一声赶紧关上屋门,还没有喘过气来,门前已经响起了脚步声,有人用脚在踹门,有人用枪托在砸门。他装作没有听见,希望他们以为里边没有人,然后走开。但他们一点都没有走开的意思,几个人同时用脚在踹门,木门闩终于承受不住,一下折断了。

有七八个人闯了进来,开始抢劫。周四皮本能地上前阻拦,有人突然向他开了一枪,他被吓得半死,身体一软躺在了地上。

好在这一枪打在了他的肩膀上,他捡回来一条命。

打劫的走了,夜幕降临了,升允带着队伍进驻醴泉县城。

黑乎乎的街面上,马灯在晃动,有人在搬运死者的遗体,有死者仍横躺在大街上,有人在号啕痛哭……

秦陇复汉军急调各路兵马赶往醴泉。先在县城外围与甘军展开激战,甘军退回到醴泉县城内。夜深人静的时候,革命军又夜袭醴泉县城,用大炮向城内轰击,甘军死守,战事处于胶着状态……

陕西都督张凤翙急急忙忙地从长安赶往店张驿,视察乾州和醴泉军事。有人建议请关中名儒牛梦周、张晓山前去劝说升允罢战。张凤翙随即派人联系牛、张二人。牛、张二人来到醴泉县城,拿出清帝退位诏和停战的电文,升允见败局已定,无奈表示愿意接受议和。革命军让出通道,甘军随之撤离醴泉。秦陇复汉军西路征讨左翼大都督张云山,与甘军统领在乾陵坡签订了议和协定。

由此,升允想攻占西安,把溥仪接到长安当皇帝的美梦化为泡影。

21

春天的时候,戈兰德的伤还没有完全好,就已经急不可待了。这一天天刚亮,他就与黄树螂雇了一辆马车向醴泉县城出发。

这一次还算顺利,只在咸阳县和店张驿还看见有驻防的队伍,一路上见到的都是春天里复苏的田野,是又一年开花的桃树和杏树,以及在田地里劳作的乡民。

戈兰德和黄树螂又在店张驿过了一宿,再上路的时候,昭陵就赫然出现在眼前。黄树螂鼓着小眼睛,兴奋地指着昭陵对戈兰德说:"你看,它就是昭陵,一枝独秀,俯视关中。"

戈兰德翘着像公山羊角一样的大胡子,喊了几声说:"真的是一枝独秀,我的心已经飞到昭陵上边去了。"

黄树螂对车夫说:"加上两鞭,把马车赶快些。"

车夫不知道他们的阴谋,望着野草萋萋的大地与高高耸立的昭陵,很响地甩了两鞭。马拉着车子小跑起来,不久,就来到了醴泉城下。去年驴滚坡的地方,已经是荒草萋萋了。

厚厚的土城墙,看上去很有年份,墙面上坑坑洼洼,多处都留有炮弹炸出的豁口,有的缝隙里还长出了野草。城墙上边的门楼,看上去更是日月久远、历经风雨,给人一种陈年腐朽、风雨飘摇的感觉。走进城门,里边是窄窄的土街,土街的两边,是高低不一的土房子。有的房顶上黑苍苍的瓦楞间,在春天里,已经长出了许多的茅草。街面上,有挑担的,有推独轮车的,有牵着毛驴拉着车的,也有背着褡裢的,虽然人来人往,却看不出热闹的景象。这可能与不久前发生过的战争有关,大家还没有从那次战争的阴云里走出来。

正走着,黄树螂突然叫马车停下来。他并不知道周四皮的当铺在哪里,这样赶着马车在城里转来转去,实在很不方便,也容易引起别人的注意。他打发走马车,背着褡裢与戈兰德一边走一边盯着街边的店铺。没走多远,另一个问题又让他顾虑起来,像戈兰德这样高鼻子深眼窝又留着两撇胡子的外国人,肯定比那马车还招眼,更叫看见的人难以忘怀。

黄树螂站在街边,瞪着眼睛想了片刻,对戈兰德说:"你站在树背后等着我。"然后自己朝前走去。先去了鞋帽店,后去了眼镜店,买了一顶宽大的老人帽和一副镜片特大的石头眼镜。

戈兰德笑问:"弄这些东西干啥?"

黄树螂说:"你看看街上,就你特殊,大鼻子深眼窝,还没有辫子,就像一个怪物,在这样一个小土城里,几十年怕都见不到你这样的人。"

戈兰德说:"你们为啥要留一个辫子?"

黄树螂说:"你们为啥不留一个辫子?"

戈兰德笑道:"我明白了。"

黄树螂鼻子一耸说:"你明白个屁!就你认识的那几个汉字,对中国有多少了解?你啥话也不要说,只管低着头跟着我走。"

随后,戈兰德背着行囊,戴着帽子和石头眼镜,低着头跟在黄树螂身后。黄树螂一边走一边看着街道两边的店铺。本来,他可以直接打听周四皮,但考虑到安全与隐秘的因素,还是打消了这个念头。

街道的这一段,有布店、染坊、颜料店、帽子店、绸缎店、裁缝店、皮货店、鞋帽店、棉花店、眼镜店、首饰店、扇子店、伞店等穿戴方面的店铺。再往前走,来到一个十字路口,周边有书庄、饭庄、茶庄、肉店、烟店、纸店、酒坊、豆腐店、糕饼店、理发店、灯笼店、花炮店等。黄树螂在十字路口周围转了一圈,仍然没有找到周四皮的当铺。他不想在人多的地方久停,就向另一条街道走去。这一条街是米粮店、油店、酱园、煤炭店,还有猪羊市。黄树螂站在猪羊市边想,还是要问一下,这样转来转去终不是个好办法。他瞅准一个面善的老汉,上前打听周四皮的当铺。老汉说,在前头的那条街上。

按照老汉指引的方向,黄树螂来到另一条街道,也就是西北大街。这里有漆店、旧货店、洋货店、瓷器店、珠宝店、乐器店、刻字店、竹行、铁匠铺等。在一棵槐树后边,黄树螂终于看见了当铺,但门却关着。这时黄树螂才想起,他从街上经过的时候,看到的那些铺面,多半都在关门歇业。

天色已经不早了,肚子还饿着,黄树螂有点着急起来,无论如何,必须要找到这个周四皮。在醴泉城里,他也就认识周四皮。此时,黄树螂后悔事先缺少考虑,应该刚进县城就先找一家旅店住下。让戈兰德跟在自己身后,这样在街上晃来晃去,实在不是一个好办法,实在是自己给自己在做宣传。毕竟,这不是什么光明正大的事,是暗地里做的事,是出卖祖宗的事。

22

黄树螂把戈兰德安排在顺祥旅店,自己出了门,几经打听,才知道周四皮一直在家里养伤没有开业。他来到"背巷",走到一家门楼下,敲响了黑院门。过了一会儿,门开了。周四皮见是黄树螂,那颗大头半天僵硬在脖子上,随之叫了几声。他猜想黄树螂在这个时候来找自己,肯定有什么特殊的事。简单的寒暄之后,为了说话方便,他就带着黄树螂来到了当铺。

黄树螂不知道周四皮的情况,经他一问,周四皮就来了气,脸气得通红,嘴里往外溅着唾沫星子一边骂一边说起了大年初一的遭遇:"过年的那一天,甘军打进了城,拿着枪沿街抢劫,你不给就开枪。他们一拥而进,见东西就拿,翻箱倒柜甚至搜你的身,我阻挡了一下,就挨了这一枪。还算命大,这一枪打在了肩膀上,要是偏一下,命就完了。"

黄树螂问:"伤现在恢复得咋样?"

周四皮说:"还算可以,就是心里老惶惶不安,咽不下这口恶气。你是没见那个惨状,光这条街上就打死了二十几个人,到现在那情景还在我眼前晃来晃去。比土匪还坏还恶,硬是踹开了我的店门。你说,这算个啥世道,天下哪有这样的队伍,抢劫了你的东西,连个说理的地方都没有!虽然事情都过去了这么长时间,人老是胆战心惊,到今天街面上还有许多家店铺关的关歇的歇。"

之后,黄树螂又说了自己去年来醴泉的经历,叹息一声:"你就遇上了这样的世道,能有啥办法呢?只要人好着,咱另想办法发财。"

周四皮说:"另想个屁,已经把元气伤了。"

黄树螂鼓着小眼睛神神秘秘地说:"元气伤了也不怕,这里有个发财的新路,你愿不愿意走?"

周四皮嘴里溅着唾沫星子说:"还有啥发财的路?你没看见这世道,乱得就像一团麻,没有啥道理可说,谁凶谁就有理,谁手里有枪谁就说了算,就可以杀人放火当街抢劫东西。以前,我总想这城墙外边有土匪拦路抢劫杀人,这城墙里边咋说有县衙门有守城的团丁,现在看来,这城墙里外都是一个样子。你是没有看见,那一天城里的情况。到处都是死人,到处都是绝望的哭喊声,在那个时候,人真的都像发疯了。我命大,没有被打死……"

黄树螂小眼睛一闪,手在大腿上一拍说:"只要兄弟你把这世道看清楚了,想明白了,事情就好说好办了,就怕你还没有看清楚没有想明白。如果你愿意,明天就能够发财。天已经黑了,这是钱,你给咱出去弄一些吃的,要有牛肉和猪蹄,再弄一瓶好酒,我出去引一位朋友过来。"

周四皮迷惑不解地问:"朋友?啥样的朋友?在哪里?"

黄树螂眨动着一眼睛说:"一个能让咱们发财的朋友,他住在旅店,那里说话不方便,我把他叫过来。"

黄树螂见到戈兰德,简单地说了情况,他们就一起来到了周四皮的当铺。

当晚,他们就在周四皮的当铺里,一边喝酒吃肉一边商议一起去昭陵的事宜。

当周四皮一听他们想去昭陵祭坛看昭陵六骏,手里举着猪蹄惊讶地问:"你们看它们干啥?它们可是神马。"

戈兰德喝了一口酒说:"正因为它们是神马,我才对它们感兴趣。"

周四皮晃动着大头说:"不敢不敢,这事要是传出去,我咋在这里活人?你不了解,那石马在当地人心里,就是祖宗,就是爷和神。"

黄树螂咽下嘴里的肉,小眼睛一鼓一鼓地说:"我就住在西安,你说的这些我咋能不知道?这事我们不能直接去干,我和你一样,只是帮戈兰德探探路。"

周四皮把大头摇得像拨浪鼓似的说:"探路我也不敢,这事要是传出去,我在这里就住不成了——有人能拿笨镰挖我。"

黄树螂一笑说:"我和你一样,开始也不想干,可戈兰德这家伙给的报酬实在吸引人,没有办法拒绝。"

周四皮说:"这事要叫我好好想一想,毕竟这是出卖祖宗的事。"

黄树螂小眼睛一眨笑了笑说:"你刚才不是还说,这世道乱得像一团麻,没有啥道理可讲,谁凶谁就有理,谁手里有枪谁就说了算,就可以杀人放火当街抢劫东西吗?"

周四皮犹豫了一下说:"说是说,做是做,你叫我好好想想。"

黄树螂装出生气的样子,喝了一口酒说:"你想想当下的世道,哪一天不是在发生着杀人放火抢劫的事?土匪比牛毛还多,谁管呢?我们做的这事算个啥?不就是几块石头!"

说着话,黄树螂把周四皮拉到一边去,把声音压低说:"我刚才说的那些话,主要是给戈兰德听。我们先把事情答应下来,只把先期的钱弄到手,至于后边事情咋办,能办到什么程度,我们就不管了。当然,我们尽可能把事情做得神不知鬼不觉。现在世事这样乱,我们也是走一步看一步,我们最希望的结果是,我们把戈兰德的钱拿了,把他忽悠了,石马还好好地放在山上。他一个外国人,我都不知道他从哪里来,要到哪里去。他只是叫我们找别人,又不是叫我们亲自去干。到时候,至于别人咋样干,也不是你我说了算,事情没有干成,无论找一个啥理由就把他糊弄过去了,遭土匪了,遭刀客了,遭官家的阻拦了……要不,就叫戈兰德去找土匪去!"黄树螂说着向戈兰德那边看了一眼,又嘿嘿一笑,把声音压得更低说:"他没有住在我们这里,能把我们怎么样?关键是,这是一次难得的机会,听戈兰德的口气,他一点都不在乎钱的多少,咱想要多少就是多少,你想,天下哪有这样的好机会?"

说完,黄树螂拉着周四皮又回到桌子跟前,笑笑地看着戈兰德,给几个人都斟满酒说:"来,碰上一杯。"

戈兰德一边碰杯一边自信地捋着自己的胡子说:"我给你们的报酬一定会叫你们十分满意。"

黄树螂看着周四皮笑道:"你听听戈兰德的口气。"

周四皮心动了。

考虑到事情的隐秘性,为了避开小城里众人的眼目。毕竟他们三个还有一个外国人走在一起,很容易引起别人的注意。经过商议,三个人决定分开走,黄树螂和戈兰德明天一早城门一开就去店张驿。周四皮赶傍晚去店张驿。

把一切商量妥当后,戈兰德当即就给了周四皮一百枚银圆,说后边还会有更多的酬谢。夜深人静的时候,周四皮离开了当铺,怀里揣着一百枚银圆,走在寂静的土街上,好多次望着夜空长嘘感慨。

第二天清晨,黄树螂和戈兰德先离开了醴泉县城,去店张驿的骡马店雇好了牲口。当天下午,周四皮也到了店张驿。他特意戴了一顶帽子,把自己遮掩了一下。隔天一大早,他们一起骑马从店张驿一路向北而去。

23

春天里,关中大地上草木葱茏,田间地头以及村落旁,桃花杏花在春风里开得姹紫嫣红。半早上,三人骑马到了甘河南岸,下到沟底牵马涉水过河,再走上沟岸站在甘河原上时,昭陵就近在眼前。

平地里九嵕山突然拔地而起,孤傲冲天,直插云霄,俯瞰着关中大地上的千秋风云。戈兰德勒马叫喊了几声,黄树螂也同样勒马驻足,感叹一声:"真有帝王之气象呀!"

他们沿着田间道路催马前行,到了吃早饭的时候,已经走进了御道沟。眼前,山峦连绵起伏,沟壑纵横。山上树木稀疏,草木葱葱,裸石苍苍。一条窄窄的山路,在山沟底下的荒草荆棘中,像蛇一样蜿蜒向前。据说,它也曾是太宗皇帝去昭陵的御道之一。

马一个跟着一个沿着山路行进,快走到山沟的尽头,前边出现了一个小山包。在小山的半山腰,竟然出现了一个小村落。村子里住着二十来户人家,依山面南凿土窑洞而居。村里村外有成片的杏树,因为在山的南坡,花的盛期已过,花瓣不时地随风飘落。周四皮嘴边溅着唾沫星子说:"这村子叫宋家疙瘩,是去昭陵的路上唯一的一个村子。"

黄树螂赶紧让戈兰德把眼镜戴上,把帽檐压低。周四皮也把自己的帽子往下拽了拽,虽然这里没有人认识他,但他也不想叫别人记住自己的长相。

来到村口,村中有人在土街前的碾子上碾粮食,有几个孩子在土街上玩耍。孩子们看见有生人来,还是三个骑马的人,就好奇地跑了过来。要不是做贼心虚,他们实在应该坐在土街前,歇一歇脚,喝上一口水,看一看正在飘落的杏花。但是,他们却不敢停留,慌慌张张地继续赶路。

走过宋家疙瘩,路依山势不断地抬升,之后就随着一道山梁,又叫长虫梁往前延伸。走在长虫梁上,视野一下变得开阔起来。目之所及,大大小小的山峰起伏连绵,大大小小的沟壑纵横交错,广大的山地犹如波澜起伏的大海一样延伸向远方。再往前走过数里路,转过一道山岭,昭陵就近在眼前。它冲天而起,巍峨孤拔,气势磅礴。黑苍苍的石崖,陡峭壁立,扑面而来,令人望而生畏。在石崖的顶端,飞出来一只鹰,缓缓地滑翔片刻后,又跃升至山顶,在蓝天下久久地盘旋,越发烘托出昭陵的苍古、幽静与神秘。

周四皮突然勒住马的缰绳,回头对黄树螂说:"据说唐太宗在营建昭陵的时候,这只鹰就在山崖上安了家,当地人都说它是神鹰。"

黄树螂鼻子一耸,不以为然地说:"那只是说说罢了,你还信以为真?"

周四皮摇了摇大头说:"这天地之间,有许多事情我们都说不清楚,都弄不明白。"

黄树螂说:"鹰就是鹰嘛,它就生活在山上,是人把两个事联系起来了。"

周四皮说:"那你说说,大家为啥要把二者联系起来?"

黄树螂没有回答,把马一拍,继续赶路了。

又过了几道沟,翻过几道梁,终于来到了山的北麓。

站在山脚下,仰望昭陵,在蓝天白云下,它赫赫巍巍,直冲云霄,犹如一只虎,静静地盘踞在天地之间。有几片云朵,很悠然地挂在它的一边。而整个九嵕山上,已经没有了过去那种苍松翠柏遮天蔽日的景象,只是东一处西一处稀稀拉拉地长着几棵松树,除此之外,就是厚厚的野草与灌木荆棘。从山脚到祭坛上,当年的宏大建筑,也是无处可寻,看到的只是一道逐渐抬升的长满荒草的山梁。在山梁的上端,有两间破烂不堪的小房子。

山脚下有一片树林。他们把马拴在小树林里,然后踏着过膝的荒草向祭坛上走去。据说,在一千多年的时光里,从唐朝开始,后世各朝都曾对祭坛进行过不同程度的整修,但眼下除了荒草,一点也寻找不到昔日的痕迹,眼前只有寂寞空旷,偏僻荒凉。

在祭坛上,除了昭陵六骏,还有两组写实的石刻群,也就是十四国酋长的石刻像。据说,这些石像在五代甚至是唐末就已经被损坏过,今日,也是无处可寻,有的被埋入黄土,有的被荒草掩盖,有的已不知去向。

他们踏着茂密的荒草,来到了山梁顶端的东西两庑跟前。

站在两庑前的荒草里,向东西望去,视野开阔,青山连绵,沟壑纵横,在这个山嘴或那个沟坡上,还能看见村落人家。乡民们在高高的土崖下,打出一孔孔窑洞,过着自给自足的日子。在山梁与沟壑之间,有窄窄的山路,像蛇一样弯来拐去,顺着山势的高低起伏蜿蜒延伸,把那些村落连接起来。此时正是做午饭的时间,远远望去,村子里树木荫翳,炊烟缭绕,似闻鸡鸣狗吠。向东北方向看去,在起伏的山地中,有一座孤零零凸起的小山,它就是远近闻名的顶天寺。

东庑西庑已经破烂不堪,不过,两庑内的石马,虽然经历了千年的风霜雨雪天灾人祸,依旧一动不动地矗立着。只有它们脚下萋萋的野草,愈让人感受到日月烟尘的久远,世道物事的沧桑。

戈兰德自言自语道:"与照片上拍摄的几乎一模一样。"

黄树螂问什么照片,戈兰德却听而不闻。突然,头顶上传来了一声尖锐的叫声。几个人抬头望去,只见一只鹰正在他们头顶上盘旋。它双翼宽大,目光犀利地看着下方。

周四皮抬起大头,目不转睛地望着天上。

黄树螂说:"它就是你说的神鹰吗?"

周四皮自言自语道:"祖祖辈辈的人都说它是神鹰。"

戈兰德说:"我看它和别的鹰没有啥区别。"

周四皮仍然看着鹰说:"当地的人都说,昭陵上没有事,它从来不叫;一旦有事,它就会飞来飞去叫声不绝。"

黄树螂笑道:"你是一个信神信鬼的人。"

戈兰德再没有听他们说话,忙着给每尊石马拍照。他一边拍照一边不断叹息着。

黄树螂也一边看一边不由自主地惊叹道:"都一千多年了,看上去还是这样神奇。"

周四皮僵直地站在一边,说:"我们做的这事,怕是要遭报应的。"

黄树螂腰杆一挺,鼻子一耸一耸地说:"不就是石头嘛。"

戈兰德照完相,自言自语道:"真的是不朽的艺术呀,我给你们的报酬一定会让你们十分满意。"说着在"拳毛䯄"身上拍了一下又说:"就弄这尊和前边站人的那一尊。"

戈兰德话音刚落,天空中又传来一声凄厉的叫声,久久地在山梁上回响。

24

这三个人的行踪,还是引起了几个人的注意。其中就有烟霞草堂的邢山花和邢杏花。

邢山花是邢廷荚的女儿,名字叫山花,人也长得像一朵山花一样。特别是她挺秀俊俏的鼻梁,与一双被新知识滋润的眼睛,愈衬托出她的脱俗之处。杏花是邢廷荚的侄女,圆脸细眉,比山花小一岁。两个女子都受了邢廷荚的影响,放大脚,读书识字,追随新思潮,向往新生活。

邢廷荚是醴泉县邢家堡子人,光绪十七年(1891)科乡试,曾受业于味经书院刘古愚先生门下,追随先生从事教育实践,在醴泉县九嵕山下的烟霞洞,踏勘山田窑洞,设立义仓,以义仓之息供给义学,创办了烟霞义学,并规定幼童八岁即可入学,借以普及乡村教育,使人人能够读书识字。之后在刘古愚先生的鼎力帮助下,多方筹措经费,在烟霞洞边的山口村营建了烟霞草堂。

邢廷荚重视女子教育,与学友在陕西发起成立妇女不缠足会(俗称大脚会),并从自己的家里做起,叫自己的女儿山花、侄女杏花一律不缠足,到义学读书识字,甚至叫她们学骑自家的骡子。他希望孩子长大后能像自己一样,为国家做事。这一行为,在当时被众人认为是畸形异端,被当地人讥讽谩骂,他却置若罔闻,毫不动摇。

戊戌变法期间,他受刘古愚先生指示,率陕西十余名举人晋京,以会试名义,"为桴鼓之应"。到北京以后,即与学友一起去拜访维新派领袖康有为和陕籍京官宋伯鲁,共商救国大计。

他落榜以后,随之去了志士云集的上海,拜访维新志士,选购各种西学和时务之书,研究救国之道,并考察改革教育与培养维新人才的办学体制。不料百日变法遭遇失败,上海之地难以久留,遂心情灰暗地返回陕西。

由于变法的失败,刘古愚也被革职,邢廷荚便邀请老师移居烟霞草堂著书立说,继续从事讲学。几年后,刘古愚受陕甘总督邀请赴甘肃讲学,任甘肃大学堂总教习。

可以说,邢廷荚是附近最有学问的人,是最早具有新思想的人,是醴泉县城最早剪去辫子的人。平常的日子,他总是穿着一件青蓝长衫,围着一条长长的灰色围巾,文质彬彬,很有儒士风范。

这一天吃过早饭,山花和杏花坐在从草堂院子流过的泉水边(这泉水就是从烟霞洞那边流淌过来的),又说起以前邢廷荚从上海带回的书本里的插图,杏花就曾问过廷荚:"二大(二伯),这书上的女娃是中国娃还是外国娃?"

廷荚说：“当然是中国娃。”

杏花说：“那为啥穿这么怪的衣服？”

廷荚笑道：“你说她们怪，她们还说你土呢！如果是在北京、上海，你们还穿着像麻袋一样的衣服去读书，肯定会被人耻笑的。”

杏花问：“难道她们个个都穿这种紧腰的衣服？”

廷荚说：“在北京、上海大家都这样，已经习惯了。”

山花忍不住问：“那西安呢？”

廷荚说：“西安各大学堂也在流行。”

杏花一笑说：“二大，这也算是新生活吗？”

廷荚说：“当然算是。”

杏花说：“那我和山花姐也穿这样的衣服行吗？”

廷荚想了一下说：“我们是在乡间，毕竟不是在西安，更不是在北京。你们如果想改，可以稍微改动一下，不过分就好。”

现在，两个人又想起这事，想象着自己穿起那种紧腰鼓胸的衣衫是个啥样子。于是，她们就站在泉水边，用手指掐住自己像麻袋一样的衣衫的腰部。结果，两人哈哈大笑，羞红了脸连声说，使不得使不得，穿着这样的衣服走在大街上，还不把人要羞死。话虽然这样说了，可事情却让她们浮想联翩，杏花甚至情不自禁地说：“山花姐，我们到西安去念书，这样的话就可以穿新时代的衣服了。”

山花若有所思地说：“我们真应该去看一看外边的世界，看一看外边的新生活。”

杏花说：“二大能同意吗？”

山花说：“我大（父亲）是去过北京、上海的人，他会同意的。”

杏花细眉一扬说：“对，我们都十六岁了，已经不是小孩了。等二大来了，我立即给他说。”

此时，廷荚正好从草堂外边散步回来，杏花高兴地喊了声"二大"，但还没有等她开口，廷荚却忧虑地对杏花说：“你大又捎话过来，叫你回去呢。”

杏花一听立即愣在那里，情绪一落千丈，脸色难看得像是被霜打过的茄子。她一脸的忧愁，立即双手抱住膝盖低下头一句话也不说。过了一会儿，她自顾自起身向草堂外边走去，沿着蜿蜒流淌的泉水来到山口村外边的一处土丘上，坐在一棵杏树下，愁眉苦脸地望着春天里的大地，悄悄地落起泪。

杏花她大捎话叫杏花回家是有原因的，在她还是孩子的时候，她大她妈已经给她订了婚。现在,她已经十六岁,在左邻右舍眼里,已经是长大的姑娘了,已经到了要出嫁的年龄。在过年的时候,她大廷智就反对她再来学堂,但她坚持要来。为此,廷智发了脾气,隔着墙骂自己糊涂,说:"这都是因为当初听了你二大的话,叫你又是放大脚又是读书识字,弄得十里八村的人笑话,到今天,竟然不想回家了,鬼迷心窍在学堂里要往老长呀!"

廷荚就圪蹴在墙这边,默默地听着他哥的话。

杏花为了能继续去学堂,躺在炕上不吃不喝以此来抗拒她大。两天过去,她妈心先软了,反过来劝杏花她大说:"你就叫娃在学堂再待几天嘛。"

杏花她大说:"越待心越野了,越管不住了。"

杏花她妈说:"叫娃她二大给娃好好说说,杏花最听她二大的话呢。"

廷智看着不吃不喝的杏花,黑着脸到隔壁找他兄弟廷荚去了。廷智见了廷荚,开口就说:"这都是你干的好事,你出去打听打听,哪有像咱这样的娃,犟得像驴一样,连她大的话都不听了!"

廷荚不好说啥话,只是反复地对他哥说:"我再劝劝娃。"

廷智黑青着脸说:"杏花听你的话,你就看着办,叫娃上天去呀还是入地去呀!"

廷荚倒气笑了,他一时半会儿给他哥也解释不清,只好继续好言相劝说:"你不着急,我后边慢慢给娃说。"

山花见杏花出了草堂,自己也跟着过去,陪着落泪的杏花一起坐在杏树下,默默地望着春天里的大地。

过了一会儿,山花终于忍不住开口道:"你哭我也想哭,咱姐妹俩心里都是一样的苦。"

杏花说:"我难过是因为我大叫我回去,你难过个啥呀?"

山花说:"你今天回去,我也不能一辈子待在学堂里呀。我和你是一样的煎熬。"

杏花没好气地说:"那咱俩一换,你替我嫁人去,我替你待在学堂。"

山花哭笑不得地说:"这是能换的事吗?你越说越不像话了。"

杏花说:"我就是不想回去,不想嫁人,不想和一个不认识的人过日子。"

山花忧愁地说:"我知道,你不想和不认识的人过日子,是因为心里有二娃。"

杏花生气地说:"谁说我心里有二娃?"

山花轻声一笑说:"看把你急的,有没有你心里不知道?"

二娃是李老伯的儿子,与杏花年龄相仿。他长得厚嘴唇,说话慢,给人一种老诚的感觉。之前,廷荚办义学的时候,二娃就与山花和杏花在那里念书,后来又一起在草堂里念书,一起到山口村与民团的人跟着杨拳师学拳术。去年的时候,二娃不念书了,回去和李老伯一块经务草堂里的田地。当初,廷荚在营建烟霞草堂的时候,在山口村置买了几十亩田地,用来种粮食,以解决学堂的供给。同时,为了解决耕田种地和出门的交通问题,还饲养了牲口——一头骡子和一头牛。

　　杏花擦了一下眼角的泪说:"我是喜欢二娃,但更想到外边去,去过外边的新生活。"

　　山花说:"我和你一样,也想到西安去读书,也想过外边的新生活。可我大从上海回来以后,一直都心灰意冷的样子。"

　　说着话,她们就看见了黄树螂他们骑着马从春天的田野里走过。

　　杏花到底还是少女,身上还没有褪去孩子气,看着三个骑马的人,就好像把刚才的忧愁忘记了,好奇地对山花说:"姐,看那三个骑马的人。"

　　在这偏僻的乡间,很难看见有外边的人经过,更何况是三个骑马的人。

　　山花和杏花好奇地看着,直到他们走进了御道沟。

25

　　廷荚从上海回来以后,心情一直不好,眼下,他忧虑的不仅是国家的前途,更是教育的问题,还有跟前的两个孩子。他心里明白,两个孩子已经不再是裹了脚的小脚女人,她们都有着追随新思潮、向往新生活的强烈渴望。可当下的他,自己心里也迷茫,也迷失了前进的方向,更不知道怎样去引导孩子。

　　就说杏花的事吧。哥哥要杏花回去,为结婚的事做准备,他也知道杏花对二娃有好感,二娃也喜欢杏花,可自己就是没有了当年的勇气,去表明自己的态度,去支持杏花勇敢地挑战生活。

　　他开始变得优柔寡断。

　　这一天傍晚,他穿着青蓝长衫坐在从院子流过的泉水边,开始忧国忧民了。他心里感到憋屈,很希望与谁坐在一起说一说心里话,说一说自己的迷茫,说一说当下的国家、当下的教育还有山花和杏花的事。

他想到了县城建巷小学的罗校长,也想起了马老六的羊肉泡馍。

在方圆几十里的各学堂,他和醴泉县建巷小学的罗校长以及叱干里阳坡头学馆的郭老先生走得最近。每隔上一段日子,他要是心慌,不是去找罗校长,就是去找叱干里的郭老先生,坐在一起说说话,然后去马老六或是十里香饭馆,吃上一顿羊肉泡馍,这几乎成了他很久以来的一种生活习惯。

于是,他打算明天骑上骡子到建巷小学去走一走。暮色降临,他沿着泉水边弯弯曲曲的田间小路,去了学堂的田地。李老伯一家人就住在田地边的几孔窑洞里。他去的时候,李老伯一家人正围坐在窑洞前边的场地里吃晚饭。他没有久停,寒暄几句就告辞了。

第二天一大早,二娃把骡子拉了过来。廷荚穿着青蓝长衫,围着灰蓝围巾,准备要走的时候,无意中听二娃在给山花和杏花说有关骡和马的知识,说庄稼人都喜欢养骡子,不喜欢养马,说骡子皮实,力气大好使唤,马样子好看但太娇气。杏花问:"那人出门为啥都爱骑马不爱骑骡子?"二娃说:"骡子虽然皮实,却没有马跑得快。"杏花说:"前天我就看见了三个骑马的人,当时心里就在想,有钱的人出门为啥总爱骑马?"

廷荚正要出门,听着杏花的话就好奇地问:"三个骑马的人?在哪里看见的?"

山花说:"几天前了,有三个骑马的人进了御道沟上山去了。"

二娃说:"我也看见了,当时我和我大正在地里劳动。"

廷荚喃喃自语:"三个人骑马进了御道沟。"

杏花嘴唇一撇说:"骑马上山有啥奇怪的?"

廷荚没有说话,他想:在这春天的日子,庄稼人都在地里干活,谁还有闲时间骑马上山,再说还是三个人三匹马,这肯定不是当地人。

他一边想着一边骑着骡子出了草堂。到了县城,又见街上乱哄哄的,许多人站在街边议论纷纷。廷荚下了骡子上前打听,才知昨天晚上后半夜,有土匪躲过守城的团丁,悄悄地爬上城墙,入城抢劫了一家粮行。

廷荚站在街边,望着厚厚的城墙在想:有这么高的城墙,还有团丁把守,土匪竟然敢入城抢劫?而城墙外边,更是一盘散沙,土匪横行。现在,已经是民国了,社会依旧是这样混乱,民不聊生!突然间,他对自己之前教育救国的想法产生了动摇,像现在这个样子,要唤起民众觉醒,要实现国家太平,需要等多少年呀!

他来到了建巷小学。罗校长也正在为昨晚的事唉声叹气。两个人坐在一起,又是一阵长吁短叹。

廷荚说:"现在虽说清帝已经退位,到了民国,可时局依然是动荡不安。打打杀杀,土匪横行,什么时候国家才能太平,庶民百姓才能安居乐业呀?"

罗校长叹气道:"我们这些教学的先生,看在眼里能有啥办法呢?再说,我们地处偏远,教育滞后,乡民思想愚昧落后,要唤起他们的觉悟,不知要到猴年马月去!"

廷荚说:"看当下的中国,看我们落后的现状,真的是让人忧心如焚呀,走到今天,我自己都糊涂了,都不知道该怎样去做。"

罗校长唉声叹气说:"我在这个土城里当了一辈子先生,也就是教学童认认字,打打算盘,念几句古语,循规蹈矩,到今天,仍然没有勇气把辫子剪去。不像你贤弟,不但早就剪去了辫子,还让自己的女儿和侄女带头不缠足,到义学读书识字,甚至像男人一样学拳骑马,面对社会上的各种嘲讽谩骂,都能置若罔闻。这可不是一般的人能做得到的,老朽是望尘莫及呀。"

廷荚说:"罗老先生谦虚了,教学童读书识字也是为国家为家乡培养人才呀。你在咱醴泉一带,可是德高望重的先生。我虽然喊得响亮,却也是雷声大雨点小,也就是剪了辫子,让自己的孩子放了大脚,到自己办的学堂去读书识字,可这样做了,又能如何?"

罗校长哀哀地叹息一声说:"贤弟也是生不逢时,你跟随刘古愚先生,在九嵕山脚下创办义学,办女子学社,特别是在戊戌变法期间,赴京参加会试,追随时代潮流,参加维新变法,这是何等的胸襟呀!我当了几十年的先生,就是躲在这穷乡僻壤,糊里糊涂教娃娃们读书识字,哪有你贤弟这样远大的志向呀!"

廷荚感叹道:"想起那段日子,倒也是雄心勃勃,可惜是美梦一场呀!时至今日,我反而更感到迷茫彷徨起来。"

罗校长又是一声长叹。

廷荚红了眼圈,说:"不说大的远的,就说我当下遇到的事情,都不知道怎样去做。山花和杏花虽然读了书识了字,想追求新思想新生活,我却不能够给她们以引导。有心让她们去西安读书,不说学费的问题,就是杏花她大这一关就过不去,再说,就是叫孩子去西安念了书,又能够咋样呢?我早晚看着孩子愁容满面,自己也跟着忧愁!"

罗校长说:"当下社会的大环境就是这样一个现状,我们都是力不从心呀!"

吃午饭的时间到了,他们又去了马老六的羊肉泡馍馆,要了一盘"杂碎"和一瓶烧酒,边吃边喝。到最后,廷荚竟然声泪俱下地说:"时局动荡,土匪横行,民不聊生,我整天嘴上说要教育救国,要维新救国,可就是喊在嘴上,行动上却一事无成呀!"

罗校长说:"你已经努力了,这样大一个国家,几千年以来形成的东西,不是一朝一夕能改变的!在我们醴泉,在陕西,谁不知道贤弟教育救国之心呢!"

廷荚趴在桌子上,唉声叹气,摇摆着双手说:"您老别安慰我了!"

说着话,天色向晚,两人相互搀扶着摇摇晃晃地起身,街上许多人是认识罗校长和廷荚的。他们站在街边,用异样的目光看着两个醉酒的人。

廷荚酒醒的时候,天已经黑了很久,他只好住了下来。晚上,廷荚和罗校长躺在同一个土炕上,继续讨论着怎样对学童进行学用结合的教学。第二天一大早,廷荚离开的时候,说起了山花和杏花说过的三个人骑马上山的事。罗校长也疑惑地说:"在春天的日子,三个人骑马上山去干啥?"

廷荚说:"在咱这偏野之地,又是春天,又是三个人,还骑着马,咱乡间几乎就没有人养马,他们肯定不是本地人。"

罗校长自言自语道:"他们从哪里来?要到山上能有啥事?"

廷荚望着天空也自言自语道:"除了去叱干里,还有可能去哪里?"

罗校长突然说:"莫非是上九嵕山?"

廷荚说:"很有可能,要不还能去哪里?"

罗校长又自言自语道:"九嵕山上有啥东西能吸引他们?那里除了荒草除了残碑就是……"

"昭陵六骏!"两个人几乎同声说道。

廷荚在脑门上拍了一把说:"我昨天就应该想到。"

罗校长说:"昭陵六骏可是国家的宝贝,它们在我们的心中,早已不是普通的石马,而是神灵之物。"

廷荚说:"昭陵福地,六骏故里,我们当地的乡民早就以此为荣耀。"

罗校长感慨地说:"昭陵六骏存在的意义,已经不是几句话能说得清楚的。它们不仅属于我们当地的乡民,更属于中华民族。"

廷荚激动地说:"对,由于时间的久远,九嵕山上当年宏大的建筑已经无处可寻,可昭陵六骏由于它的特殊性,由于它的神奇传说,由于它丰富的历史内涵,由于它高超的艺术成就,特别是绝无仅有的代表性,已经不仅是历史,不仅是艺术,不仅是神话,更是一种象征呀。"

罗校长情不自禁地说:"是呀,是呀,它不仅是李世民的象征,是昭陵的象征,是贞观之治的象征,更是国泰民安太平盛世的象征呀!"

廷荚骑上骡子,又对罗校长说:"我们是学堂里的先生,有义务有责任保护九嵕山上的一草一木。如果九嵕山上出了事,我们这一辈人就成了千古罪人。我回去以后立即到九嵕山上去看看,有啥情况我及时告诉先生。"

26

廷荚回到烟霞草堂,山花急切地说:"大,昨天半早上,有两个骑马的军人来找你,等了你半天,没等住就走了。"

廷荚奇怪地问:"两个军人?从哪里来的?"

山花说:"他们说是张云山的队伍,一个叫王山民,只有一个胳膊,另一个叫郭胜根。"

杏花说:"就是就是。"

廷荚说:"他们找我干啥?"

山花说:"那个王山民说,他家就住在九嵕山背后的坡里村,他这次回家看父母,遇见三个骑马的人在祭坛上乱转。他怀疑那三个人肯定有啥不好的企图。他说他早就仰慕你,知道你去过北京,去过上海。他来找你,就是要你出个主意,叫大家都留个心,他说后边有时间再来拜访你。"

廷荚说:"王山民说的那三个人,一定就是你们看见的那三个人。"

正说着话,二娃过来了,他喊了廷荚一声二叔,说过来看骡子。

山花抿嘴一笑说:"二娃昨天就来过好几回等着拉骡子,等到天黑好久了才走的。"

杏花却一本正经地说:"他们上山去干啥?山上除了荒草就只有那六尊石马。"

廷荚说:"那六尊石马是咱老祖宗留下来的宝贝,明天我得再到叱干里去一趟,找一下阳坡头学馆的郭老先生,了解一下情况。"

杏花嘴角一撇说:"谁要那石马干啥?"

廷荚望着九嵕山的方向很动情地说:"从唐朝开始,人们就对九嵕山、唐太宗和昭陵六骏充满了崇敬之心。在咱们百姓的心里,九嵕山已经不是一座普通的山,那山上的一草一木一泉一水,都是有灵性的,都是和天地神灵相通的。你看每一年的九嵕山庙会,四方的乡民都要到九嵕山上去,焚香祭祀,拜天地,拜神鹰,拜神马,拜太宗神主,追念那个离我们远去的太平盛世,祈福国泰民安,风调雨顺,人畜兴旺。你们想想,假如九嵕山上没有了太宗神主,没有了昭陵六骏,没有了神鹰,没有了那些神奇的故事,还会有庙会吗?那神主,那神马,那神鹰,那天地神灵,都是咱家乡的福神。它们在九嵕山上相互守望,春夏秋冬日日夜夜福佑着这片土地,福佑这片土地上的生灵生生不息繁荣兴旺。如果九嵕山上有了啥闪失,咱们就是祖先的不肖子孙,就是国家的千古罪人,就愧对生养我们的这片土地。娃呀,那高高的九嵕山,它象征着我们绵延久远的中华文明;它像泾河一样,日日夜夜流淌在我们的血液里,温暖滋润着我们的心田……"

二娃带头鼓掌。

山花眯眼一笑道:"大,看把你说得激动的!"

廷荚笑道:"我说的这些话,你们不见得都能听得懂。"

杏花细眉一扬说:"你说的话,我们句句都能听明白。"

廷荚说:"你们能听明白,不见得能理解其中的意义。看来,那个王山民不简单!"

杏花说:"凭啥说他不简单?"

廷荚突然眼圈发红,望着草堂上方的蓝天感慨地说:"他热爱故土,有家国情怀,有报国之志,有牺牲精神。当下的中国,就是需要千千万万这样的热血青年呀!不用说,他就是在乾州跟随雷恒焱去甘营谈和的那个王山民。"

山花惊讶地问:"大,你咋知道?"

廷荚说:"你不是说他只有一只胳膊吗?他不是告诉你们,是张云山的队伍吗?他和雷恒焱的故事,在关中大地谁不知道?"

山花也跟着感慨起来:"国家烽烟四起,动荡不安,难得有他这样慷慨为国的人。"

杏花在山花耳边低声说:"山花姐是不是喜欢上王山民了?"

山花也像她大一样望着天空,真诚地说:"我们都是受我大影响,读书识字放大脚,一心追求新生活。雷恒焱和王山民他们,不正是为了社会进步,为了国家民主共和,去流血牺牲的吗?他们这种精神,难道不值得我们敬佩?"

叱干里是一条东西走向的街道,是方圆几十里唯一的一个镇店,在这个小小的镇子上,几乎囊括了农村人过日子所需的所有东西。如米粮店、棉花店、鞋帽店、布匹店、裁缝店、染料店、木器店、杂货店、纸店、烟店、豆腐店、酒坊、肉店、酱店、灯笼店、理发店、车马店、铁匠铺、油坊、当铺、猪羊行,还有戏台子或称戏楼等,每个月的三六九日逢集。另外,叱干里也是县守城营或称总团的派出机构二分团的驻防地,也是各村绅士还有土匪经常吃住游转的地方。此外,这里还有一家烟馆,即暗窑,相当于妓院。

在叱干里街道北面的山坡上,就是郭老先生的私塾,又叫阳坡头学馆,意思就是坡上头向阳的地方。

郭老先生家从父辈时候起,就是叱干里镇的大户。郭老先生小的时候,他家里就设有家塾,专门请先生给郭老先生和家族里的孩子进行启蒙教育,学《三字经》《百家姓》《千字文》《千家诗》《童蒙须知》等。后来,郭老先生学成秀才,在省里参加过乡试,没有考中,就回到家里跟父亲耕田种地。随着家业的不断扩大,人丁的增多,为了积福行善,为了惠行乡里,遂决定在叱干里镇开设族塾,或称学馆、村学。

学馆里除了招收家族里的孩子,还不拘姓氏,接收家族外的孩子入学,这已经带有了义学的特色。为了照顾那些家境贫寒不能一年四季来学馆里学习的孩子,学馆便开设了"短学"班。"短学"班一般在冬季农闲的时候举办,时间一般三个月左右。家里人对这些孩子的要求并不高,只要求孩子能识字,会记账,能写对联就行了。与"短学"班相应的是"长学"班,"长学"班则是每年的正月半开馆,到腊月将尽的时候才散馆。这一类学童的家境都比较好,孩子一年四季都可以坐在学堂里念书。至于学馆的费用,针对那些家境好的孩子,每人每年收三五斗麦不等;对于那些"短学"的学童,基本上都是象征性地收一点,甚至完全免收。

学堂坐北朝南,齐整整打了三孔窑洞,一孔为"短学"班,一孔为"长学"班,一孔为先生自己的学舍。为了树立阳坡头学馆师道尊严、教学严谨的形象,郭老先生还在学堂里设立了孔老夫子的牌位。每天清晨学习之前,都要求每位学童向孔老夫子磕一个头或作一个揖,然后才开始朗诵课文。

应该说，郭老先生和他的阳坡头学馆是方圆几十里最有名望的，甚至和廷荚的烟霞草堂一样远近有名。只是由于廷荚自身的影响，再加上刘古愚先生曾在烟霞草堂讲学著书，阳坡头学馆就不及烟霞草堂在外边的名望了。

不过，在当地郭老先生和廷荚一样都是受人尊敬的人。一年四季，郭老先生总是身穿长袍，冬天是一件黑色棉袍，春秋是土灰色的夹袍，夏天是浅灰色的长衫。偶然，在吹风落雪的日子，头上还戴一顶瓜皮帽。

这一天，廷荚见了郭老先生，说明来意。郭老先生捋着自己稀疏的长胡子说："我先是在叱干里街上听到风声，随后，坡里村在咸阳当兵的王山民来找我，他以前在我跟前念过书。他来给我说，有外边的生人在九嵕山上乱转，他就骑马上山去看情况，结果那几个人已经走了。一个放羊的老汉说，有三个骑马的人在祭坛上乱转。山民说，他担心那几个人有啥企图，就来找我，说我这里方便，多给大家说说，叫大家都留个心。临走的时候，还说想去见二分团的团长刘法胜，再给他说一下。唉！像刘法胜那样的人，他不参与偷盗就是万幸。山民在外边，不知道这些情况。"

廷荚问："山民最后去了没有？"

郭老先生说："我告诉山民，他去找刘法胜，得是怕刘法胜不知道？等于给刘法胜报信去了！我把山民挡住了。"

廷荚说："你说得也是，刘法胜就不是关心这事的人。你看他那样子，一脸的横肉，骑着那头皮毛像黑绸子似的骡子，后边跟着几个团丁，腰里别着一杆长烟锅——据说那烟锅上的玉石嘴子，能值二十担糜谷。"

郭老先生说："叱干里距县城远，没人能管上他，他就是这里的天，烟馆是他开的，暗窑是他开的，别人谁敢呀？听说在县城，他家盖得很讲究，头道院门二道院门，院子一边还修有楼子（看家护院的岗楼）。人站在楼子上，半个县城都能看见。我还听人说，刘法胜本来就爱好文物古玩，私底下和李鬼、刘干那两伙土匪有往来。你能指靠这种人吗？"

廷荚问："你说的王山民是不是只有一只胳膊？"

郭老先生说："就是，他小时候在我跟前念书的时候还好着呢，后来到外边去念书，念完书就遇上陕西新军起义。他说是在和清军的作战中，被炸弹炸断了胳膊。"

廷荚"哦"了一声说："那我猜得没有错，就是他跟随雷恒焱去甘营谈和。"

郭老先生感慨一声说："就是他。他这次来对我还说起此事，说这次回来,就是要去看看雷恒焱的父母。"

廷荚说:"山民还到烟霞草堂找过我,也是为九崚山上的事,不过我刚好去了县城建巷小学罗校长那里,没有见到他。"

郭老先生喟然叹曰:"山民这孩子有抱负,有担当,国家就需要这样的青年才俊。"

廷荚扼腕叹息道:"是呀,有了千千万万像山民这样的青年,国家才有希望呀。"

郭老先生说:"眼下的中国,仍然四分五裂,烽烟四起,想要实现真正的民主共和世道太平,不知还需要多长的时间!"

廷荚说:"中国地大人众,积弊日久,一切都需要打碎重组,这肯定不是一个简单的过程,肯定需要许许多多的人去为之付出,但愿能少一些流血,少一些杀戮。"

郭老先生捋着自己稀疏的胡子长叹一声道:"一代人有一代人的命,一代人有一代人的担当。你生在了这样一个年代,有啥办法呢?就像你,就像雷恒焱,就像王山民,还有杨拳师。"

廷荚感慨道:"是呀,先生说得有理。我们生在了这样一个年代,我们又有家国情怀,不可能袖手旁观。先生说到了杨拳师,我就突然想到,像我这样从早到晚喊着教育救国的人,倒还不如像杨拳师那样,扛着龙蛇棍,路见不平拔刀相助,倒也痛快。"

郭老先生说:"几个月前,我听街上的人说,他在路上遇上了几个劫道的土匪,把两个拉驴驮粮食的人拦住了,杨拳师出手相助。那几个土匪并不认识杨拳师,不但不收手,还打起了杨拳师的念头,可没等他们动手,就被杨拳师两棍打得趴在地上,手里的土枪被折断扔到了沟里。"

廷荚哈哈一笑说:"解气解气,我和杨拳师只见过几面。他到山口村给民团的人教拳,听大家说他的棍术和飞刀都很厉害。"

郭老先生说:"我也是听别人说,他的功夫就是跟他师傅毛胡子和尚学的。"

廷荚说:"我没有见过毛胡子和尚,听说他是个哑巴?"

郭老先生说:"是不是哑巴我也说不准,早些年,他来叱干里卖粮食或买东西,从来不问价,你说多少就是多少。自从杨拳师长成少年后,他再也没有下过山。"

廷荚自言自语道:"顶天寺偏僻荒蛮,一年多半都烟雾缭绕,从早到晚待在上边,需要多大的静心呀!"

郭老先生感慨地说:"听说他不但是个拳师,还是一个读书人,读老子,看《易经》,他是个不简单的人。"

廷荚"哦"了一声说:"书、拳术、早晚的香火与钟声,在毛胡子和尚的身上,肯定有别人不知道的故事。"

郭老先生说:"没有人知道他身后的故事。"

廷荚笑言:"寺庙里住的是和尚,可他却蓄着发,留着辫子和胡子。也许,他还是念着尘世吧。"

夕阳西下,廷荚别过郭老先生,独自骑骡子下山了。

27

王山民本不姓王,也不是九嵕山脚下坡里村的人。

从坡里村往西,翻过几道土沟,再往西南下坡过坎走二十多里地,再翻过一个深沟,沟岸上坐落着一个村子叫西沟村,全村有三十来户人家,都依着沟岸边的黄土崖高高低低打出一孔孔土窑洞过日子。在渭北旱原,这样的村子有很多,都是在黄土崖下过着窑居的生活。究其原因,一是穷,盖不起房子;二是这样好防土匪。

在这些村落里,几乎家家户户除了日常居住的窑洞,都在家里最隐秘的角落,或是锅台下,或是柴窑里,或是住人的窑洞里边,打出暗道通到半崖上的高窑,或是院子里的窨子。土匪来了,一家人来不及躲出去,就赶紧架梯子上到高窑,再把梯子抽上去。要不,就下到窨子里去。一般,窨子里多半另挖有暗道,通往邻家或是院子外边的土沟。在土沟的半崖上,有兄弟或是族人联合起来,修有更大的窨子。那个大窨子里弯来拐去,设有陷阱机关,设有瞭望孔,甚至贮备有粮食和水。土匪进村后,乡民先躲进家里的窨子,再通过窨子里的暗道走到土沟里的大窨子——这就是在那个慌乱的年月,乡民为了自保想出来的办法。

西沟村就是这样的村子。

西沟村也是王山民的出生地。

山民的爷爷是兄弟俩,大爷没有儿女,兄弟俩就守着弟弟的一儿一女过日子,这个儿子就是山民的父亲赵海。由于兄弟俩都是勤勤恳恳过日子的人,有自己的土地,有自家的牲口,家境虽不是很富有,但也说得过去,属于中等稍偏上的水平。之后,也就是大爷去世后的第二年,家里遭受了一次土匪抢劫。因为人躲进高窑,没有出现啥意外,但牲口上不了高窑,也藏不起来,就被土匪抢走了。对于庄稼人来说,最要紧的就是土地和牲口,没有了牲口,地就没办法耕种,特别是在旱原山区。就这样,一个殷实的家一下失去了元气,二爷也因为这次抢劫,身心受到了很大的伤害,不久也含恨去世。

　　从此,赵海就独自担负起家庭的担子,过起了靠租借别人家牲口耕田种地的日子。从那时起,赵海便咬紧牙关,披星戴月,苦苦煎熬,一心盼望着能再买一头牲口回来。几年后,赵山民出生了,这叫赵海很是高兴,过起日子来更有心劲了。

　　到了山民三岁这一年,赵海先买了一头"叫驴"(公驴)。驴虽然身单力薄,独自拉不动一张犁,却能攒粪,能帮家里干一些较轻的活。到了农忙的时节,再去借别人家的牲口,就不一定非要借好牲口,同样可以借一头驴回来,与自家的驴合起来共同拉一辆车或是拉一张犁。等干了自家活,再让自己的驴去帮别人家去干活,这样以工换工,两家人都高兴。

　　此后,赵海又一次日夜盼望着,能再买一头牲口回来。

　　山民七岁的这一年,赵海在姐姐家的帮助下,终于买回了一头小牛娃。赵海和老婆高兴得一夜不睡觉,一起坐在炕头上看小牛吃草,想象着明天的日子。

　　到了第二年春天的时候,赵海把碌碡上的簸夹卸下来,给前边套上牛轭子,给初长大的小牛教"套",也就是学习干活。小牛因为年轻气盛,十分喜欢田野里的青草气息,拉着簸夹兴奋得一路小跑。赵海一边跟着小跑一边又气又笑地骂小牛:"你个碎崽娃子,急着干啥去呀?你是想把老汉的腿往断跑呀……明天我就把碌碡给你套在屁股后头,看你还能跑这样快……"

　　村里有人看见说:"日子过到顺风处了,看把老汉高兴的!"

　　秋收秋播的时候,小牛果然能干活了,它和驴一起拉车耕地。赵海心里那种幸福满足的感觉像家门口的老槐树一样高。他感觉自己都好像年轻了十多岁,吃喝都显摆大方起来。秋收秋播的那些日子,他天天叫老婆炒鸡蛋,擀长面。老婆笑道:"你这样海吃,是不想过日子了?"

　　赵海哈哈一笑说:"不怕,不怕,能吃多少嘛!吃不穷,越吃越有!"

28

再说西沟村有个赵大,一辈子身懒嘴馋怕动弹。夏天怕热不干活,冬天嫌冷不干活,春秋季节从早到晚坐在家门口的石头上打瞌睡。之前,有父亲在,地里还长庄稼,锅里还有米下,娃还有饭吃,日子还能往前凑合。父亲一去世,地也荒了,吃的用的都成了问题。接着,老婆还偏偏得了病,因为没钱治,就一天天拖着,拖磨了一年多实在不行,赵大卖了两亩撂荒地还是把老婆的命没救下。老婆一走,赵大更没有心思干活了,但娃二蛋却要吃饭。一天,他把娃引到北沟村妹子家里,说让娃在妹子家待几天,随后一走就再也不见人了。妹子再生气也没有办法,赵二蛋好坏也是一条命。

赵二蛋像荒草一样在北沟村姑姑家里长着,几年后,虽说长成了小青年,却染上了"三只手",变成了大家常说的瞎种。起初,在村子里偷鸡摸狗,之后,跑到外村去翻墙入室偷钱偷物。有人把话说到了二蛋的姑姑当面,姑姑听了,回家关了院门,拿着笤帚疙瘩满院子追着打二蛋,二蛋一纵身翻墙跑了,一跑就是半个月。二蛋再回来,姑姑正在烧火做饭,一看见二蛋,也没问吃问喝,拿着烧火棍又追着打二蛋,二蛋又跑了,依旧不思悔改,继续祸害乡里。姑姑没有办法,再等二蛋回来,就让自己的男人连同男人的哥哥杨胜娃,把二蛋用绳捆在院子的树上用鞭子抽,二蛋被打得哭爹喊娘,惨叫声像狼嚎一样,姑姑狠心地把窑门关了,不让自己出去。一袋烟的工夫,姑姑还是心软了,出了窑门一边哭一边骂二蛋他大,一边给二蛋解绳子。院子里有一把破椅子,姑姑让二蛋坐在那里,自己回去给二蛋做饭。饭做好了,院子里却不见了二蛋的身影。

二蛋这一次离开姑姑家,再也没有回去过。他跑到了叱干里,把叱干里当成了自己的家,每到三六九逢集日,专以偷窃为营生。他真正变成了一个大瞎种,一个死狗赖娃,不怕被人发现,不怕挨人打。挨过打之后起身把屁股的土一拍,像没事的人一样。有一天,他在骡马店里转悠,偷客人的财物时又被发现,二蛋被打得在地上滚,正好被李鬼看见了。

李鬼是叱干里再往北走,泾河南岸曹李嘴子村的人。村子不大,河滩上边的一个土嘴子上,零零散散地住着曹家李家一二十户人。这里虽然山大沟深,却是方圆几十里河南与河北往返的一个卡子,经常有人过往。李鬼的父亲是个老诚人,依靠着家里的四五亩地养家糊口,但李鬼却不爱劳动,每次被父亲强迫到地里干活,干不过一袋烟的工夫就跑了。头一次父亲生气,第二次父亲看着李鬼的背影骂,第三次父亲撂下手里的活撵着去打。次数多了,父亲再也懒得去说,想着儿子那尖头驴脸,像细麻绳似的细长辫子,还有脸上那一块怪模怪样的黑皮,只能摇头叹息了,想自己的儿子可能就是天生的逆种,只能由其自生自灭。

有一天,正午时分,驴脸李鬼在家里待得心慌,一个人躺到河岸边看天上的白云听泾河里的流水,却见有人蹚水向河北走去。过了河没走多远,突然从路边的野地里闪出两个蒙面人,手里拿着家伙横在路的中央。过河人见状,立即跪到地上。两个蒙面人在过路人的身上还有褡裢里搜了一遍,然后在屁股上踢了一脚让走了。随后,他们去掉脸上的黑布,又到路边的草丛里扛了什么东西,蹚水过河上了南岸,向山上边走去了。

李鬼好奇,悄悄地跟在后边。太阳快压山的时候,这两个人来到了叱干里,先去了郭跛子的当铺,出来后直接去了十里香饭馆,要了一老碗肉和一瓶烧酒。李鬼坐在门口,手里玩弄着自己的细长辫子,笑笑地看着那两个人。其中一人看着李鬼的怪样子说:"你看啥呢?"

李鬼把身子往前靠了靠,怪模怪样地笑着说:"我知道你们是干啥的。"

另一个人冷冷地看了李鬼一眼,顺手拿起一块肉递给李鬼。李鬼要的就是这个,他笑笑地接过肉,一边吃一边把屁股挪到桌子跟前的板凳上。

吃完饭,李鬼知道那个给他吃肉的人叫大嘴,也知道跟着大嘴的另一个人叫胖子。大嘴走后,李鬼依旧从早到晚在街上晃悠。

有一天,二分团的团长刘法胜伸长着腿,手里握着玉石嘴子的长烟锅,长辫子坠在脑门后边,仰着头坐在院子的圈椅里打盹,几个团丁带着李鬼走进院子,来到了刘法胜跟前。一个团丁用枪托在李鬼的背上戳了一下说:"给团长跪下。"

李鬼不愿意,另一个团丁一脚把李鬼踹得跪在了地上。

刘法胜连眼皮也没有抬,问了一句:"咋了?"

团丁说:"我们在街上维持治安,这驴娃像狗一样跟着我们,胆大得还在枪上乱摸呢!"

刘法胜把眼睁开一条缝,看了一下李鬼,懒洋洋地说:"毛还没干呢,驴脸上咋还长了一块黑皮？"

李鬼嬉皮笑脸地说："我妈把我就生成这样子。"

刘法胜笑着说："你个碎娃，毛还湿着呢，倒会耍，耍到枪上来了，没挨过打吧？"

几个团丁听到这话，立即把李鬼拉到一个窑洞里。转眼，窑里边传来李鬼猪一样的嚎叫声。一个团丁跑过来问："团长，咋办？"

刘法胜闭着眼说："关在那里等一等。"

隔几日，大嘴就来了。他来到门口，对站岗的团丁说："给团长通报一声，就说大嘴孝敬兄弟们来了。"

大嘴一见刘法胜，把一个小袋子往桌子上一放说："好些天没有见团长，小民想团长和弟兄了。"

刘法胜一笑说："是为那碎娃来的吧？"

大嘴咦了一声："团长咋知道？"

刘法胜笑道："你干啥我不知道？你在十里香喝酒吃肉的时候咋不叫团长呢？"

大嘴笑道："这不孝敬团长来了。"

刘法胜喊人把李鬼叫来，李鬼一看见大嘴就笑了。

大嘴说："还不跪下谢团长，要是在别处，你小命都没了。"

李鬼一笑，不停地在地上给团长磕头，把地能磕出深坑来。

一脸横肉的刘法胜笑着说："好了好了，看你那样子，再不要羞你先人了。"

李鬼嘿嘿地笑着，就像刘法胜在表扬自己。

大嘴把李鬼又带到十里香饭馆去吃肉喝酒。到了饭馆，里边已经坐着几个人，他们见大嘴进来，齐声喊当家的。大嘴说："给咱兄弟弄一碗酒压压惊。"

大嘴临走时问李鬼还想不想吃肉，李鬼说想。大嘴说："那你就得听大哥的。"李鬼嬉皮笑脸地说："只要能吃肉，大哥叫李鬼干啥就干啥，哪怕光着脚上皂角树，哪怕学驴叫唤呢！"说着话，他当真学了一声驴叫唤，惹得一边的人一阵好笑。大嘴一边笑一边拿出一枚银圆给李鬼说："这是给你吃肉的。"李鬼喜不自禁。大嘴又说："吃了肉就得干活。"李鬼问干啥活，大嘴就说了。

29

驴脸李鬼躺在骡马店里,正为大嘴交办的事煎熬,却听见外边的喊叫声。他推开窗子一看,几个人正在院子里围着打一个人,一边打一边骂,听骂声是因为被打的人偷了东西。好久之后,事情平息下来,被打的人从地上爬起来抱着头跑了。

李鬼起来后,去街上转悠。中午的时候,他来到了猪羊市,转着转着就看见了瞎种赵二蛋。二蛋不认识李鬼,但李鬼一眼就认出他就是在骡马店挨打的。李鬼和二蛋目光碰在一起的一刹那,李鬼就明白,这娃和自己是一路人。

他有了想法。

近些日子以来,大嘴虽然让他吃了几回肉,走的时候,还给他留了吃肉的钱,可他以为,大嘴之所以要他,就是想多一个跑腿的。这一回,大嘴给他派了活,他却感到身单力薄,感到身边要有一个帮手,要有一个说话商量事的人,就像大嘴身边的那个胖子。

李鬼咧着嘴笑着看着二蛋。二蛋奇怪地问李鬼:"你看我笑啥呢?"

李鬼想起大嘴在桌子上骂胖子的话,就顺嘴说:"笑你笨。"

二蛋有点发蒙,不高兴地说:"你不认识我,咋骂我呢?"

李鬼一笑说:"我咋不认识你?我早就认识你,只是忙得没顾上和你说话。今早上,你咋笨得叫人打得在地上滚呢?"

二蛋不好意思地笑了说:"这不怪我,是雷结结那驴娃在门口给我放风呢,把人没看住,把我堵在了窑里。"

李鬼问:"雷结结是谁?"

二蛋说:"那娃是小屯镇那边的,有集的时候就过来了,可能一看出事了,跑得比狗还快,现在连个人影都看不见了。"

李鬼说:"李哥今天闲着,带你到十里香去吃羊肉煮馍。"

来到了饭馆,李鬼大声地对老板说:"两碗,肉要双份的,再来四两烧酒。"

二蛋惊讶地看着李鬼,一下子被李鬼的气势给镇住了。吃完饭,二蛋就完全被李鬼拉到马下,一再埋怨李哥为啥不早点认他这个兄弟。甚至还讨好地说:"李哥一看就不是一个在地上圪蹴的人。"

李鬼一笑,摸着他脸上的那块黑皮说:"你还会说这些话了?"

二蛋一笑说:"我这一辈子就跟上李哥了。"

当晚,李鬼就把大嘴交办的事给二蛋说了。

二蛋一听立即说:"不用去踩点,我心里就有一个。"

李鬼问哪个村的。

二蛋说:"北沟村的,杨胜娃家里就有一头驴,长得像骡子一样,你看行不行?"

李鬼一笑问:"杨胜娃和你有仇吧?"

二蛋说:"杨胜娃把我捆在树上拿鞭子抽呢!"

李鬼问:"为啥拿鞭子抽你?"

二蛋说:"有一天,我刚回到我姑家,我姑就把杨胜娃叫了过来,和我姑她男人把我捆到树上拿鞭子抽呢。"

李鬼笑着问:"杨胜娃家里是啥情况?"

二蛋说:"就胜娃和老婆,娃还没有一拃高。"

李鬼问:"住在村子里边还是村子外边?"

二蛋说:"离村子外边还隔了几家人,不过,他家隔壁是一院空庄子,院墙跟前还长着一棵椿树,去年我爬上椿树翻墙跑到他家里还偷过东西。"

李鬼又问:"你知道他家的驴拴在啥地方?"

二蛋说:"他家灶台朝哪边我都知道。"

李鬼说:"咱干这事结的都是死仇,不敢露半丝风声,要不,那娃长大就是你的死对头。"

二蛋说:"他咋知道是我?"

李鬼说:"没有不走风的墙,人家一猜就知道是你干的。"

二蛋说:"那咋办?"

李鬼拍拍二蛋的肩膀说:"后边的事后边再说,你明天先悄悄回去看看情况,看驴卖了没有。"

几天后,二蛋来了,说驴还在槽上拴着呢。

李鬼说:"那咱明天就过泾河去找大嘴。"

二蛋问:"大嘴是谁?"

李鬼说:"你不要多问,拿眼看就行了,不该问的不要问,不该说的不要说,我是把你当患难兄弟才敢直接引着你去见大嘴。"

二蛋说:"我听李哥的。"

第二天太阳刚出山,驴脸李鬼就引着二蛋过了泾河去了下北镇。

几天后,大嘴和胖子扛着土枪,引着李鬼、二蛋等七八个人,太阳落山前从曹李嘴子过了泾河,等到夜幕降临的时候,从叱干里出发向二蛋他姑的村子走去。后半夜,月亮出来后,田野里变得清晰明朗,却愈显得夜的幽静。几个人刚走进村口,脚步声就惊动了村子里的狗,狗叫声让整个村子立即变得紧张起来。二蛋在前边疾跑,几个人紧跟着来到胜娃家的院墙下。大嘴先爬上院墙,向院子里看了看,把一块肉骨头扔了下去,狗叫了半声就把后半声咽下去了。窑里响起了喊声,大嘴一个鹞子翻身下了院墙,胖子等人紧跟着跳了下去,快步向院子最西边的窑洞跟前跑去。胖子一把推开门,大嘴紧跟着喊了声:"再喊就打死你。"转眼,胖子手里牵着驴出来,大嘴拿着枪退向院门口。

李鬼和二蛋爬上院墙,看着洒满月光的院子里发生的一切。大嘴和胖子他们退到院门口,李鬼和二蛋也赶紧从院墙上溜了下去。

当晚,他们一伙没有通过曹李嘴子,而是从马家嘴河滩过了泾河。

30

听说闹了土匪,村里的人就到胜娃家看情况,看人好着没有。胜娃的老婆躺在炕上。胜娃见乡亲们站了一屋里,就强打起精神说:"土匪来得太快了,手里还拿着枪呢。"

有人说:"只要人好着,日子以后再慢慢过。"

胜娃说:"我一个人睡在牲口窑里,娃和他妈睡在另外的窑里。"

有人惋惜地说:"日子刚有了起色,咋就遇上土匪了?"

随后,大家你一言我一语,揣测土匪是从哪里来的,最近几天村子里来过陌生人没有。说着说着,有人就说起二蛋那瞎种,说前几天在村子见过这瞎种,这事很可能和这瞎种有关系。

有人说:"土匪一进村,就直直地朝胜娃家里跑去,这肯定有地地鬼引路,你想这地地鬼能是谁?"

胜娃说:"以前我打过那瞎种,狗日的肯定给我把仇记下了。"

二蛋他姑的男人听着,脸红得像下蛋鸡,好像自己做下了见不得人的事,咬着牙骂起二蛋和他大:"狗日的,不要脸,生下那瞎种自己不养活,把瞎种撂到北沟村里来害人,害了东村害西村,明天把狗日的捉住杀了!"

胜娃也咬牙切齿地说:"这仇迟早要报呢!"

有年长的说:"我说咱村里要成立民团呢,有了民团,村里有了事就相互有个照应,那些土匪知道了也不敢轻易进咱村,要是再弄两杆土枪,有事了枪一响全村人都知道了,一村人起来,土匪就害怕了。"

有人接住说:"有了枪就好办了,他把谁家里抢了,咱后边把他追上就地拿枪打了。"

有人叹息道:"咱过日子就是要一个平安,你能斗过土匪吗?那些都是不要命的家伙,咱家里还有老婆和娃呢。"

胜娃看了一眼坐在炕上的娃娃,没有说话。

胜娃好端端的日子就这样给毁了。胜娃他大去世的时候,除了留下那几亩地,就数这头驴值钱。它虽然没有骡子和牛那样好使唤,总算是一头牲口,胜娃从早到晚把一半的心劲都放在驴身上,把驴当娃一样地爱。现在,一半的家业突然没了,再要买回那样一头像骡子似的驴,不知要熬三年还是五年。

村里人走后,胜娃躺在炕上,眼直勾勾望着空荡荡的牲口槽。以前,多少个日日夜夜,自己躺在炕上闭着眼,美滋滋地听着牲口的吃草声。现在,不知道牲口去了哪里,正在哪里遭罪呢!说不准那伙狗日的已经把牲口杀了吃肉了。

胜娃把牙咬得咯咯响,想自己去报仇,但一是找不见人,二是还担心娃,万一仇没报成,把土匪又引上门来。

突然,胜娃觉得,这个世道就没有百姓活的路,多少年以来起早贪黑辛辛苦苦过日子,叫二蛋一个晚上就给毁了。往后,娃长大了,谁能保证娃不再遭受土匪的祸害?

罢罢罢,人熊被人欺,马熊被人骑,你害了我,我把你捉住拿刀剁了,咱看谁恶过谁!

胜娃心里报仇的火又熊熊燃烧起来。只是他不知道二蛋在啥地方。

转眼到了第二年的夏天，有人说看见瞎种二蛋又在周围的村子乱转，胜娃报仇的念头立即燃烧起来。他叫上弟弟，也就是二蛋他姑的男人，扛着锄头到附近的村子里去找，又暗地里下了眼线，让有二蛋的消息了赶快过来告诉自己一声。十多天过去，却传来消息说，昨天天黑前，西沟村赵海家的牛被土匪抢走了。

　　西沟村和北沟村上沟下院住着，要不是弯来拐去的土沟相隔，两个村子就要连畔种地。两村里的人多半都认识，打过交道，即使没有过来往，但一说名字都知道。

　　胜娃和赵海就是旧识。

　　胜娃一听赵海家也遭了土匪，出于同病相怜，出于想弄清事情的真相，更出于报仇的心理，就立即翻沟来到赵海家里看情况。

　　胜娃来到赵海家门前，一推院门，院门却关着。之前，本村人已经来看过赵海，村里人走后，赵海关了院门又躺在炕上。听到敲门声，他起来开门一看是胜娃，眼里就含了泪说："庄稼人过日子咋就这么难？我大手里遭过土匪，这日子刚刚有了起色，又遇上了这事。唉，夜个（昨天）太阳落山的时候，我想天还没有黑呢，再揭（耕）一个来回就回家，正揭着地，土匪就来了，从地里硬是把牛抢走了。我想喊，狗日的拿枪指着我，说喊就打死我。"

　　胜娃问："是几个人？"

　　赵海说："好像是六七个人，当时连气带吓，都没有看清。"

　　胜娃问："有没有二蛋那狗日的？"

　　赵海说："当时脑子里空的啥都没有想，那瞎种被他大带着到你村里去的时候，还是个娃娃，现在长大了，我见了怕都认不出来。不过，你这样一问，我再想那几个土匪，有个人好像眼熟熟的，是不是二蛋那瞎种我说不准。"

　　胜娃说："去年我家的驴遭抢前，有人说在村里看见过他。前些天，我又听人说，那瞎种还带着一个人在周围的村子像狗一样乱转，我和我兄弟扛着锄头还找过，要是碰上，我舍了这老命，也要用锄头把他挖死。"

　　赵海说："你这么一说，肯定就是二蛋这瞎种。"

　　胜娃长叹一声："可惜我那驴了，劲大得很，顶骡子用呢。"

　　赵海痛心地说："我这还是个牛娃，去年秋天才学的'套'。"

　　胜娃说："牛比驴更值钱。"

　　赵海抹着脸上的泪说："女人家心小装不下事，我怕她想不过去。"

胜娃说:"去年我家的驴被抢后,我老婆就一直病恹恹的,到现在还没有缓过劲来。"

胜娃把声音压低了说:"你要是有二蛋的消息,赶紧过来给我说一声,咱这仇要报呢。这仇不报窝在心里,把肺都能气炸。"

31

杨胜娃说要报仇,赵海虽也有这想法,就是下不了决心。他毕竟是快五十岁的人了,人一辈子能经受住几回折腾?土匪是啥人?那都是恶人,都是邪路上跑的人,都是不怕死的人,再说手里还拿着枪,自己能斗过他们吗?最主要的问题是,自己有家有老婆有娃,还要过平常人的日子,除非自己不要家了,不要娃了,不要老婆了。弄得不好,仇还没报呢,又给家里带来更大的祸患。

一头牲口和一家人的平安,毕竟不能相比。

赵海的老婆却是那种最谨慎小心的人,最遇事放不下心的人,特别是家里的这头牛娃,她看得比自己的命还要重要。牲口被抢以后,她话也不说,饭也不做,就是一个劲地哭。尽管赵海一再说着宽心的话,可她就是想不开,精神上恍恍惚惚的,没有几天,身体就虚垮下来,一天不如一天,这样煎熬到了冬天,竟然卧床不起。一天早上,赵海起来再叫老婆的时候,却没有了回应,她就这样含恨离开了人世。

老婆的去世,让赵海的心彻底垮了,彻底愤怒了,对过日子没有了一点点心劲。他安葬完老婆,老姐当时就没敢走,说再陪弟弟和侄儿住上几天。第三天,赵海却对姐姐说:"你把娃引过去,叫我一个人待几天。我心里乱得很。"老姐说:"我走了,谁给你做饭?"赵海道:"你引着娃走,不用管我。"

姐姐带着赵山民走后,赵海一边落泪一边在家里乱转,反复自言自语道:"好端端一个家,咋就没了!咋就没了!"

他想起胜娃说过的报仇的话。他在空落落的院子里坐了半天,随后找来父亲留下的杀猪刀。刀因为好久没用,在刀套里生了锈,他把刀在磨石上磨了半天。天黑以后,他把刀往腰带里一插,再扛上一把镢头出了门。

他来到北沟村胜娃家,说了自己的想法,两个人一拍即合。赵海说:"我来找你，就是要给你说一声，以前我还犹豫，现在我把决心下了，日子不过了，这个仇不报就对不起我大，对不起我老婆，我要把这狗日的逮住用刀剁了。"

胜娃说："好，我和你一起干。"

天已经黑了很久，赵海离开了胜娃家。他一边走一边想，考虑着娃的事。既然要报仇，就要想到他们要报复，自己是不怕，但娃咋办？这就是说，自己可以死，但娃一定要活着，但娃咋样活呢？家里是不敢待，姐姐家也不行，土匪很容易就能找过去。对，必须把娃安顿到一个稳当的地方。

他这样想的时候，忍不住站在路边落泪了，愤恨地望着天上说了句："这是个啥世道！"

都能看见村子了，他却没有进村，拐了个弯又径直朝前走去。走了半里地，却猛然想起家里的驴还饿着，不得不转身往回走。

第二天，为了不被人看见，鸡叫头遍的时候他悄悄出了家门。

他要到坡里村舅爷家去一趟，也就是父亲的舅家。

小时候过年，赵海曾跟父亲去过几次舅爷家，这在他的记忆里却没有留下多么深的印记。只记得舅爷家和自己家一样，都是住在崖背下的土窑洞里，崖背上边长满了野酸枣树。其主要原因，还是路远，由于要翻山过沟，天还黑黑的就得赶路，到了坡里村，已经是半晌午。刚一到，就赶紧吃饭，吃过饭还没有说上几句话，父亲把油包子馍给舅爷舅婆留下，又得赶紧往回走。早上来的时候，因为天会慢慢放亮，路上的行人会越来越多，相对来说比较安全。但天黑以后，路上就变得越来越不安全，所以就得早早地往回走。

正因为这样，他跟着父亲去舅爷家出了几次门，每一次回来都喊腿疼，再也不想去了。

不过，有一次，他却去舅爷家待了十多天，正是这一次，他和舅爷家几个同龄少年才有了念念不忘的交情。

那是一年夏天，婆婆老了，感觉到自己在世上活的日子不多了，就想回娘家住上几天。那一天，天麻麻亮，赵海就跟着父亲出了村子。父亲推着独轮车，车上铺着褥子，让婆婆坐在上边。走下坡路的时候，父亲让赵海和婆婆一块坐在独轮车上。由于路面凹凸不平，独轮车的木轮吭哧吭哧地响着，他倒觉得有趣。遇到上坡路，赵海就得到前边去拉车，父亲在独轮车的前边拴了一根绳子。他拉车的时候，坐在车上的婆婆总是反复地说，叫娃慢慢走，不敢把娃累着。太阳升到头顶上，他和父亲才走进了坡里村。

婆婆在舅爷家待了十多天，她见了自己的亲人高兴得天天落泪。而赵海一点也没有理解婆婆的心情,每天只和舅爷家的几个孩子在一块玩耍。那几个孩子里,有比自己辈分高的,也有同辈分的,其中王有亮不但与自己同辈,还和自己关系最亲近。他们一伙孩子翻山越岭去登九嵕山。那是赵海头一回登九嵕山。山上根本没有路,全是半人高的萋萋荒草,他们抓着荒草,弯来拐去往上爬,累了就躺在荒草里休息。头顶上,有苍鹰伸展着宽大的翅膀在缓缓飞行。有亮说,那是神鹰,是守护昭陵的。他躺在草丛里,久久地望着神鹰展翅飞翔的雄姿,好羡慕它的自由自在。等登上了山顶,山风呼呼地吹着,极目远望,天地空旷,山跟前是沟壑纵横起伏延绵的山地,山地外头是烟波浩渺的关中大平原。只有九嵕山孤独地挺立于众山之上,超然白云之上。

孩子们望着山下边辽阔的大地,一声接一声呐喊……

转眼,一切都变成往事。后来,老人都先后去世,亲戚再也没有走动。只是一年或许是两三年,自己在叱干里跟集上会的时候,偶尔还能与有亮碰上。见了面,自然记得当年的关系,记得有过的往来,自然就少不了一阵寒暄,少不了圪蹴在一起吃一锅旱烟,说一说各自生活里的境遇。

但怎么也没有想到,在今天,在他人生最糟糕的时候,他又想起了王有亮。原因嘛,当然是往年的交情,再一个,有亮至今还没有娃,只和老婆两个人过日子。

32

赵海心里有仇恨在燃烧,一路急急火火,来到坡里村的时候,东边的天空才刚刚发白。因为是冬天,地里没有活,庄稼人就不用早起,街上看不见一个人影。他来到有亮家门口,院子里的狗立即叫起来。他敲了一下门环,狗隔着门叫。窑里边有人问:"谁呀?"赵海喊了声:"我。"里边的人来到院门跟前,隔着院门又问:"你是谁?"赵海压低声说:"我是西沟村的赵海。"有亮打开院门看见肩上扛着镢头的赵海,惊讶得喊出了声。有亮骂走了狗,赵海让有亮把院门关上再说话。

这一天,赵海和有亮在家里坐了一天,把自己的遭遇和打算说了。

有亮冷静地说:"你可要想好,这是天大的事。"

赵海一边落泪一边说:"好好的一个家,牛没了,老婆走了,我还有啥心劲?你是没看见,我老婆临去世前那可怜的样子,这一回,我是把决心下定了。可要报仇,就得把娃安顿好,以防土匪再起杀心,这样的事以前不是没有过,想来想去,只有把娃放到你这里我才放心。你们村在山里,和我们村隔沟架岭,咱多年又没有走动,没有人能想到是我的娃。娃来了,你不要给娃说咱两家过去的关系,就叫娃跟着你姓,你把娃当成你的亲娃养,我啥也不想了,只要娃能平平安安地长大……"

有亮把烟锅狠劲地在炕边上磕着说:"这啥世道,叫土匪把人能吓死!前一阵子,土匪沿村偷人抢人呢。"

赵海红了眼圈,说:"到处都是这样子,啥时候世事才能太平下来,叫人能安安稳稳地过日子?"

有亮给烟锅里装上烟,把烟袋递给赵海说:"这没有一个能行人出来,你就拿土匪没办法。"

天黑静之后,有亮扛着镢头带着狗,悄悄地把赵海送下了山。

从舅爷家回来,赵海去了姐姐家,把山民接回了家。他与孩子待了几天,对山民说了许多的话。山民已经十岁,能听懂话了。

又过了几天,赵海把驴拉到姐姐家,让她养几天。隔天,他就像当年跟着父亲送婆婆去舅爷家一样,推着独轮车,等夜静的时候出了家门。独轮车上放着几个包袱,坐着离家的山民。

赵海为了让山民记不准去的地方,故意绕了一个大圈子。赵海问月亮在哪边,山民说月亮在天上。赵海问在天上的哪一边,山民说在西边。赵海说我们在南边。又走了许久,赵海问往哪边走,山民说往西走。赵海说往北走。赵海知道山民已经迷失了方向,就推着车一路紧走。

走了很久,赵海又问:"你姓啥?"

山民哭着说:"我姓王。"

赵海问:"你家是哪里的?父母呢?"

山民哭着说:"我不知道家在哪里,我妈饿死了,我从小就跟着我大出来要饭,我大把我领到这里,不要我了,一个人走了。"

赵海没有再说话。很久之后,他流着泪说:"娃,一定要记好,不敢说错了,说错了就没命了,就活不成了。"

走到了深沟里,山民看着黑乎乎的山沟说他害怕。赵海说不怕不怕,大的腰里有杀猪刀呢。其实,赵海心里也害怕,全身的每一根神经都绷得紧紧的,推着独轮车一路小跑,累得满头大汗。

　　月亮一动不动地悬在天上,大地出奇安静,独轮车的车轴突然起了响声,惊动了夜的静谧。赵海心里突然感到害怕起来。在寂静的月夜下走路,虽然心情紧张,却容易隐藏自己,也容易观察周围的情况。有了车轮的响声,自己心里先不安起来,不但怕暴露了自己还怕引来土匪。他把独轮车停下来,问山民想不想尿,山民说他早就想尿了,吓得不敢说。赵海就叫山民站在车辖辘跟前,向着车轮两边的轴上尿。

　　终于,他们在天亮前到了有亮家。狗听见脚步声叫了两声,还没有等赵海敲门,院子里已经响起脚步声。院门被打开,有亮和老婆两个人急切地把赵海和山民迎接进去。山民走进院子,胆怯地打量着这个新家,狗奇怪得没有叫,还摇着尾巴围着山民转圈子。为了让孩子适应一下新家,与养父母熟悉一下,赵海当天没有走。第三天天亮之前,他给独轮车的车轴膏足了油,硬着心悄悄地离开了。

　　他不能再待,怕待的时间长被村里人看见。

　　他推着独轮车往回走,腿软得好像在地上拖着。他抬起头望着蒙蒙发亮的天,望着灰暗的天空下巍巍高耸的九嵕山,眼泪簌簌地往下落。他想起一辈又一辈人传说的那个国泰民安的盛世朝代,想起含恨去世的二大,想起临去世时合不上眼的老婆,想起生生与自己分开的儿子,想起那头刚刚长成的小牛,他满腔悲愤,泪流满面。他推着独轮车不知不觉地改变了方向,来到了九嵕山下。他仰望着高耸入云的九嵕山,突然扑倒在半人高的荒草里号啕大哭。这里荒寂安静,没有谁来打扰,他放开喉咙一边哭一边向天地神灵诉说着心里的委屈:

　　　　天神呀
　　　　地神呀
　　　　太宗神呀
　　　　你们说说
　　　　庶民百姓过日子为啥就这么难
　　　　我们没黑没明起早贪黑不偷不抢
　　　　为啥就不能安安然然过日子呢
　　　　你们难道是睡着了吗
　　　　你们到人世间来看一看

看一看是谁在作恶害人

看一看是谁在伤天害理

看一看世间还有没有公道

为啥不把那些土匪恶霸除掉呢

神呀

你要为我们庶民百姓做主呢

我们不要求别的

就是要求一个国泰民安

就是要求安安然然过日子呀……

鹰在高高的九嶷山上盘旋,却默不作声。

赵海哭累了,坐在草地上歇息了很久,然后推着独轮车回家了。他先是去姐姐家拉驴。姐姐奇怪地问:"你这几天干啥去了?娃呢?"赵海为难地笑了笑,说:"出去散散心,娃在家里耍呢。"他回家后,睡了一天一夜,然后就去见胜娃,说要报仇去。

于是,他们坐在一起商量了很久,回家后就分头到周围的村子里去下眼线,特别是叱干里那边。

为了打发寂寞,为了克服想念儿子的痛苦,也为了安全,赵海从别人家抱回来一只小狗,就这样,过起了和驴和狗相伴的日子。

日子一天天过着,却没有二蛋的消息,他就像从人间蒸发了。

33

转眼到了九嶷山上六月二十七、二十八、二十九三天庙会的日子。由于今年还算风调雨顺,周围的大小村子,叱干里的各店面、商铺都出了份子,晚上要在祭坛前搭戏楼演灯影戏,也就是大家常说的皮影戏。同时,叱干里和九嶷山脚下最大的西嘴坪村,白天还要在九嶷山上敲祈福鼓,也叫太平鼓,还要扭秧歌。这样的机会实在不多,好多年才可能遇上一次。西嘴坪村的鼓手,老早就开始排练了,几乎隔天都要去叱干里,与叱干里的鼓手们在一起切磋技艺。其实,怎样敲,他们早已手熟耳熟了,可还是担心,有几年不敲怕手底下生疏。再说，还是想去图个热闹。

　　说起这灯影戏，它是一种很古老的民间小戏，以板板腔（弦板腔）的形式演唱，在场地里用木头搭建一个戏楼，周围用帷幔围住，正面挂着"布亮子"，签手在"布亮子"后边操作，通过灯光照射来显示影像。小小的帷幔里，一般有六七个人，乐器主要有鼓、锣、铙钹、呆呆（板子）、板胡、三弦、二胡、唢呐、马号、笛子等。这几个人都是一专多能，乐队又叫后手，其中一人连打鼓带弹三弦，一人甩呆呆敲大锣小锣、吹唢呐和马号，一个或两个人拉板胡、二胡带敲铙钹。签手有两个人，签手的助手要有一副好嗓子，一边助唱一边帮着整理排序皮影，要根据戏情的发展恰到好处地配合签手。签手经常是一边操作一边道白演唱，嘴眼手腿并用，生丑净旦都演。剧目一般有《三国》《说唐》《杨家将》《封神榜》《西游记》等。

　　由于受马灯灯光条件的限制，稍远处看"布亮子"上的影像就有些模糊。不过，这一点并不影响观众的情绪。近处的看人物，看剧情，看门道，看刀光剑影，看腾云驾雾，看钻天入地，看砍头落马，看吹胡子甩袖子。远处的就听热闹，听人喊马叫，听电闪雷鸣，听铜锣家伙唢呐马号声，听缠绵舒展或尖锐哀婉的粗喉咙大嗓门的一腔好调。

　　大家长年累月辛辛苦苦在地里干活，难得有这样一个放松走动快乐的机会，再说，昭陵是啥地方？

　　昭陵是神灵居住的地方，是荫翳江山社稷的地方，是昭示大唐盛世景象的地方，是庶民百姓心灵依偎的地方！

　　在庶民百姓的心里，这里的天地神灵太宗神主都能够福佑大国小家平平安安，能够给他们带来风调雨顺五谷丰登，能够让他们过上安稳太平的幸福生活！

　　更何况，正会的日子，还有祈福鼓表演，还有庄稼人的舞蹈扭秧歌（又叫庆丰年）表演。

　　所以说，这样一个日子，十里八乡没有人不想来的。

　　二十六日下午，胜娃急急忙忙来到西沟村，对赵海说："有人今天给我说，在叱干里看见二蛋和几个土匪了。"

　　赵海说："他们可能听九嵕山上逢庙会，也来赶热闹。"

　　胜娃说："白天不好下手，我和二蛋是一个村的，一个能认得一个，二蛋也和你照过面，咱最好在晚上演灯影戏的时候下手。"

　　赵海想了想说："逛庙会的人肯定很多，白天咱俩走到一块，别人看见容易多想,咱各走各的,赶天黑的时候在九嶙山下边见面。"

其实,赵海还有另一个说不出口的原因,因为坡里村就在九嶙山脚下,坡里村的人肯定都要去逛庙会,有亮自然要带着山民去,到时候万一和娃碰上了咋办?

胜娃又说:"山上晚上冷,把夹袄带上,去了还不知道咋样,咱把吃的喝的都带上一点。"

赵海说:"小心二蛋那狗日的把咱认出来,咱都把帽子戴上,把脸遮一下。"

二十七日下午,他们背着褡裢带着夹袄和家伙,从各自的村里出发,天黑后在九嶙山的下边碰了面。赵海戴了一顶烂草帽,胜娃戴了一顶破布帽。

夜风呼呼地吹着,没有月光,山岭上黑乎乎的,借着幽暗的天光和戏楼子里照出来暗淡的马灯光,以及山岭上卖油糕、麻花、醪糟、年糕、糖果摊子前竹竿上马灯的灯光,只见山岭上影影绰绰黑压压一片人头。

戏楼建在祭坛前边,戏已经开演了,演的是《说唐》里的故事。站在稍远处的人,根本看不清"布亮子"上在演什么,只看见花花拉拉不停地在晃动。由于山野空旷,锣鼓家伙和粗喉咙大嗓门听上去就有些飘忽不定。尽管这样,在台前看戏的和坐在一边听戏的人都心神专注。

赵海和胜娃无心看戏,一直在人群周围转着瞅着。可是,由于夜色过于幽暗,面对面站着都很难看清对方的脸;由于他们不敢过于靠近人群,特别是赵海,更怕遇见有亮和孩子,这样,一直到散戏,他们也没有看见二蛋的人影。

散戏以后,各村的人都结伙回村,山岭上只剩下一个空戏楼。赵海和胜娃没有别的办法,等大家走了以后又去了叱干里。依他们的判断,二蛋和李鬼如果来看戏,戏散以后最可能去的地方就是叱干里。两个人来到叱干里,在黑暗的街道转了半天,就打算到庙里去过夜。他们来到土地庙,吃了点干粮后,穿着夹袄坐在地上打了一个盹。天色尚早,两人黑对黑商量起天亮以后的事。

胜娃说:"二蛋有可能白天去逛庙会。"

赵海说:"白天人多眼杂,咱就不敢露面,万一与二蛋他们碰上了咋办?"

胜娃说:"白天没地方去,咱不如躲到山上边去,那里眼宽。"

赵海想了想说:"这也是个办法,咱躲到山上边,别人看不见咱,咱还能看到山下边的动静,能看见二蛋那狗日的。"

胜娃说:"也只能这样了,咱一边看着山下边的动静,一边等着天黑。"

赵海说:"要走咱就赶紧走,天亮了路上就有人了。"

赵海还是怕碰见有亮和孩子。

于是,他们赶紧行动。半路上,遇见有早起的人家,赵海和胜娃以过路人的身份,给水壶里添满了水。到了九嵕山,他们爬到了半山腰,躲在一块大石头后边的草丛里。这里既隐秘,又可以看见山下的情况,虽说看不清人的脸,却约略可以看见人的基本特征。

赵海和胜娃就躲在草丛后边,看着山下边发生的事:

半早上,山岭上就开始热闹起来,从山岭下边到祭坛前,整个山梁上都挤满了人。那些卖小吃的一家挨着一家摆在山岭的两边,不用到跟前去,远远看着就知道有卖麻花的、卖油糕的、卖豆腐脑的、卖醪糟的、卖年糕的、卖包子的、卖肉夹馍的、卖糖果的、卖浇汤烙面和挂面的、卖牛羊肉煮馍的等。胜娃嘴里流着口水说:"真想下去吃上一老碗羊肉煮馍。"赵海没有说话,一心望着山下晃动的人群。

各村的人或用担子挑着,或用独轮车推着,相继把祭拜用的美酒佳肴等祭品,敬献到祭坛上。之后,一位身穿浅灰色长衫的老者,站在祭坛前挥舞着手说着什么。稍后,在一阵丝竹器乐声中,各村的长老在祭坛上开始焚香化纸。一时间,祭坛上器乐声声,烟火袅袅。紧随其后,在锣鼓舒缓深情的击打声中,在丝竹乐器婉转抒情的伴奏下,十多把唢呐向着高高的九嵕山,向着湛蓝的天空吹响了《颂神曲》。该曲时而饱满嘹亮,时而舒缓绵长,时而跌宕起伏,时而温润欢快,让人联想到风神、雷神、雨神、火神、灶夜神、土地神、太阳神、太宗神,还有江河水神等,正坐在高高的云端,美滋滋地听着颂扬的乐曲,享受着美酒香火,微笑注视着人间。

在乐曲吹奏中,在村里老者的带领下,乡民们在祭坛前开始叩拜谢罪祈福。祈祷山高水长,祈祷风调雨顺,祈福六畜兴旺五谷丰登,祈祷天下太平国泰民安……

接下来就是祈福鼓的表演。

表演的地方就是山梁下边那一片长满野草的平地。

叱干里和西嘴坪村的人早就等得有些心焦了。草地的两边,分别停着两辆木轱辘牛拉车。大车由三头牛拉着,特别是驾辕的牛,都是头上长着犄角的公牛。西嘴坪村虽然是个大村子,却只有两头可以拉车的牛,这头长角的驾辕牛,是他们通过人情面子用三斗谷从叱干里借来的。两辆木轱辘大车都经过了改造,在原来的基础上,用木橼和木板往外往上加宽加高了很多,高高的木台子上,架着一面像乡民家里土炕一般大小的牛皮鼓,鼓面大得都能睡人。两面牛皮鼓,也几乎一模一样,都是由叱干里最能行的铁匠、木匠和皮匠共同做的。鼓周围的木板还是木头的本色。木条板外边的圆铁箍子,又宽又厚,好像要用几百年。牛皮鼓边上的细牛毛仿佛还能看见。

两面牛皮鼓跟前,都一样站着一个白胡子老汉和一个青春少年。两个白胡子老汉下边穿的裤子,就是平常下地劳动穿的黑裤子,上身都只穿了一件家织的前边有纽扣的短汗衫。当然,最耀眼的还是两个老汉胸前的白胡子,山风一吹,飘飘欲飞。两个青春少年则和那些敲铜锣铙钹的男人们一样,都光着上身,只在脖子上搭了一条长长的拖在地上的黄色绸带。

随着主祭人的一声起鼓,两个白胡子老汉远远地相视一笑,把短汗衫前边的纽扣解开,用两只光瘦的黑胳膊,高高地举起像胳膊一样长的鼓槌,狠劲地向黝黑的鼓面砸去。随着轰的一声响,几百号光着脊背,脖子上搭着黄色绸带的男人,走向了祈福的舞台。

深沉震天的鼓声一下又一下响起来,等响过八下之后,两个白胡子老汉和两个少年同时起脚一跃,八根粗壮的鼓槌猛地向鼓面砸去,几百号粗壮的黑胳膊举起铜锣铙钹一起向天一击。

那些唢呐手也开始吹起了欢快激越抒情绵延的《祈福调》,真正疯狂的表演开始了。

两辆木轱辘牛拉车沿着草地周围慢慢地移动,两个白胡子老汉突然变得像年轻的小伙子一样,双眼放光,两只黑瘦的胳膊举起鼓槌,在鼓面上呼风唤雨。两个少年也学着老汉的样子,紧跟其后风起云飞。

一时,他们挺直腰杆振臂跳跃,两根鼓槌在鼓面上大起大落大开大合……

一时,他们弯腰弓背咬紧牙关,两根鼓槌在空中欢快飞舞密不透风……

一时,他们猴头猴脑身体转着圈子,两根鼓槌忽左忽右忽前忽后……

一时,他们摇头晃脑前仰后合,用鼓槌轻轻地击打着鼓沿,或把鼓槌当成了指挥棒,在空中相互击打上下比画……

总之,他们是在敲鼓,是在表演,是在抒发,是在祈福祷告,是在感天动地!

而地上那些光着上身,脖子上搭着长长黄色绸带的男人,围在两辆大车的前后,刚好把场地围成了一圈。大车在缓慢地移动,他们一边狠劲敲打一边跟着大车缓慢移动。

一时,他们仰头振臂,鼓声激荡风云……

一时,他们摇头晃脑,鼓槌上下翻飞……

一时,他们弯腰屈膝,彩绸迎风起舞……

一时,他们跺脚、跳跃、转体、扭腰、摆胯、舞带,演绎万种风情……

锣鼓声如春雷滚动,如万马奔腾,如大地在热情地燃烧!男人们脸上与脊背上的汗水,像小河一样在流淌。

站在山岭上观看的乡亲们,人人都忍不住流下了动情的泪水……

太平鼓之后,就是扭秧歌。

敲锣打鼓的人们仍然站在场地的周边。

随着主祭人的一声起鼓,震天的锣鼓声又一次敲响了。跟着锣鼓声,那些早就跃跃欲试扭秧歌的男女们,走向了场地的中央,走向了祈福的舞台,开始了庆丰年的表演。

男人们的装饰,与那些敲锣打鼓的人几乎一模一样:光着上身,脖子上搭着一条拖到地上的黄绸带。女人们的穿着,与平常毫无二致,唯有不同的,也就是搭在身上的那条绸带。

这些一年到头在土地上劳动的人们,开始跳起了属于劳动者的舞蹈。他们跟随着震天的锣鼓,在场子中央,开始扭起来舞起来。

他们的表情变得丰富生动,他们的情绪变得不能自控,他们的双脚开始跳跃,他们忘乎所以手舞足蹈眼泪汪汪——他们摇头晃脑、扭腰摆胯、抖肩踢腿、龇牙咧嘴、跺脚跳跃、转体靠肩、呐喊抛带,上上下下前前后后,一左一右随心所欲,一个人一个动作,一个人一个跳法。有些人的动作,极像在田地里挖地撒种,在麦场里翻场扬麦。他们是在用最原始最朴素的动作,抒发心中的喜悦,祈福风调雨顺五谷丰登,表达对太平盛世之赞美……

34

赵海和胜娃忍饥挨饿,在山上的草丛里趴了一天,仍然没有看见瞎种二蛋的影子。到了晚上,杨胜娃和赵海悄悄地下了山,在戏楼周围转了几圈。

赵海说:"咱是不是选错了地方?"

胜娃说:"你说得在理,他们可能就没有来这里。"

赵海说:"那他们可能去哪里?"

胜娃说:"这伙狗日的,有没有可能利用大家逛会看戏的时候,再去害人?"

赵海说:"我们还不如到叱干里车马店门前的十字路口去等。"

胜娃说:"对对,只要狗日的在叱干里,无论去哪里都要经过那个地方。"

于是,他们离开九峻山,来到叱干里车马店的门前,躲到了路外边一片撂荒地里。

这里树木杂草丛生,两人选了一块地方坐下来,一边休息一边吃着干粮。后半夜,夜愈加清冷,除了草丛里的虫鸣声,只有大地的呼吸。他俩把褡裢铺在地上,给身上加了件衣裳,隔着荒草向路上瞅着。

九峻山上看戏的人说说笑笑从大路上走了过去。由于天黑,根本看不清人,只能看见模模糊糊的身影。

天又慢慢地放亮了,东边的天空出现了几抹亮光,一家车马店的门开了,马灯的灯光照到了院子里。路上突然出现了六七个模糊的身影。赵海推了推胜娃,趴在草丛里紧紧地盯着。

等几个人走过去,赵海说:"看那样子,就是那一伙瞎种,身上还像背着啥东西。"

胜娃说:"没错,就是二蛋那狗日的。"

赵海说:"我们咋办?他们人多。"

胜娃说:"他们顺着这条路走,肯定朝泾河口子那边去了。"

赵海说:"咱跟在后边,看他们要到哪里去。"

胜娃说:"叫他们发现了咋办?"

赵海说:"咱远远地跟着,我就不信他们能走到天尽头,他们就没有分开的时候?"

胜娃说:"把家伙拿好。"

赵海把杀猪刀从褡裢里取出来,挂在腰带上,又要过胜娃砍柴的弯镰,在树林里砍了一根短棍拿在手里说:"木棍有时候比刀子还管用。"

那一伙人已经走得很远,他们赶紧跟了上去。

不久,天就大亮了。赵海和胜娃趴在沟岸上边的草丛里,看着那伙土匪在曹李嘴子村边停了下来。驴脸李鬼一个人向村子里走去,很快拉来了一头驴,把东西驮在驴身上以后向河滩走去,然后过了泾河。

胜娃说:"那头驴说不定就是我家的。"

二蛋他们走远了,赵海和胜娃赶紧下了沟岸过了河。

前边的路,仍然在山里弯来拐去。

路一直通向下北镇。

赵海和胜娃需要加倍小心,既不能让他们发现,也不能把他们跟丢。每一次,他们要先选一处高处,看着他们走远;接着,再一路小跑赶到下一个点。在一眼泉水边,他们给身上带的葫芦里装满了水。下午,二蛋他们进了下北镇。胜娃和赵海怕碰见二蛋,就在镇子外边的野地里找了一处隐蔽的地方坐下来等着天黑。夜幕降临以后,胜娃和赵海用烂草帽把脸遮住,才进了下北镇。

想到二蛋他们拉着驴,牲口也要吃要喝,十有八九去了骡马店。于是,赵海和胜娃在街边的饭馆里买了几个蒸馍后,立即离开了。由于下北镇像叱干里一样,是乡村集镇,也就那么一条主街道,所以骡马店就在进集镇的大路边,赵海和胜娃很容易就找到了。他们还是在骡马店的路对面找了一处地方隐蔽起来。这里有一个土堆,土堆后边是一片荒草地,土堆下边是一个碾麦场,麦场里堆放着麦草垛。

土匪们把驴拴到骡马店以后,就一起出去吃饭。吃过饭以后,天已经完全黑了。

骡马店里马灯、煤油灯微弱的灯光,从门里边照到了大路上。灯光里不断地有人出出进进。赵海和胜娃死死地盯着灯光里的人影,耐心地等着机会。

也可能就是天意。

由于下北镇在泾河以北,距离醴泉地界近百十里路,对于李鬼、二蛋来说,这完全是一个陌生的地方。过了许久,李鬼和二蛋在骡马店微弱的灯光中大摇大摆地走出来,到了麦场边。

李鬼站在麦场边解过手以后转身回去了。二蛋却走到麦场里,在一堆麦草垛跟前圪蹴下来。

赵海和胜娃死死地盯着他,一人手里拿着木棍,一人手里拿着弯镰。

赵海和胜娃没有犹豫,手里拿着家伙从麦草垛背后绕了过去。还没有等胜娃反应过来,赵海突然上前用木棍照着二蛋的头打了下去,二蛋一声没吭就倒在地上。

胜娃低声问:"死了没有?"赵海说:"背着走,先离开这里。"

胜娃猫着腰背着,赵海猫着腰抬着,他们带着二蛋离开了麦场。之后,两个人轮换地背着二蛋快速地离开了下北镇。

出了下背镇,赵海把背上的二蛋扔进路边的荒草里。

野地里很黑暗,只有微弱的天光。之后,二蛋苏醒过来,躺在地上不停地呻吟。

胜娃说:"瞎种,你认得我不?"

二蛋只有出的气,没有进的气,一双眼在黑夜里惊恐地看着眼前的人。

胜娃说:"你知道我们是谁吗?我们是泾河那边的,我是胜娃,他是赵海,你明白了吗?你这瞎种,引着土匪抢了我家的驴,抢了他家的牛,我们今天就是来找你算账的。"

二蛋鼓足劲绝望地喊了一声:"爷,饶了我。"

赵海说:"你这瞎种把心瞎了,把你这样的瞎种留在世上,还不知要去害谁呢!我今天要把你狗日的碎碎地剁了。"

随后,一声凄惨的叫声划破了黑夜的宁静……

赵海和胜娃一路疾走,天还没有亮,就过了泾河。到了叱干里以后,他们不吃不喝,还像来时一样各走各的。接近正午时分,赵海在翻越家门口的土沟时,感觉实在累得不行了,就在半沟坡一棵树下躺下。他回想着前前后后的事,竟然一把鼻涕一把泪地哭了起来。

他望着寂静的土沟,长叹一声,全身发软,一直躺着到日落西山,才起身回家去了。

隔天,在泾河北边的下北镇和泾河南边的叱干里,二蛋的事被传得沸沸扬扬。说二蛋被人剁了手挖了眼掏了心,是谁干的没有人知道。因为二蛋是在下北镇被人杀的,所以,叱干里这边的人都说,是二蛋在泾河那边与人结了恶,被人杀了。

从此以后,赵海与胜娃再也没有联系过,好像不认识似的。一样的是,他们白天晚上都在提防着二蛋那一伙人来报复自己。赵海晚上睡觉的时候,身边总是放着杀猪刀。平时下地干活的时候,也把杀猪刀带在身边,叫人看见容易胡乱猜想。于是,他总是提着担笼,担笼里放一把磨得雪亮的弯镰,说是砍柴割草,其实是为了防身。

对于赵海和胜娃来说,日子就这样提心吊胆地过着。

35

山民虽不是很明白,父亲为啥要把自己送到坡里村,但他模糊地知道这与母亲的去世有关,与家里那头被抢的牛有关。他牢牢记住父亲说过的话:"说错了就没命了,就活不成了。"

他还是孩子,没有别的办法,只能听父亲的。

有亮是个开明人,没有让山民把自己叫大,把老婆叫妈,而是根据自己比赵海年龄大的实际情况,让山民把自己叫大伯,把老婆叫大妈。这样,山民叫起来就顺口就不难为情了。

再说,有亮和老婆一直没有娃,现在有山民这样一个娃,这是老两口做梦都想有的事。从第一天起,老两口就把山民当成自己的娃一样爱,给山民做新衣服,买好吃的,还让山民到村里唯一的家塾去念书。山民到了家塾,有了小伙伴,有了新朋友,日子就不再感到难熬了。就这样,几个月过去,山民慢慢适应了新的生活。

坡里村背靠九嵕山,高高的山就在头顶上。山民和小伙伴们就经常跟着村里放羊的人在山坡上玩耍,去祭坛上看昭陵六骏,去登九嵕山。每当山民和小伙伴坐在高高的山梁上,望着山下连绵起伏纵横交错的沟壑和远处烟雾迷茫的广大沃野,心里总能感到一种说不出来的美好。他对九嵕山对昭陵六骏的感情,就是在这个时候建立起来的。

第三年的冬天,家塾的先生找到有亮家里说:"山民这娃很聪明,你把娃送到阳坡头学馆郭老先生跟前去,我这里再没有啥给娃教了。"因为是冬天,地里没有活路,有亮就引着山民去叱干里见郭老先生。郭老先生听了山民的情况,考了他《百家姓》和《三字经》。郭老先生听着山民的背诵声连连点头,当时就让山民拜了孔老夫子的牌位。

从此,山民就在叱干里阳坡头学馆开始学习。冬天白天短,地里又没有活,每天清晨,有亮就让老婆天不亮起来做饭,吃过饭再送山民与村里的孩子一起去学堂念书,到了下午,再把山民接回家。到了夏天,白天见长,有亮让山民把中午吃的馍和菜带上。

一晃又是三年过去了,眼看年关就到,郭老先生见了有亮说:"过了年叫娃走吧。"

有亮惊讶地问:"为啥叫娃走?是不是犯了学堂里的学规?"

郭老先生说:"山民是可造之才,让娃去宏道高等学堂去学习,那里倡导西学,注重经世致用,是省内有名望的学堂。"

听了郭老先生的话,有亮为难起来。回到家,他对老婆说要去一趟县城。天麻麻亮,他就出了门。其实,他没有去县城,而是悄悄去了赵海家。他见了赵海,把郭老先生说的话又说了一遍。

有亮说:"这是大事,不能不给你说一声。"

赵海说:"娃到外边去念书,肯定有出息,但花费也大。"

有亮说:"我来见你就是这意思。"

赵海说:"只要娃能学,我把地先卖上两亩,再不行,把牲口也卖了。老驴去年死了,我又买了头驴。"

有亮说:"家里不能没有牲口,地和驴你都不要急着卖,咱两家一块想办法。"

赵海说:"我去你那里不方便,你过罢年再来一次。"

有亮说:"你不想见娃一面?"

赵海想了想说:"世道不安宁,叫娃再长几年。"

春天到来的时候,有亮拿着郭老先生的信,担着担子送山民去宏道高等学堂去学习。从此,山民到了一个更为广阔的天地,开始了新的人生。他在宏道高等学堂读书的第二年,适逢辛亥革命爆发。消息传来,他与学友兴奋不已,连夜赶往西安。在西安,他结识了同乡雷恒焱,随后,跟着雷恒焱一起参加了西安起义。在和清军的作战中,山民的左臂被炸弹炸断,伤情还没有痊愈,又与雷恒焱跟随西路军去乾州布防,一起赴十八里铺与甘军议和,再一次受伤险些失了性命。

孙中山辞去南京临时大总统职务以后,袁世凯掌握了国家大权,对军队的管理编制进行改革,将陆军的编制依次改为师、旅、团、营、连、排。陕西都督张凤翙奉袁世凯之命,将秦陇复汉军改编为两个师、四个独立旅。张云山担任了第一师师长。由于独臂英雄王山民在和谈中的表现,张云山破格将其任命为营长……

王山民起初回西安养伤,伤情恢复以后,跟随牛团长所在的团驻防咸阳县。这时,他就想回家乡一次,到雷家堡子去看望一下雷恒焱的父母,把实情告诉他的弟弟雷恒民,顺便回家看看养父母和自己的父亲。他告假时,牛团长还给他交代了另一项任务。

牛团长人长得黑脸大个,是张云山师长的忠实追随者。他对山民说:"你被师长破格任命,说明师长对你寄予了很大的期望。眼下,虽然经过了辛亥革命,但国家的前途依旧是扑朔迷离、风云变幻,各路军阀都各有各的想法。西安暂时表面上还算平静,但底下也是暗流涌动,军阀暗地里都在招兵买马,扩充自己的势力和地盘。按照张云山师长的指示,我们也要扩大、稳固地盘,建立更多的码头。你这次回去,到小屯渡口那里走一走,那里是乾州、醴泉、泾阳、三原的交通要冲,是咽喉之地。虽说那地方有点偏僻,容易被人忽略,但那里可进可退,进可以直达咸阳、西安,退有连绵的大山为依靠,是一个设立码头的好地方。特别是,那里距我们团的驻防地咸阳县只有半天的路程。我已经请示过师长,想让你的营到那里去驻防,你是醴泉人,熟悉那里的情况,有利于发展。"

第二天,山民就带着军士郭胜根一起踏上了回家乡的路。

36

王山民有好几年没有回家了。

他和郭胜根穿着一身土灰色的军装,戴着硬壳的大檐帽,一路策马疾驰,回到坡里村的时候太阳已经不高了。王有亮正圪蹴在院子吃烟,看见穿着军衣的山民和胜根,睁着眼半天说不出话来。山民喊了声"伯",他才缓过神来,起身一手抓过山民空荡荡的衣袖,惊得喊出了声。母亲从窑洞里走出来,看见站在院子的山民,埋怨老汉说:"娃回来了,你喊啥呢?"

有亮没有搭理老伴的话,问山民:"咋弄成这样子?"

山民已经把有亮和大妈当亲生父母看,当初,他去宏道高等学堂学习,离开家的时候就已经改口,不再叫大伯大妈,直接地叫伯叫妈了。

山民笑着说:"伯,好了,没事了。"

母亲惊慌地问:"娃咋了?"

有亮摇着山民的衣袖说:"你看,你看。"

母亲一看,抓着山民空落落的衣袖,立即哭出了声。

山民笑道:"妈,已经好了。"

有亮和胜根拉着马去了牲口窑里。母亲还在哭,山民说:"妈,胜根还没有吃饭呢。我和胜根帮你烧火,你听我慢慢给你说。"

母亲做饭,胜根拉着风箱,山民一边添火一边缓慢地说:"妈,外边的事你是不知道,可眼前的事你却能看见,咱老百姓过日子,从早到晚都战战兢兢。我为啥要来咱家,虽然我伯和我大当时没有给我说明白,但我一想就知道,我家的牛被土匪抢了,我妈难过得一病不起,我大为了保我的命,把我送到咱家里来了。我这次回来,走的时候,还要和胜根去雷恒焱哥的家里看看,看看恒焱哥的父母和他的弟弟。恒焱哥连命都没了,我少一个胳膊算啥?我就生在了这样一个世道,你不做,他不做,我也不做,这样的世道啥时候是个头呀……"

母亲流着泪问:"雷恒焱是谁?"

山民就把雷恒焱和自己的事说了。

母亲听后一边哭一边说:"娃咋就这么死板,你说和不成就不说了,连自己的命都不要了,他大他妈咋办呀?从早到晚想着娃咋过日子呀?"

山民说:"恒焱哥就是为了能叫咱老百姓平平安安过日子,才那样做的。"

母亲又说:"娃真傻,你无论为了啥,也不能白白把命搭上。"

面条做好了,调面时,山民笑着对母亲说:"妈,我来调面,我自己能调。"

母亲一边抹泪一边说:"在外边你有啥办法,在家里你坐着妈给你调。"

吃过饭,天色已经不早,有亮对山民说:"你长大了,你明天去把你大你姑看一看,多少年了,他们白天晚上都在想你。"

于是,山民和胜根第二天一大早就去了西沟村。

赵海虽然多年没见儿子,但他能想出来面前站的是谁。他正坐在院子里吃烟,听见院门外边的马蹄声,立即有一种预感。他起身向院门跑去,把一只鞋都跑丢了。他打开院门,急切地问道:"你是山民吗?"

山民红了眼说:"大,我是山民。"

赵海忍不住泪流满面,上前一把抱住儿子说:"娃呀,你可回来了。"

此时,他才感觉到山民的衣袖空荡荡的,往手里一抓,喊了声:"娃呀!"

山民却流着泪说:"大,你头发全白了,身体还硬朗。"

赵海说:"不硬朗不行呀,等你回来呢。"

胜根说:"大叔,你的鞋呢?"

赵海一低头,才发现自己光着一只脚。

山民在院子捡起鞋,给父亲穿上。

赵海又哭又笑地说:"好长时间都没有梦见过你妈,昨晚上梦见你妈了,你妈给我说,娃回来了。我醒来后,到天亮都没有睡着,一直想着梦里的事。早上起来,扛着镬头走到门口,又转过身关了院门,一个人静静地坐在院子里吃烟,一听见院子外边的响动声,就想可能真是你回来了。"

拴好牲口,山民叫父亲坐着,他烧火胜根做饭。赵海就一直眼泪涟涟地坐在炕上和山民说话。当晚,赵海和山民、胜根睡在一面土炕上,说了一晚上的话。山民给父亲说了恒焱大哥的事,赵海把为啥送山民去坡里村,以及后来和胜娃一起去杀二蛋的事全说了。

赵海说:"当时就是担心土匪来报复,才把你送到坡里村。"

山民问:"那我胜娃叔的娃后来咋样了?"

赵海说:"杀了二蛋,我和你胜娃叔再没有主动联系过,就是偶然在集市上碰见,也没有问过你胜娃叔,就像他从来没有问过我把你送到哪里去一样。这都是因为担心害怕,怕无意中说漏了嘴,把风声传出去。"

山民说:"你把二蛋杀了,还有别的土匪继续害人呢。"

赵海说:"但愿你们以后有机会,能把那伙土匪都收拾了。这些年,那伙土匪肯定不知道二蛋是谁杀的,要是知道,还能放过咱吗?就这,我还一直担心着这事,他们那种人,无事都生事呢。"

不知不觉,天色发亮,山民要走了。

山民说:"大,这一次回来得急,不敢久停,你给我姑说一声,下次回来我再去看她。"

赵海说:"你走,我把你给你姑买的好吃的送过去。"

山民说:"大,那我就走了。"

赵海说:"娃,你能回来,大就高兴,大就能多活十年。你就生在这乱世,大不留你,你走。"

山民上前用一只胳膊与父亲拥抱告别。

山民和父亲告别以后,就打马回坡里村。刚进村,见许多人站在街上正在说着九嵕山上的事。他听后立即和胜根骑马上了九嵕山,结果山上空荡荡的。他正在踌躇不定的时候,看见从山脚下走来了一个老汉。老汉走到山民跟前问山民是来干啥的。山民说自己是坡里村的,听说有人在山上乱转,就来看看情况。老汉手指着远处说,他正躺在那边的山梁上放羊,看见有三个人在祭坛上乱转,不知道他们是干啥的,就翻沟过岭来看看情况。

胜根问:"你看清是咋样三个人没?"

放羊的老汉说:"隔沟架岭的,只看见是三个人和三匹马。"

山民问:"他们还骑着马?"

老汉说:"正因为是三个人三匹马,我才感到好奇,就过来看情况。咱本地人谁骑马呀?"

山民与老汉告别,回到家里把情况给有亮说了,有亮也觉得这事不对劲。山民考虑后说,这事得给大家说说,叫都要提防着呢。于是,他当天就没有走,第二天去了叱干里见郭老先生。见过了郭老先生,等到第三天一大早,又和胜根下山去拜见烟霞草堂的邢廷荚。邢廷荚没有在,他们便去了小屯镇,也就是小屯渡口。

小屯镇和叱干里一样是一个镇店,是方圆几十里的一个物资交流中心。叱干里是三六九逢集,小屯镇是二五八逢集。同时,也是县城防营或总团的派出机构一分团的驻防地。由于小屯镇在泾河岸边,是泾河出山后的第一个渡口,又是泾阳、三原和醴泉三县东西往来的必经之地,地理位置非常重要。

山民当初去宏道高等学堂读书的时候,就是从这里过河的。当时,他伯挑着担子,山民跟在后头,沿着坡道上一个小胡同下到了河滩。船还在河的中央,就像一个很大的木箱,晃悠晃悠地向这边划了过来。他好奇地站在河边,看着船慢慢地靠了岸,船上的人下了船沿着石头上了岸,他和他伯又沿着石头上了船。

船摇晃着向河对岸划去,他战战兢兢又感觉十分新奇。河道的上边,满目沧桑,大石嶙峋;不远处高山巍巍,只有一处窄窄的山口。他想,那就是泾河出山的地方。

船终于一摇一晃地到了河对岸,下了船上了岸,就到了一个叫船头的小村子。再回头去看,已经有了异乡的感觉……

几年过去了,他再一次来到这里,小镇上依旧是人来人往。站在小镇边,向渡口那边望去,下了船的人,正沿着小胡同向小镇上走来。河边的船里转眼又坐上了人,船老大又慢慢悠悠地把船划向对岸……

37

　　一身军装的山民和胜根骑马出现在小屯镇上,本来就十分惹眼,他们刚一打听雷恒焱,有几个人立即小心翼翼地围了过来,压低声音你一言我一语地问起来。问山民是从哪里来的,问他们打听的雷恒焱是不是雷家堡子的,问雷恒焱是不是真的被甘军杀害了,问他们打听他干啥,说他的弟弟雷恒民已经被刘团长送到了县署,多半要杀头呢!

　　山民一听这话,心里就着急起来。问其原因,说话的人却左看右看不敢说了。

　　山民又问:"雷家堡子在哪里?"有人低声说:"你顺着大路一直朝南走就到了。"

　　山民不敢停留,立即和胜根打马疾驰。

　　雷家堡子是一个不大的村子,有一半人家在泾河岸边的土崖下过着窑居的生活,有一半人住在土崖下的茅草房里。恒焱家院墙低矮,土门楼是用茅草搭的,院门是用荆条编的,顺着低矮的土墙看进去,是几间土坯的老房子。山民隔门喊了一声,一位老人从土坯的老房子走出来,打开了院门。他愁容满面,疲惫不堪,眼里布满了血丝。他吃惊地看着家门口站着的两个牵马的军人,神情一下紧张起来,语无伦次地问他们找谁。

　　山民说:"大伯,我叫王山民,他叫郭胜根,我们和恒焱大哥在一块。这次我们来,就是顺路来看看大伯和大妈。"山民犹豫了一下又说:"恒焱哥最近忙,他说等忙过这段日子再回来。"

　　老人犹豫了一下,没有说话先落了泪,沙哑着喉咙说:"快进家里。"

　　山民和胜根把马拴到院子里的树上。

　　恒焱的母亲躺在炕上,见有生人来,勉强坐起来。胜根叫了一声大妈,把手里的点心放在了炕边。山民又把刚才对恒焱他大说过的话说了一遍。

　　母亲流着泪痛苦地说:"几年都没有见人了,再忙就抽不出一天时间回来看看?"

　　山民忍住在眼眶打转的泪水,说:"我这次回去,一定对恒焱哥说,叫他抽时间回来一趟。"

父亲红着眼圈长叹一声，对坐在炕上的人说："不要怪娃了，娃就生在了这样的乱世，有啥办法！他忙完了自然会回来看你。"

接着，山民着急地问起恒民的事，父亲说："被关在县署衙门的大牢里。"

山民问："县署为啥要关恒民？"

老人说："说来话就长了。恒民这娃和他哥一样，都是直脾气，人又仗义。周围不是经常闹土匪吗？村里就成立了民团，大家推举他当了团头，其实，小屯镇一分团的团长刘干是不愿意叫他当的。偏偏我们村的雷结结是刘干的手下，他以前就是土匪，恒民一直看不惯他。几天前，他偏偏跑到我家偷东西，叫恒民碰见了。"

山民说："难道为这事就抓人？现在事情到底是个啥样子？真像街上说得那么严重吗？"

老人抹了一把泪说："我看娃这一次是凶多吉少，怕是迈不过这道坎。一村的人都在想办法，可民能把官咋样？"

山民想了想说："大伯，天色不早了，我连夜就回咸阳县。"

大妈突然哭着说："你们要想办法救恒民呢。"

老人说："既然这样，我就不留你了。"

山民眼里发热，起身给老人鞠了一躬说："我有时间再来看大伯大妈。"

老人迟疑了一下说："到时候叫恒焱和你一块回来。"

山民忍住泪水说："下一次我一定和恒焱大哥一块回来。"

骑马出了村，山民对胜根说："本想把恒焱大哥的帽子交给恒民，没想到发生了这样的事。"

胜根说："大伯很可能已经知道恒焱哥的事，只是大妈不知道。"

山民说："我也这样想，大伯是在瞒着大妈。"

38

事情是这样的。

由于土匪横行，民不聊生，在没有办法的情况下，许多村子的乡民就自发组织起来,成立自卫团或民团。雷恒民和他哥雷恒焱一样,因为大个子,直性子,从少年的时候起,就喜欢跟着乡村的拳师学几下。所以在村里成立民团的时候,被乡民推选为团头。

雷家堡子的土匪雷结结,之前到叱干里游荡,结识了瞎种二蛋,二蛋被杀以后,雷结结就有些害怕,离开了叱干里。但雷结结毕竟不是那种靠劳动过日子的人,回到小屯镇后不久,又跟上了刘干。

刘干不是一开始就是一分团的团长,他之前也是土匪。他长得干瘦,像一只干公鸡,却胆大心狠,拉起了三十多人的杆子,经常在泾河两岸恶吃恶要,翻墙入室,坑害乡民。有一次,驴脸李鬼带着几个人下山,在甘河一带拦路抢劫。干公鸡刘干知道后,认为这是黄鼠吃过了界畔,一连多日带着人在甘河原上游荡,还故意放出了风声。李鬼听到后心里就不舒服,回去后就鼓动大嘴带着人也下了山。两伙土匪在甘河北岸的一个土嘴子上相遇,你趴在土嘴这边,他趴在那边,打了起来。此时的李鬼和大嘴,虽然恶名在外,毕竟还没有形成大的气候。打了一阵,大嘴身边的一个人中枪身亡,大嘴就先急了,向刘干喊话,说有事好商量。结果,大嘴就答应以后不再下山。

刘干坐在土丘上,皮笑肉不笑地看着大嘴和李鬼抬着死去的人离去,还冷不防地朝着大嘴和李鬼的身后放枪,吓得他们一阵猛跑,刘干望着哈哈大笑。

从此,刘干在甘河原上独坐其大。

在这之前,原驻防小屯镇一分团的分团长,本是当地的恶绅。刘干最初当土匪的时候,每隔上一段时间,就要送一些好处过去。但随着势力的增强,刘干就不再像当初那样殷勤。特别是大嘴和李鬼带着人马夹着尾巴逃跑后,刘干变得更加自高自大,把一分团的团长也不当一回事了。

于是,分团长就不满意,就有了想法。一个落雪的日子,小屯镇逢集,刘干手下的几名土匪酒后当街滋事,遇上了巡防的团丁,话没有说好就当街打了起来。团丁跑回驻地告诉了分团长,分团长带着众团丁,在渡口边追上几个闹事者,二话没说,拉到河滩上用枪打了。血染红了一大片雪地,远远看着都让人脊背发麻。

从此,两家结下血海深仇。

时隔一年,刘干打听到小屯镇附近的一个乡绅,给娃过满月,要在小屯镇的食堂宴请分团的人,刘干觉得这是一个好机会。他找了一个与乡绅关系很好的人,不但准备了厚礼,还另外给了许多好处,让他带着几个人一起去陪一分团的团丁们吃肉喝酒，如果能喝到晚上，他再给厚谢。酒宴从中午开始，一转眼就到了太阳落山的时候，分团的人才陆续离开。他们一回去，都躺下呼呼大睡，几孔窑洞里都是此起彼伏像拉风箱似的打鼾声。

以前，刘干多次进出过一分团的院子，团长住在哪孔窑洞，团丁们住在哪孔窑洞，厨房和粮库在哪里，他都了如指掌。刚入夜，干公鸡刘干趁着分团的人酒劲未过呼呼大睡的时候，带着人轻车熟路，从院墙上的一个豁口悄悄爬进了院子，突然袭击了分团的驻地，打死了分团长和多名团丁，抢走了枪支和粮食。然后渡过泾河，在船头村将枪支和粮食装上大车，跑进山里去了。

一时间，泾河两岸人心惶惶，一分团也名存实亡。随后好一段时间，刘干这伙土匪更加有恃无恐，夜间撕票绑架，白天拦路抢劫，导致泾河渡口的船只早晚停在岸边，路断人稀，无人问津……

县署的知事也不是个好东西，外号壶膏药，每逢征粮催款，总是要巧立名目多摊多派，甚至纵容县署的爪牙明目张胆搜刮民财。乡民有被打伤的，有被气死的，甚至还有被逼得上吊的，弄得民怨沸腾，苦不堪言。知事也知道醴泉境内有几股大的土匪，却视而不见任其所为。正因为这样，各分团的分团长也像他一样，横行乡里助纣为虐。可这一次，刘干这伙土匪把事情闹大了，不但把一分团的团长杀了，还抢走了枪支，县署想装聋作哑不闻不问也不行了。为了平息事态，为了恢复商路交通，为了给上边有一个交代，也为了使自己有一个台阶下，知事没有想着去剿匪，而是想出了一个损招，想出了一个下下策——对这伙土匪进行收编。

他知道叱干里二分团的刘法胜与大嘴、李鬼和刘干这两股土匪都有勾搭，就让守城营的黄团总派人骑马去叱干里，把刘法胜叫到县署就收编刘干一事进行商讨。刘法胜本来就是一个滑头，两面都当好人，与知事壶膏药和黄团总商量好以后，亲自拿着委任状翻山越岭到野鸡窝去见刘干，任命刘干为小屯镇一分团的分团长。

隔天，刘干就带着自己的人马，驻防到了一分团以前的地方。从此，泾河渡口才又恢复了往来交通。

干公鸡刘干当上一分团的团长后，仍匪心不改，睁一只眼闭一只眼，纵容手下特别是雷结结这样的人，在乡间为非作歹。对于各村那些仗义执言，不好好听自己话的人，就纵容手下不断找事，甚至找机会将其杀掉。各村成立自卫团或民团的时候，他就极力想办法让那些听话的乡绅担任团头。雷恒民当团头，他是一百个不情愿。不过，这是民选，有时候他还是拗不过村民的心愿。另外，他也是畏惧雷恒民在省城当兵的哥哥雷恒焱，怕雷恒焱把事情干大，带着人马回来找自己的麻烦，就没有过分为难雷恒民。

雷恒焱在乾州被甘军杀害以后，刘干高兴地在小屯镇摆起了酒桌。接下来，就日夜想着给雷恒民找碴儿，想办法把他除掉。他认为，像雷恒民这样的人，想收买是收买不过来的，迟早都是自己的麻烦，是自己的冤家对头。如果不除掉他，自己很可能就没有好日子过。

这样的机会终于让他等到了。

39

雷结结他大去世的时候，他哥雷社社才十三四岁，正在村子私塾里念书。他大去世以后，雷社社不得不回家像父亲一样耕田种地。好在父亲在世的时候，还置了几亩地。于是，雷社社就和母亲相依为命，一边种着家里的地，一边帮别人家打工，这样勉强地维持着家里的生活。

雷社社本本分分，老实厚道，不爱说话，对母亲很孝敬，很听母亲的话。在村里人的眼里，他就是有点过分憨实，缺少心眼，所以，就一直没有娶上媳妇。

起初，结结在村子里偷鸡摸狗，长大以后在叱干里和小屯镇一带游荡，后来当上土匪以后，更是有恃无恐。村里没有人敢惹他，大家背地里对他恨得咬牙切齿，却没有办法，只好远远地躲着。这些情况他母亲并不了解。

有一天，小屯镇逢集，恒民去卖羊，父母跟着一块去逛集。下午回来一打开院门，却发现雷结结站在自家院子里。恒民瞪着眼问："你咋在我家里？"

结结说："你卖了羊还没有缴屠宰税、平安税呢，刘团长叫我来找你。"

恒民说："你狗日的，跑到我家里收税来了？"

结结说着话撒腿往门外跑，恒民顺手拿起锄头在后头追，一边追一边骂："我把你个狗日的……你这害货……整得东村西村都不得安宁……你不要脸了你先人都不要脸了……你再让我碰见，非拿锄头把你挖死不可……"

结结跑远了,恒民一边往回走一边继续骂。

恒民没有注意到结结的母亲正好站在院子里听着。他回家去了,结结的母亲却坐在院门口的石墩上大哭起来。邻居们看见,知道实情,不好意思去劝,就到地里给正在干活的社社说:"你快回去,看你妈为啥坐在家门口哭呢。"社社回到家,问其原因,母亲一边哭一边问社社:"结结在外边胡作非为你为啥不给我说?"社社傻傻地不说话。

母亲气愤不过,拿了顶门棍在院子里撵着打社社,叫社社出门去找结结。社社装作去找结结,天黑以后才回来,却低着头圪蹴在窑门口不说话。

母亲知道找不见结结,就问社社:"结结成天在外边干啥呢?"

社社低头不说话。

母亲气得拿着笤帚疙瘩在社社头上打,一边打一边说:"我咋就生了结结和你呀!"

母亲知道这个儿子太老诚,所以独自出门去了恒民家。恒民家已经关了院门。她犹豫了许久,还是敲响了院门。恒民打开门见是结结的母亲,有些意外。结结的母亲低下头说:"是我不好,养了个忤逆之子,我替结结给你赔罪来了。"

恒民的母亲赶紧走过来搀扶住结结的母亲说:"恒民也不对,再有气,也不能跑到街上去骂呀。"

结结的母亲看着恒民说:"我只知道结结在外边爱跑爱逛,不知道他干啥。你给我说,他到底在外边干啥呢?"

恒民看着老人,话却说不出口。恒民的父亲为难地说:"娃大了,你管不住,就不管了。我刚才还骂过恒民,结结不对,恒民也不对。事情都过去了,就不要再说了。恒民,你送你姨回去,天黑了,小心把你姨绊倒。"

恒民把结结的母亲送到街上,结结的母亲哭着说:"恒民,我知道,你大你妈在跟前,你不愿意说,你就当积德行善呢,把实话给我说了,结结到底在外边都干啥呢?"

恒民还是说不出口,只能说:"姨,你不要问了。"

结结的母亲突然给恒民跪下,声泪俱下地央求道:"娃呀,你就当积福行善呢,你给我说个实话,你叫我把心明一下,我就是到了阴间地府给他大也有个交代。"

恒民一边搀扶一边哭着说:"姨,你娃在外边当土匪呢。"

结结的母亲一声都没有哭出来。恒民慌了手脚,怕再出啥事,抱起结结的母亲送到家里。结结的母亲躺在炕上,慢慢地缓过神来,流着泪对恒民说:"姨对不住你,对不住村里的人……你明日把村里的人召集起来,让姨给村里的人赔个罪。"

恒民以为结结的母亲是随便说说,并没有在意。第二天早上,他正在地里干活,村人跑来说:"你快回去看看,结结他妈在村子的大槐树底下跪着呢。"

恒民听了,立即往回跑,刚进村口,远远地就看见十字路口围满了人。恒民走过去,果然见结结的母亲衣衫破旧,头发蓬乱,低头跪在那里。有人一边劝一边搀扶,结结的母亲死活不起来,一边哭一边反复地说:"我不是人,我对不起村里的人,我养了个忤逆的儿子……"

恒民抱住结结的母亲流着泪说:"姨呀,你这是干啥呢?"

结结的母亲说:"娃呀,姨不是糊涂人,姨心里亮堂着呢!姨对不住大家……你今天就答应姨,明日叫上几个人,把结结给我杀了,叫他不要再害人了!"

恒民看着身边的人说:"来,把姨背回家。"

有老人在一边哭着说:"这是造的啥孽呀!"

母亲躺在炕上不吃不喝,睁着眼直直地望着窑顶。她觉得没脸见人了,没办法往下活了。第二天,社社不敢出门,一直坐在家里陪着母亲。到了半下午,母亲硬叫社社下地干活去了。社社一走,她关了院门,找来绳子,又端来板凳放到院子的树底下,想上吊。但往凳子上站的时候,两条腿却软得站不上去,结果就坐在板凳上大哭起来,哭着哭着却又想到,自己这样一死是一了百了,可结结还活着,还照样作恶,自己和老伴睡在阴间地府里还照样遭人骂呢。

她突然有了一个主意:把结结杀了,自己再去死。

但是,叫谁去杀结结?又到哪里去找结结呢?她没有主意。

她首先想到的是社社。吃饭的时候,她对社社说:"结结在外边当土匪呢,我没脸见人了,你大睡在地下都不得安宁,都在遭千人万人的骂呢。你说,咱咋办呀?"

社社吭哧了半天说:"我有啥办法?"

母亲气得说:"你咋就这么老诚,你给我把那害货杀了去。"

社社把头低得挨着了裤裆,就是不说话。

母亲看着社社气愤地说:"你咋就傻得没一句话呢!"

社社憨憨地说："结结把我叫哥呢。"

母亲看着傻傻的社社想，社社说的是实话。她心里憋屈，想自己一辈子命咋就这样苦。现在，想找一个诉苦的人都没有。她坐了半晌，手里拄着一根棍出了门。她想到墓地里去，对过世的人说说。

母亲来到了墓地，看着荒草萋萋的土冢，一下就坐在荒草里哭着骂着："你个老东西，你走了你安然了，把我一个撂在这世上，结结当了土匪，咋办呀？"

她突然想到了给结结下毒，她听人说过有毒酒，有断肠草，但到哪里弄这些东西呢？

她明白坐在这里啥事也不顶，起身又往回走。走到半路，看见恒民在地里劳动，又想着去找恒民帮忙，走到了地头，还是转身走了。她一边走一边抹着泪喃喃自语："自己的儿子自己都下不了手，别人谁肯作那孽？那是一条命呀。"

她还是想到了社社。

吃饭的时候，她对社社说："你是要你妈，还是要当土匪的弟弟？"

社社憨头憨脑地问："妈，你咋说这话？"

母亲拿着绳说："你不杀结结，我就上吊去。"

社社吓慌了，吃过饭，地里也不敢去，闷闷地坐在院子里。

母亲一边落泪一边说："当妈的谁不爱自己的娃？那是自己身上掉下来的肉。可结结当了土匪，在外边偷人抢人呢，你知道不知道，从早到晚有多少人在骂我骂你大骂你八辈子先人？咱还有啥脸活人呢？你不杀了结结，我就去死。"

社社哭着说："妈，你不敢，你走了我咋办？"

母亲说："树活皮，人活脸。树没有皮了就死了，人不要脸了还活个啥呀？你前边走，众人背后拿指头把你能戳死，用唾沫星子把你能淹死。"

母亲说着话，起身取来杀猪刀说："这是你大在世时留下的，你把它磨亮，明天就去小屯镇，把结结给我杀了，叫他不要再害人了，叫大家不要再骂你大骂你先人了。你要是不听我的话，我就去上吊，我就跳井去呀。"

社社被母亲逼着去了小屯镇，但没有找见结结。社社去问刘团长，刘团长说好些天都没有见人。

夏天来了，小麦黄了，还不见结结的面。收了麦，结结却回来了。他说想吃母亲做的油包子馍。

母亲问:"结结,你想吃妈做的油包子馍了?"

结结说:"别人做的没有妈做的好吃。"

母亲哭着说:"妈给你做,做得大大的白白的。"

母亲一边和面烧火,一边泣不成声。

母亲对结结说:"结结,你到地里把你哥叫回来,让他和你一块吃油包子馍。"

结结吃过油包子馍要走了。

母亲看社社,社社犹豫不决,母亲拿了绳子向院子走去。

社社慌了,拿起杀猪刀出了院门。

很久之后,社社哭着跑回了家。母亲看见社社,突然坐在院子里号啕大哭。街上传来许多人的脚步声,大家一个对一个说:"社社把结结杀了!"

许多人来到社社家,男人们圪蹴在院子的墙根下,女人们陪在结结的母亲身边。结结的母亲像耗尽的油灯一样,气息奄奄……

40

干公鸡刘干知道结结被人杀了,就带着团丁来到雷家堡子。了解情况以后,立即把社社绑了,又叫来村里民团的团头和两个团副头。社社的母亲听说社社被绑了,从炕上爬下来拄着拐棍来拦挡,说:"结结是我的娃,他作恶抢人,是我叫社社把他杀了。"刘干说:"结结是你的娃,还是我的团丁。你不要你娃了,我还要我的团丁呢。"当即叫团丁把社社、恒民和团副头都带走了。

社社的母亲坐在大街上抓天挖地,一个劲地哭。村里的老人一起出面想办法,先叫邻里把社社的母亲搀回家。再叫村里的男人用糖把结结抬到村外边的烂窑里,用草帘子盖住。另外,叫村里民团的人去小屯镇看情况。

很快,去小屯镇的人和团副头一块回来了。团副头对围坐在大槐树底下等消息的乡民说:"刘团长说,先不说杀人的事,结结回去的时候,身上还背着一支枪,现在枪不见了,要叫村里人先把枪交出来。"

有人说:"那问社社嘛。"

团副头说:"社社说,结结就没带枪。可刘团长一口咬定说结结带着枪,说不把枪交出来,就要到村里挨家挨户搜。"

大家面面相觑。

雷恒民的父亲说:"这狗日的是起了瞎心,想弄钱呢,是拿着这事讹人呢。"

有人说:"咱不给,看他把咱能咋样!"

有人说:"他得不到钱,还不知道后边要给你寻啥事呢。"

恒民的父亲说:"我看这一回是凶多吉少,连恒民怕都免不过去。"

有人说:"咱告他去。"

有人说:"他就是天,你到天上告去呀?"

团副头说:"能听出来,交不出枪,就要拿钱。"

有人说:"那不如直接要钱,为啥还要拐这么一个弯?"

有老人看天色将近傍晚,就说:"这样站下去不行,解决不了啥问题,咱得另想办法。"

有人说:"那狗日的是土匪出身,半夜把人杀了咋办?"

有人说:"他把钱没弄到手,还不会杀人。"

夜幕降临,有老人说:"这事是躲不过去的,咱说再多都不起啥作用,没有枪,这是明摆的事,他就是拿这讹钱呢。"

又有老人说:"明天先叫团副头挨家挨户凑钱,有钱的,多拿几个;没钱的,咱也不能硬逼着要。事出来了,啥埋怨的话都不要说,咱难道还不如社社他妈一个妇道人家?其余的人,明天早早起来,把结结埋了。他活着的时候作过恶,现在人死了,就不能再说啥了。"

第二天晚上,在大槐树底下,团副头拿着装钱的褡裢对大家说,一个村共凑了五十四枚银圆。老人经过商量,决定明天一大早就把钱给送去。去的时候,让民团的人都把家伙拿上,要防备他收了钱,对他们的人下手。在那狗日的眼里,杀一个人比杀一只鸡还容易。

有人说:"咱村子人少,不如把邻近村里民团的人再叫上,这样,人多了势就众了。"有人说:"这办法好,咱今晚上就安排民团的人到邻村去。"有人说:"他不放人,咱就不给钱。"有老人说:"这事由不得咱,咱去了看事做事,把握住,就算把钱给了他,咱村的人也不敢离开那里。"

第二天中午,几百号人在小屯镇外边集合后,一起去了一分团的院子。干公鸡刘干见这么多民团的人手里拿着家伙,就有些胆怯,钱数都没有数,只泛泛地说道:"这点钱根本就不够买一支枪,看在众人的面上,丢枪的事咱就不再说了,但杀人的事还没有解决呢。"

一个老人说:"杀结结是社社他妈叫社社杀的,事情明摆着,你也不问问社社他妈为啥叫社社杀结结。"

刘团长说:"对呀,事情总有个起因,总有个来回,社社他妈为啥叫社社杀结结?还不是因为恒民把事给惹起来的,他为啥拿着棍在街上追着打结结?"

恒民的父亲说:"结结跑到我家偷东西。"

刘团长说:"偷东西是屁大个事,能和杀人比吗?你们村自从恒民当了团头,就没有消停过。如果没有恒民在村里横行霸道,哪来杀人的事?都是他惹出来的祸端。"

团副头说:"恒民在我们村里是最说理的人。"

刘干问:"是你说话算数,还是我说话算数?"

一个老人说:"就算恒民在村里不讲理,可杀结结的也不是他,是社社他妈逼社社杀的。社社不杀结结,他妈就拿绳要上吊呢。"

团副头提高了声说:"你这样纠缠来纠缠去,到底想弄啥?"

干公鸡刘干一瞪眼说:"我没发火你倒发火了,我给你说,杀人就是要偿命。"

团副头说:"就是杀头也是县署衙门的事。"

刘干说:"杀一个人算啥!枪就是用来打人的。"

大家突然骚动起来,拿着家伙乱喊。有人说:"先把你这狗日的挖死再说!"

刘干看着满院子齐刷刷举起的锄头铁锨木棍,还真怕把事闹大,自己被堵在院子里挖死,口气先软了下来说:"好,我不管杀人的事。明天,就把社社和恒民送到县上,由县署衙门判。你们有啥想法,就到县署衙门去说。"

几个老人经过商议,叫村里民团的人今晚就守在这里,以防刘干半夜把人拉出去打死了。

第二天,在大家的监督下,刘干亲自带队,把恒民和社社五花大绑,用木轱辘大车送到了醴泉的县署衙门……

41

　　王山民和郭胜根连夜赶往咸阳县,叫开城门,把牛团长从睡梦中叫醒。牛团长听完汇报,脸黑得像锅底,气愤地在桌子上一砸说:"恒焱兄是对革命有功的人,这个狗日的太张狂了。以防万一,你稍歇息一下,带上骑兵连连夜赶往醴泉。我明天一大早就去见师长,争取早一天驻防小屯渡口。"

　　王山民和郭胜根连衣服都没脱,躺在那里打了一个盹,就带着骑兵出了城门,一路快马加鞭驰往醴泉县。半早上,马队赶到县城东门外,却见城门大开不见一个守城的团丁。一打问,说守城的团丁都去了西门外,说那里要杀人。

　　山民急出一身冷汗,扬鞭催马一路狂奔,马蹄在窄窄的土街上扬起阵阵烟尘。马队刚出西门,就看见不远处人头攒动。王山民大喝一声"不好",即刻向空中鸣了一枪。

　　众人一惊,回头见一大队骑兵疾驰而来,慌乱中闪出一条通道。

　　在城门外城壕边的一片撂荒地边,站着许多守城的团丁,恒民和社社被五花大绑着跪在荒草里。社社已经吓得昏厥过去,只有出的气没有进的气。恒民虽然比社社坚强,但也面如死灰。慌乱中,骑兵连的军士挥舞着大刀,呐喊着把县署衙门的团丁包围起来。

　　山民大声问:"谁是知事?"

　　知事壶膏药被突如其来的变化弄得不知所措,慌慌张张地来到山民跟前。山民突然抡起马鞭,把壶膏药一鞭子打倒在地上。壶膏药慌忙地从地上爬起来,唯唯诺诺地站在一边。

　　郭胜根已经给恒民和社社解开绳索。社社慢慢地缓过神来,立即扑通一声跪在地上号啕大哭。恒民也有气无力地跪在地上接连喊着:"谢谢救命之恩,谢谢救命之恩!"

　　山民厉声喊道:"给我把这狗官捆起来。"

　　几个军士立即用捆绑恒民的绳子把知事壶膏药绑了起来。

　　山民说:"把那刘干也给我捆了。"

但军士却没有找见刘干。

山民问:"刘干人呢?"

守城营的黄团总战战兢兢地说:"他跑了。"

山民说:"带一班人,给我追回来。"

胜根立即带着人去追。过了很久,他回来说:"跑得看不见人影了。"

山民说:"跑了今天还能跑了明天?先把这狗官杀了。"

壶膏药吓得一声"爷"还没有喊出声,就瘫倒在地。

军士把壶膏药拖到了土壕边。

山民大喊一声:"拿刀来!"

壶膏药昏死了过去。

山民举起刀在空中停了许久,却没有向下砍。随后,又把刀递给军士。

突然,有一股臭味在空气里弥漫。后来,壶膏药缓慢地清醒了过来。

山民问:"咋的,拉到裤裆了?"

周围一阵哈哈大笑。

壶膏药仍一动不动地躺在地上。

山民说:"让你也体会一下要被杀头的滋味,好在恒民和社社还活着,要不,你这个狗官就死定了!暂时先饶你不死,往后,再做出如此混账的事,我再来取你的人头。"

黄团总代替知县感谢山民,头点得像鸡啄食,然后叫团丁把壶膏药连背带抬弄回了城里。

乡民们欢欣鼓舞。特别是雷家堡子民团的人,半夜就往县城赶,没想到县署突然要杀恒民和社社。他们眼睁睁地看着县署把人拉往西门要行刑,气得眼里出血却没有办法。在刑场,他们哭天喊地,壶膏药却视而不见,他们都以为两个人死定了。就在此时,山民的马队赶来了。

事发突然,他们恍如梦中,个个呆若木鸡地站在那里,看着眼前发生的戏剧性的变化。直等到酥软如泥的壶膏药被团丁抬胳膊抬腿地弄走,他们才醒过神来。

有人突然高举双臂,在撂荒地里发疯地奔跑起来,一边跑一边大喊:"老天有眼!老天有眼!"

雷家堡子的人个个喜极而泣,有人竟然跪在地上又是哭又是笑。

由于长途奔跑,马匹已经十分疲惫。山民决定先去骡马店,等稍事休息之后,再返回咸阳县。

恒民和社社还没有从刚才的事情中缓过神来。雷家堡子民团的团副头与几位长者站在荒草里商议，让几位年长者陪山民去骡马店，自己则带着人紧急向城内跑去。他们跑到花炮店，红着眼圈激动地说："我们是雷家堡子的人，我们把你店里的花炮全买了，可今天带的银钱不足，明天我们专门给你送过来，不知店家能否信得过我们？"店主已经知道了发生的事，也兴奋不已，连声说："不用不用，鞭炮花炮你们只管拿！"雷家堡子的人连背带抱，向骡马店跑去。

一时间，这个消息比风还快，传遍了醴泉小城。男男女女、老老少少都往骡马店这边跑。雷家堡子的人来到骡马店前边的场地，把鞭炮挂在路边的树上，把花炮蹾在场地中央点燃了。一时间，炮声震天动地，火光冲天。

那些当初看热闹的人，还有小城里后边来的人，把骡马店门前围得水泄不通，他们都想知道这是哪里来的人马。现在，见雷家堡子的人放起了鞭炮，他们也情不自禁地跟着呐喊起来！

鞭炮还没有放完，一支锣鼓队突然赶来了。原来，当雷家堡子的人去花炮店的时候，那些看热闹的西关人也激动不已，私底下一商量，就跑回去拿起了锣鼓家伙。他们没有任何装饰，并排推着两个木轱辘车子，中间架着两条长木板，一面大鼓就放在木板上。他们一边走一边敲着来到了场地中央。

鞭炮声锣鼓声，让人心沸腾起来，人人眼里含满了泪水。

山民和军士们站在人群中，看着眼前发生的一切，也忍不住热泪盈眶。

鞭炮声锣鼓声暂时停歇下来，山民不能不说几句话了。西关村的一位老汉笑着说："站到鼓上面去，大家就能看见了。"山民犹豫了一下，还是站了上去。他一站上去，看着下边一个个激动不已的面孔，看着众人赞许敬重的目光，立即有些不能自控：

"各位父老乡亲，我也是醴泉人，家就住在九嵕山背后的坡里村。我和我的弟兄们，是张云山师长的队伍。昨天，我和兄弟胜根去看望雷恒焱大哥的父母，才知道了此事。恒焱大哥相信大家都知道，他是为了民主共和，为了咱庶民百姓能安安然然过日子，在乾州与甘营进行和谈时，被甘军杀害了。刽子手对他割耳砍臂，可雷恒焱大哥却始终不低头，他是对革命有贡献的人。可那个狗官，竟然与土匪狼狈为奸，要杀害雷恒焱大哥的兄弟！幸好我们及时赶来了，要不就对不起雷恒焱大哥的在天之灵了！"

"眼下，虽说皇帝的时代已经过去，可我们的国家仍然战祸蔓延，土匪横行，庶民百姓不能安居乐业。我们身为军人，感到羞愧不安。我们有责任流血牺牲,报效国家,解救苍生于涂炭,还庶民百姓一个太平人间……"

突然,掌声响起来,锣鼓声也跟着再一次震天动地。山民和他的兄弟们上马作别。从此,独臂英雄带兵行劫法场,把县知事壶膏药吓得拉了一裤裆的故事,在小城内外传得沸沸扬扬……

42

山民从醴泉县回到咸阳县后没有几天,就带着他的几百号人马,以剿匪的名义,驻防到小屯渡口。

泾河从醴泉县与泾阳县交界的地方出山以后,经过千年万年的冲刷,河道下沉,河滩的东岸形成了连续近百里高高的黄土崖。黄土崖的下边,坐落着一个又一个村子。乡民们就在黄土崖下边,挖出一孔孔窑洞,过着窑居的日子。

临近渡口,有多孔闲置的窑洞。这些土窑洞多年以来,都是驻兵的地方。去年,革命军的一部分,就是通过小屯渡口赶往乾州的。

当地的乡民,把这土崖的上下叫原上原下。原上与原下之间,有许多弯弯曲曲的土路连接。原下的河滩上,还有大片的河滩地。

原县守城营一分团的驻地,距离渡口不远。由于独臂英雄大闹法场,干公鸡刘干逃跑以后,那些跟着刘干当过土匪的团丁自然怕受到牵连,都各自逃散,这里就空闲了下来。山民来了以后,干脆把营部搬了进去。另外,从原一分团驻地沿着河滩再往上走,那些闲置的窑洞,正好做营地。营地前边就是河滩,也正好做练兵场。

来到小屯渡口,山民首先要做的就是张贴安民告示,召集附近各村民团的团头开会,加强各村的安全联防。随后,按照团长的指示,一边招募军士一边开始练兵。

这一天,日暮时分,山民正带着军士在河滩上训练,远远地看见胜根和恒民引着一个人沿着渡口边的小路走来。那人虎背熊腰豹眼,脖子上盘着一根手把粗的大辫子,身后背着半截龙蛇棍。

自恒民从枪下活命以后,山民就把他哥恒焱牺牲的消息告诉了他,同时把他哥留下的那顶帽子也给了他。恒民看着那顶土灰色的硬壳大檐帽,泪水哗哗地往下流。随即,把帽子往自己头上一戴,一心跟着山民参加了队伍。

本来,恒焱已经为革命牺牲,山民不愿叫恒民再参加队伍。但恒民说,他哥那样死去肯定不甘心,要不是山民带着人及时赶来,他已经变成了冤死鬼。他要继续走他哥的路,就像山民在骡马店前边说的,要报效国家,要解救苍生于涂炭,要还庶民百姓一个太平人间。

山民见恒民决心坚定,就叫他参加了队伍,和胜根一起在泾河两岸打听刘干的下落,为民除害。没有想到恒民在叱干里碰见了杨拳师。

以前,杨拳师曾到雷家堡子一带给大家教授过拳术,恒民认识杨拳师,还拜过他当师傅。这一天,他来到叱干里打听刘干的下落,不想在街上迎面碰见了身后背着半截龙蛇棍的杨拳师。

杨拳师用羊皮做了一个皮筒,平常把龙蛇棍往里边一插,背在身后。

杨拳师一看见恒民就问:"你来叱干里干啥?"恒民就把事情的原委说了。

杨拳师已经听说了王山民的故事,正想有机会见见这位独臂英雄。今日碰见恒民,方知山民带军驻防小屯渡口。即日,就跟着胜根与恒民下了山。

还没有等恒民介绍,杨拳师一拱手声如洪钟道:"你就是独臂英雄王山民了?"

山民一愣,恒民说:"他就是我给你说过的杨拳师,也是我的师傅。"

山民说:"久闻大名,久闻大名!"

杨拳师笑道:"不敢不敢。"

山民笑道:"杨拳师平日仗义行仁,侠肝义胆,泾河两岸谁不知道呀!"

杨拳师笑道:"过奖了,这都是托我师傅的福。可你山民兄弟更是声名远扬。你带兵劫法场,乡民人人称快,愚兄也钦佩之至。"

山民说:"为弟惭愧呀,为国家没有寸功之劳。"

杨拳师慨然道:"当下时局动荡,土匪横行,师傅教我拳术,教我慈悲向善惩治恶人。今天到叱干里给师傅买东西,恰好在街上碰见恒民兄弟,说你带军驻防小屯渡口,就即刻有了投奔之心。"

山民笑道:"如果杨拳师愿意,就来给我们的军士当教官吧。我们这里需要你这样的英雄。"

杨拳师说:"以前,虽有志向,却不知到哪里去。今日一见,坚定了愚兄的决心,不过,我需要上山去给我师傅说一声。"

山民说:"这样也好,那你明日就骑马上山,我和恒民就在这里等候杨拳师了。"

毛胡子和尚上山的时候,顶天寺从前的建筑只剩下山顶上一座破败的庙宇,以及庙宇里那口锈迹斑斑的古钟。据说从前山上还住有和尚,早晚都能听见"晨钟暮鼓",之后不知出于何种原因,只留下了这口古钟。

毛胡子和尚上山以后,并没有住在庙宇里。顶天寺的西南另有一道山梁,说不清哪年哪月,有人在此打了几孔窑洞,开了几亩薄田。人去地荒后,毛胡子和尚就以此为家,维持着自己最简单的生活。

这一天,当杨拳师决定要离开师傅,再一次走进顶天寺的时候,望着眼前荒芜的景象,望着小山上破败的庙宇,望着山坡下崖背上长满野酸枣树的那几孔土窑洞,望着窑洞前缠满荆棘荒草的栅栏,望着坐在院子里的师傅伛偻孤独的身影,眼里忍不住溢满了泪水。

对于他来说,师傅不仅是师傅,更像是父亲。

但是,他却不知道师傅是哪里人,不知道师傅姓什么叫什么,不知道师傅身后的故事,不知道师傅为什么要远离尘世的生活,来到这偏僻的荒山。事实上,师傅不是和尚,是因为他选择了顶天寺这个隐秘的地方,是因为顶天寺本来就是和尚生活的地方,所以当地的乡民也就把他当和尚看,还给他起了毛胡子和尚这样一个有趣的名字。

一样的,杨拳师也不知道自己身后的故事,不知道自己为什么来到了师傅身边。他能说清的,就是在一个冬天落雪的日子里,自己好像是睡过一觉,再醒来的时候,就已经被师傅背着走在了上山的路上。他睁开眼的时候,眼前完全就是一个白雪茫茫的荒凉世界。

他哭了,他极度害怕。但是,周围除了被茫茫大雪覆盖的荒山野岭,就只有这个正在背着自己走路的人。他没有任何办法,只能绝望地任其摆布。之后,是师傅端来的饭菜,让自己的惊恐绝望有了稍许减轻。

他实在饿得发慌!

随后,一天又一天,这个从早到晚一句话都不说的奇怪老人,这个留着长胡子长辫子的怪模怪样的老人,牵着他的手到田地里去劳动。一年四季,那两三亩田地里,几乎收获了他们生活中所需要的一切。比如麦子、玉米、谷子、豆子、红薯、土豆、萝卜、葱、白菜、辣子等。特别是到了秋天,师傅经常会掰几个玉米棒,或挖几个红薯和土豆回来,在火塘里烤熟给他吃。同时,也会经常在山坡上采摘一些野味,比如核桃、柿子、山枣、莓子等回来。如果不下地劳动,师傅便会在土院里教他学拳术,他的酸枣木龙蛇棍,就是师傅特意给他做的……

还有,在秋冬季节,顶天寺上早晚的时候经常云雾缭绕,烟雾弥漫,到了早晨九十点之后,烟雾才会慢慢地散去。每天早上,师傅都会推开用荆条编织的窑门,扛着他的那根长长的龙蛇棍,沿着崎岖的山路,在云雾里踽踽独行。然后抓着荒草荆棘,沿着被灌木覆盖的窄窄的山路,爬上高高的顶天寺,敲响庙宇里那口锈斑累累的古钟,一下,又一下……

他躺在炕上,想象着钟声在云雾里延绵,想象着钟声在山谷里回荡。不久,师傅回来了,开始在石窝里捣玉米做早饭。吃过早饭,如果是在冬天,因为地里没有活干,师傅就送他到距离顶天寺最近的村子,去读"短学"班。傍晚之前,再把他接回山上。这时,暮色已经降临了,师傅又一次去敲响古钟。暮色里的钟声,愈显得苍凉悠远……

一天又一天,一年又一年,自己长大了,开始跟师傅一起去田地里劳动。师傅也不再下山,凡需要到叱干里买东西,比如说食盐等生活用品,都由他去。有时候他也会早晚爬上顶天寺,去敲响庙宇里的古钟,随后,他会长时间地坐在山顶上,看太阳落山——如果是在夏天。

今天,当自己准备要和师傅分开的时候,突然间,他对师傅,对过去经历的日子,对已经习惯了的生活,对这个不见人烟的地方,有了不舍,有了依恋!

43

杨拳师牵着马,背着半截龙蛇棍,推开荆条编织的栅栏门。师傅仍然低着头坐在院子里,长长的辫子拖在地上,长长的胡子铺满胸前,手里拿着《万年历》,眼睛直直地盯着地上的几枚古钱。

杨拳师望着师傅一动不动雕塑般的神态,愣在了院子里。他喊了声"师傅",师傅仿佛没有注意到他。他把马拴在栅栏上走到师傅跟前,师傅这才慢慢抬起头,眼圈发红,脸上挂着泪痕。

杨拳师说:"师傅,你又在占卦?"

杨拳师不知道师傅听见自己说的话没有,反正他已经习惯这样自言自语。

师傅看了一眼门前的马,犹豫片刻,起身去了小窑洞,随之里边传来了做饭声。杨拳师拿起师傅放在木墩上的书,走进师傅住的窑洞,把书放进炕头上师傅的木箱里。木箱不大,里边放有一二十本已经被师傅翻烂的书。

杨拳师识字不是很多,他无法理解师傅的内心世界,更不知道师傅从早到晚在想什么。他想到,师傅以前有可能是哪家村塾或学堂里的教书先生。至于师傅为啥不当教书先生来到这里,他就没有办法知道了。他一直在怀疑,师傅如果真的不会说话,那当初是怎样教书的?

也许,师傅是半路上变成这样的?

杨拳师来到做饭的小窑洞,帮师傅烧火。看样子,师傅已经预料到他要回来,或者说已经算计到他要回来,已经把和好的面放在了案板上。

转眼间饭就做好了,是他最爱吃的面食。他和师傅端着调好的面,一人手里拿了一根生葱,坐在院子师傅用荆棘编织的桌子跟前。这样吃饭的情景,多年以来除非是刮风下雨,几乎都是这个样子。而今天,杨拳师却有着另一种感受。师傅一边吃饭一边不时地看他一眼。吃过饭,杨拳师去洗碗,师傅却拿起镰刀去了山坡,过了一会儿,抱回来一捆草,放到马跟前。此时,又到了一天敲钟的时间,杨拳师跟着师傅一起,沿着窄窄的山路一起向顶天寺走去。师傅弯着腰,长长的辫子拖在身后,低着头只顾朝前走。没有对话,只有山风和脚步声。等他们抓着荒草荆棘爬到山顶,薄暮已经降临,万象的群山在薄雾里已经变得模糊起来。

杨拳师跟着师傅踏着荒草走进寺庙,一起撞响了古钟。今晚的钟声,听上去愈显得苍凉沉重,一声接一声回荡在万山之上……

回到窑洞,师傅点亮了那盏用碗当作底座的煤油灯。杨拳师在成年之前,一直和师傅睡在一起,成年以后才和师傅分开睡,但今晚,他没有去自己的窑洞。窑洞里寂静得像深海一样。除了马的吃草声,就只有窑洞外偶然传来的狼嗥声。

师傅靠着书箱坐在炕头,他很想对师傅说上几句话,说自己不可能一辈子待在顶天寺,不可能像师傅一样在顶天寺上过一辈子。但话到嘴边却说不出口。他闭上眼睛,想这些年来跟师傅在一起生活的细节,也想着当下混乱的世事。

他突然为师傅感到难过,无法想象他离开以后,师傅一个人怎样在这荒凉的地方生活。很久以来,师傅已经习惯了和自己在一起。他情不自禁地喃喃自语:"师傅,我会经常上山来看你。"

第二天早上,空气潮湿得能捏出水来,师傅沿着潮湿的山路去敲钟。杨拳师开始做早饭。等师傅回来的时候,早饭已经做好了,与从前一样,简单得不能再简单,一碗青菜,一碗稀饭煮土豆块。

师徒面对面坐在院子里,平静地吃过早饭。师傅从窑洞里牵出马,把马缰绳递到了杨拳师手里。

杨拳师一声"师傅"没有喊出声,眼里含满了泪水。他走回窑洞,拿出剪刀,让师傅坐在院子的木墩上。他圪蹴在师傅跟前,给师傅剪起胡子。

修剪完胡子,杨拳师突然眼圈发红,跪在地上深情地给师傅磕了一个头。师傅眼泪汪汪地拉着杨拳师的手,神色凝重地望着天上,随后捡起一根树枝,在地上写着:"国有运,人有命!"

44

黄树螂、戈兰德和周四皮那天从昭陵祭坛离开以后,原路返回,过了宋家疙瘩,正在御道沟底往前走,突然被许多树枝挡住了去路。他们还没有弄清是怎么回事,头顶的半崖上有了响动,一块石头突然从头顶上滚落下来,幸好石头在崖坎上磕碰了一下,越过他们的头顶,飞向了路的对面。周四皮惊叫一声:"遇上劫匪了!"

他们惊慌中打马掉头,但又一块石头从头顶上坠落下来,砸在马的屁股上。马惊叫一声,后腿一蹉,把黄树螂从马背上摔了下去。黄树螂慌乱中拿出手枪,向山上放了一枪。周四皮与戈兰德也在慌乱中摔下马背,连滚带爬,躲到路边的石崖底下。

三匹受惊的马,一起向宋家疙瘩那边狂奔而去。

稍后,黄树螂举着枪战战兢兢试探地从石崖下走出,刚一抬头,又有石头滚落下来,险些砸到他的头。

三个人缩在山崖下,惊恐万分,马已经跑得不见了踪影。

山坡上似乎安静下来。

黄树螂喘过一口气,再次壮起胆从山崖下走出,结果与前边一样,石头擦着他的肩膀落下。

几个人贴住山崖站着。周四皮脸色苍白,摇着大头说:"要赶快离开这里。"

戈兰德的深眼窝里闪着惊慌,欲向马跑的那边走。黄树螂拉住戈兰德,鼻子一耸一耸地说:"还敢往那边走,不要命了?"

黄树螂拉着戈兰德跟在周四皮的身后,紧贴着石崖向山外紧走。越过了拦在路上的树枝,仓皇逃命。大概跑了五六里地,实在跑不动了,他们才气喘吁吁地坐在路边休息。

此时,天色已经不早,薄雾开始在山沟里弥漫。

几个人不敢进村,一路疾行,走了多半夜,才赶到了店张驿,叫开骡马店的门。店主只见人不见马,问起原因。黄树螂说路上遇到了劫匪。店主嗟叹良久,黄树螂心有余悸,耸动着鼻子结结巴巴地说:"弄一些吃的,马的事你说个价就是。"

安静下来以后,黄树螂又说起那惊心的一幕,摸着头说:"好险呀,要是那块石头砸在我的头上,能把我的头砸扁。"

戈兰德说:"你命大,不会有事的。"

周四皮嘴里溅着唾沫星子说:"有可能我们上山去的时候,就被土匪盯上了。"

黄树螂吸着冷气说:"越想越害怕!有惊无险,有惊无险!人没有事,比啥都好呀。"

戈兰德捏了一下大鼻子问:"这是哪里的土匪?"

黄树螂说:"你问我,我咋知道?只看见石头从上边往下滚,连个人影子都没看见。"

周四皮说:"很可能就是大嘴和李鬼那伙土匪。"

黄树螂问:"大嘴和李鬼是谁?"

周四皮说:"我也是听别人说的,从来没有见过,据说是泾河一带的土匪。"

黄树螂说:"这三匹马实在是惹人眼,谁看见都有可能起歪心。"

周四皮说:"说不定不是土匪,就是乡间的几个二流子,手里没枪,趴在崖上边往下滚石头——他们就是为马来的。"

简单地吃过东西,他们惶惶不安地度过了一夜。

第二天,周四皮心有余悸,嘴里吸着冷气说:"甘军血洗醴泉,我从枪口下捡了一命。昨天,那块大石头就从我的身边落下,到现在想起来我还心惊肉跳。"

黄树螂说:"睡觉的时候,我脱了衣服才发现,衣服后头被石头划了一个大口子,要是再往前一点点,还有我吗?"

周四皮说:"是谁对我们下手?说不定他们已经知道我们要干啥。"

黄树螂说:"这不可能,最大的可能,就是看上了我们骑的马。"

周四皮说:"我看这不是啥好兆头,说不定是石马有了感应。那可不是一般的石马,那是神马!"

黄树螂说:"这事我们不能出面,一定要叫别人替咱去做。"

周四皮说:"谁肯替你卖命,那么大的石马,不是用手一提就走了,也不是一两个人能做的事。"

戈兰德说:"可以把石马打碎,这样就好装运了。"

周四皮惊讶地问:"打碎了你还要吗?"

戈兰德肯定地说:"要,一样要。"

周四皮说:"就是打碎,搬运也要好多人手,到哪里找那么多的人?"

黄树螂小眼睛一鼓说:"多出些钱,就找当地的乡民嘛。"

周四皮抹了一下嘴边的唾沫说:"你找他们,他们能拿着锄头挖你。你要知道,他们和石马是有感情的。"

黄树螂说:"感情再深,也经不住钱的诱惑。"

周四皮说:"你有多少钱?能把周围村里的人都买通吗?能把天上飞的鹰买通吗?只要山上一有动静,鹰一叫,周围村里的人就都知道了。"

黄树螂说:"咱晚上行动,等他们都睡着了。"

周四皮说:"村里人睡着了,山上的鹰没有睡着。"

黄树螂一笑说:"鹰把人能咋样?"

周四皮说:"你忘了,那是神鹰。"

黄树螂说:"咱多找些人,等村里的人赶来,咱已经跑到咸阳县了。"

周四皮自言自语:"这事的确很难办。"

几个人沉默了下来。

过了一会儿,戈兰德突然说:"有办法了。"

黄树螂说："有啥办法了？"

戈兰德说："我们找土匪。"

周四皮的大头僵在脖子上，惊奇地说："找土匪？"

戈兰德说："对，就找土匪，叫他们把石马装上车，运到咱指定的地方。那些人只要给钱，啥事不敢做？"

黄树螂想了想说："这是个办法。可咋样去联系土匪呢？"

戈兰德说："从现在起，你们就给咱打听。"

周四皮说："这是能打听的事吗？三打听四打听，弄出事来咋办？"

戈兰德说："我也就是这么一说，你们就按这个思路想办法。"

周四皮说："和土匪打交道，弄不好会把命搭进去。"

戈兰德一笑说："可不能把命搭进去。还是那句话，等事成了，我会给你们更多的报酬。"

周四皮笑道："钱再多，也买不来命。"

戈兰德捋着大胡子哈哈一笑说："对于你们来说，缺的是钱；对我们来说，缺的就是那石马！"

45

周四皮回到县城，连家都没有回去，一直坐在当铺里发呆，想着路上发生的事。起初他这样想：别人的钱，能平白无故给你？这件事肯定不是那么简单，谁都说不准后边还会发生啥事，百分之八九十都不会有啥好的结果。再说，那是神马！

于是，他一瞬间有了一个想法，希望这事能到此为止，希望后边无论发生啥事，最好和自己没有关系，至少说关系不大。

接着，他又这样想：当下的社会是这样动乱不安，这样不得安生，这样让人提心吊胆。去年打仗差点要了自己的命，昨天又差点被石头砸死，生活在这样的世道，能有好心情吗？能有好日子过吗？对，到手的钱还是要的，偷偷摸摸私底下把钱弄到手，又没有人知道，又没有危害别人，总比杀人抢人要强吧。再说了，从古到今，不是有那么多人在盗先人的墓，在挖祖先的坟？

和那些盗墓贼比起来,这还算文明的。对,最好的办法,就是自己不直接参与,光跑跑腿、牵牵线、说说话,既把钱弄了,还能干净脱身。在这样混乱的世道,做了也就做了……

对,不要急着去找土匪,自己也找不见他们。最好的办法,就是先让这事凉一段日子,让左邻右舍的人把黄树螂和戈兰德来醴泉这件事完全淡忘了,就好像他们从来没有来过醴泉一样。这样的话,就是后边真有啥事发生,小城内外的人也不会联系到自己的身上,大家做梦都想不到这事和自己有关系!

于是,周四皮装作什么事也没有发生过的样子,过起了与过去完全一样的日子。

这样过了一些日子,他自己又感到不安起来,黄树螂与戈兰德在西安等不到消息,再来找自己咋办?

就在他坐卧不宁的时候,叱干里当铺的郭跛子,骑着毛驴噔噔噔地进城来了。他把驴拴在周四皮当铺门前的槐树上,一瘸一拐地走进门来说:"好些日子没有吃马老六的羊肉泡馍了,今天来带着拖车(一大碗再带一小碗)咥了一顿,顺便也带着一件东西让你瞧瞧。"

周四皮嘴边溅着唾沫星子笑道:"叱干里十里香的味道也是不错嘛。"

"不错是不错,可膻气太重,还是没有马老六的味道正。"郭跛子一边说一边从布袋里取出一个精致的盒子,再从盒子里取出一把玉壶,小心翼翼地递给周四皮。周四皮接过手,眼前一亮。玉壶既端庄大气,又晶莹温润,很有年代,给人以无限的想象。

郭跛子笑笑,问:"看这东西咋样?"

周四皮沉着脸说:"很久没有见过这么好的东西,主人肯定不是一般的人。"

郭跛子想了想,手指在茶杯里蘸一下,在桌面上写了"李鬼"二字。

周四皮说:"他可是恶名在外。"

郭跛子把声音压低说:"可不是,在泾河的南北两岸,谁能惹得起他?就连叱干里的刘法胜团长也让着他呢。说心里话,我也不想接他的东西,可有啥办法?来往的时间长了,不接也怕惹出事来。我是不图挣钱,只要那些人不给我找麻烦就阿弥陀佛了,你是知道的,我就凭这个混一口饭。"

周四皮装着愤恨的样子说:"驴日的,就不怕有人把他打了?"

郭跛子低着头说:"但愿有这样的人,现在河南河北路断人稀的,从那条路上经过的人,没有不提心吊胆的。"

周四皮叹息了一声说:"当下时局混乱,像这样的宝贝,你可要多加小心。东西你先留着,我到西安那边看看,如果有机会的话,我再给你传话。"随后把话题一转,"河南河北闹土匪,城里城外闹土匪,竟也有人带兵来劫法场,这世道咋就乱成这个样子?"

郭跛子"唉"了一声说:"劫法场的事我知道,那人叫王山民,就住在九嵕山底下的坡里村。"

周四皮装出好奇的样子问:"你咋知道他是坡里村的人?你认识他?"

郭跛子一边抚摸着自己的病腿一边说:"我虽然不认识,但叱干里的人都知道。他回来的时候还到过叱干里阳坡头学馆找过郭老先生,说是有人在昭陵的祭坛上乱转呢,叫大家都提防着。最近又听人说,他带兵驻到小屯渡口那边了。"

周四皮心里暗暗一惊,说:"我还是头一次听你说这事,我只知道城外闹土匪,城里边知县要杀小屯镇那边的人,被一个独臂军人带着兵把法场给劫了,把知县吓得拉到裤裆里,弄得整个法场都臭气熏天。"

郭跛子说:"这些我都知道。"

周四皮又好奇地问:"你确定他是坡里村的人?"

郭跛子说:"这话就是郭老先生亲口说的,他可不是随便说话的人。"

周四皮心里有底了。

郭跛子咂着嘴又说:"这个王山民,也不是平地卧的人,他那只胳膊就是和清军作战的时候被炸弹炸的,他敢劫法场,敢去追杀干公鸡刘干,这事只有他能干出来。刘干是啥人物?在咱这地面上,是数一数二的恶人。看那样子,那天他要是把刘干追上,真能把他杀了。"

周四皮把大头凑近到郭跛子跟前说:"以后,我们还是少和土匪这样的人打交道,不接他们的货最好,真要是惹出事来,我们能担得起吗?你把这东西拿回去放一放,我有消息了再给你捎话。"

郭跛子心事重重又一瘸一拐地走出当铺。在周四皮的帮助下,他骑上驴走了。

隔天,周四皮早早骑着一头毛驴去了西安。他不敢再骑好牲口,怕半道再遭抢劫。他来到西安,在北院门古玩市场黄树螂的古董店里见到了黄树螂和戈兰德。他把自己这些天的辛苦说了一番,把独臂英雄王山民在醴泉劫法场的事,添油加醋地说了一番。最后,特别说了他们那天去昭陵祭坛,如果稍微迟走一步,就与那个王山民撞上了。说王山民虽然没有碰见他们,却去了叱干里,把此事给阳坡头学馆的郭老先生说了,叫叱干里和周边的人都提防着呢,还说现在王山民就带着兵驻扎在小屯镇。在他看来,最好把这事缓一缓。

黄树螂瞪着小眼睛问:"这个王山民有那么厉害?"

周四皮说:"不信,你就在西安城里打听打听,肯定有许多人知道。他的胳膊就是在和清军作战的时候被炸的;革命军在乾州城外和甘军谈判,就是他陪着雷恒焱去的,雷恒焱被割耳削鼻扔进了井里,他也差点被打死,听说叫一个老汉用独轮车推着去往井里倒,推到半路看还有一口气,才留了下来。你想想,像他这样连死都不怕的人,还怕啥!"

周四皮见黄树螂和戈兰德把话听了进去,又对黄树螂说:"你们来醴泉,已经引起了好多人的注意,左邻右舍都知道你们去当铺找过我,都问我那个外国人来醴泉干啥。你看看,戈兰德已经被大家记住了。"

戈兰德奇怪地问:"你说的话是真还是假的?"

周四皮说:"我能编出这样的话吗?"

黄树螂问:"别人问戈兰德,你是咋说的?"

周四皮说:"我能咋说,我能说是来偷石马的?"

黄树螂想了许久,对周四皮竖起几个指头说:"你给咱想办法联系土匪,我给你这个数。"

周四皮看着黄树螂竖着的指头,大头挺得直直地说:"土匪都是恶人,躲都躲不及呢,你叫我到哪里去找呀?"

黄树螂笑笑地说:"你就找那天拦路的土匪。"

46

山民带兵劫法场,被乡民们不断添油加醋,传得沸沸扬扬。山花和杏花先是听学堂里的孩子说,两个人兴奋了好一阵子。到了傍晚,来给草堂送地里种的青菜,二娃站在从草堂院子流过的泉水边,把听到的又给山花和杏花绘声绘色地学说了一遍,两个人听得手舞足蹈。山花红着脸兴奋地说:"想象不出那是咋样一个场景。"

杏花细眉一扬,嘴角一翘说:"一大队人马,奔跑起来多带劲!扬起的土把天都能遮住。"

二娃双眼发亮,慢言慢语:"知县一听要杀他,吓得拉了一裤子,把半边天都熏臭了,随即眼一翻腿一软就没气了。"

山花眯眼一笑:"不知道在现场的人都兴奋成啥样子了,可惜我们没有亲眼看见。"

二娃说:"听说雷家堡子的人高兴地跪在地上哭呢,把城里的鞭炮全买光了,放炮的烟把半个县城都遮住了。"

杏花兴奋地说:"当男人就要当山民这样的男人。"

二娃说:"不光是放炮,还敲锣打鼓呢。"

山花问:"谁敲锣打鼓了?"

二娃说:"听说是县城里的人。他们一听见鞭炮声,也高兴地把锣鼓家伙抬了出来。"

杏花说:"那县城还不热闹极了?"

二娃说:"人们一高兴,把山民抬着站到了鼓上,叫他给大家说话呢!"

杏花问:"他都说啥了?"

二娃:"他说,他们是张云山的队伍,今天来,就是为了救恒焱大哥的兄弟,就是为了逮刘干。刘干今天跑了,过几天等他驻到小屯渡口,专门找这狗日的算账。不把这伙土匪杀掉,咱庶民百姓就没有办法安安然然过日子!"

杏花说:"山民真这样说?他真要来小屯渡口?"

二娃:"我也是听山口村的人说的。"

山花轻声一叹说:"难得有山民这样慷慨为国为民的人。"

几天后,山花和杏花正在厨房做饭,二娃跑来了说:"王山民带着军队驻到了小屯镇。"

山花惊奇地问:"真的?你听谁说的?"

二娃说:"我大说的,他到小屯镇跟集时亲眼看见的。"

杏花看着二娃,突然灵机一动问:"小屯镇下一次逢集是啥时候?"

二娃说:"是大后天。"

杏花嘴角一翘笑道:"你大后天一大早把车准备好,带我和山花姐去小屯镇逛集。"

二娃说:"男人逛集,哪有女娃逛集的?"

杏花细眉一扬说:"我们逛集,关你啥屁事,你管得着?"

二娃说:"那也要给二叔说一声,没有二叔的话,我大就不准我走。"

杏花说:"这事就不用你操心。"

二娃走了,杏花笑着给山花说:"山花姐,咋感谢我呢?"

山花微微红了脸说:"是你多心了,我就没有那个心思。"

杏花嘴一撇说:"你嘴里就没说心里话,有没有我不管,反正我想去。"

山花说:"给我大咋说呢?"

杏花说:"这有啥咋说?成天在学堂里,把人能闷死,准他们男人逛集,就不准我们逛集?"

廷荚是个开明人,并不反对女孩子去逛集。约定的那天清晨,二娃便套着木轱辘大车,载着山花和杏花去了小屯镇。

因为骡子走得快,吃早饭前他们已经到了小屯镇。街面上已经热闹起来,有挑担的、推独轮车的、骑驴的、拉羊的、背着褡裢走路的,等等。两个姑娘坐在高高的大车上,又是骡子拉着车,很是招眼,甚至是有些招摇过市。许多人停下脚步,把她们当风景看。山花和杏花坐在车上,惊喜地左看右看,一点也没有想起姑娘应有的矜持。路边有卖包子的,杏花说:"山花姐,我们还没有吃早饭呢,路边有卖包子的。"山花叫二娃停住车,下去买包子。

二娃看着山花手里用麻纸包着的包子说:"你们是女娃,不能站在街边吃,这像个啥!"

杏花嘴一翘说:"站在街边吃咋了?怕人把牙看见?"

山花笑道:"我们等一时,找一个没人的地方。"

二娃把车赶到小屯镇的泾河岸边,山花和杏花坐在车上一边看着渡口那边的风景一边吃着包子。杏花说:"二娃,你拿着包子一边吃一边给咱去打听一下,山民的队伍驻在哪里。"

二娃奇怪地问:"你逛集来,问这个干啥?"

杏花说:"你不去我去。"

二娃磨磨蹭蹭地走了。

转眼,二娃回来了,说队伍就驻在渡口跟前的原下,转过弯就到了。于是,二娃又赶着车往前走,刚转过弯,就看见了队伍,军士正在泾河滩上训练。山花和杏花下了车,站在河岸上寻找山民的身影,始终没有看见。杏花叫二娃到跟前去问情况。二娃说:"我去了咋说?"

杏花说:"就说烟霞草堂我二大早就回来了,问他啥时候去见我二大。"

二娃走到军营,一问才知,山民昨天带着人到山里逮干公鸡刘干去了。

山花情不自禁地说:"这才是真正为庶民百姓办好事!"

杏花嘴角一翘说:"难得见山花姐心情这样好。"

山花笑道:"谁听了不高兴?除非你也是土匪。"

杏花抿嘴一笑。

二娃说:"山民没有在,我们回吧。"

杏花说:"回你个头,好不容易出来了。你去看着骡子吃草,我和山花姐坐在这里看山看水,看军士在河滩上训练。"

二娃说:"人家在训练,你坐在河岸上看个啥呀?"

杏花说:"我不但要看,我还要去当兵呢。"

二娃说:"当兵都是男人的事,哪有女人当兵的?"

山花抿着嘴若有所思地说:"从古到今,带兵打仗都是男人的事,但也有女人。"

二娃说:"就是有女人当兵,杏花也去不成。"

杏花生气地说:"去成去不成由你说了算?"

二娃笑道:"不是我,是你大不叫你去。上一回你大来学堂,不是说过年的时候要给你结婚吗?"

杏花问:"我大来学堂给你说的?"

二娃说:"是你大给二叔说的。"

杏花笑道:"我的事我都不知道,你偏偏听见了,你这是驴的耳朵?"

山花说:"杏花不喜欢听啥,你偏说啥,是你找着要挨骂。"

已到了正午时分,军士训练结束了。河道上游,青山安静而巍峨。渡口那里,有船正在向河的对岸划去。

47

杨拳师来到队伍后,并没有像别的军士那样,剪掉自己的大辫子。他只是换了一身灰色的军士服装,打起了绑腿,连一个肩章也没有。不过,他还是喜欢把那根龙蛇棍背在身后。他说,有时候这龙蛇棍用着比枪还方便。

杨拳师对山民说，他认识刘干这伙土匪，知道刘干的家住在哪里。于是，山民就要杨拳师带路，自己带着胜根、恒民与一个排的骑兵去逮刘干。

他们从泾河西岸的一个山口进了山，一路跋涉，到太阳落山前走进了那个叫野鸡窝的小山村。远远地看去，在薄雾里，这个村子有二十来户人家，零零散散地分布在一个山窝里。由于杨拳师只知道刘干住在这个村子，是哪一家却不知道。于是，就让队伍在山下一片树林里歇息，等着天黑。

之后，有人在暮色中从田地里劳动回家。杨拳师赶忙绕过去，装成过路人，问刘干的家在哪里。庄稼人把杨拳师打量了很久，才很不情愿地说："进了村第四家就是。"

夜色降临，村子里十分安静，从街上走过的脚步声一个村子都能听见。

山民带着人马一进村，村子里的狗立即叫了起来。胜根和恒民带着一组人绕到窑背上边去，趴在崖背边把枪对着崖背下边的院子。山民和杨拳师带着另一组人来到院门前。院门前有拴马石，高高的门楼气势不凡。院门已经关了，杨拳师二话没说，从马背上一纵身上了院墙，随着沉闷的一声，院子里狗叫声立即消失了，院门随之被打开。

月光下，这是一个很殷实的院落，正面是高高的照壁，照壁后边是三孔砖砌崖面的大窑洞，院子两边盖有蓝色的大厢房。

山民叫军士搜查院子，杨拳师走到亮着灯的窑洞门口，一推门就开了。一个女人惊慌地坐在炕上，炕上还躺着一个孩子。山民对女人说："你不要害怕，我们不会把你和孩子咋样。刘干人呢？"女人看着军士手里的枪，战战兢兢地说："走了。"山民问去了哪里。女人犹豫了一下，向窑洞里边看了一眼。杨拳师端着煤油灯向窑洞里边走去，窑帮那里放着一个木柜，木柜已经被挪开，后边有一条暗道。杨拳师端着煤油灯顺着暗道走进去二三十步，暗道又分了岔，一条道直直地向上通去，一条道却拐一个弯向前延伸出去。

杨拳师出来问女人暗道里的情况。女人说，向上去的暗道通到崖背上边的麦场里，另一个暗道通到外边的土沟里，土沟外边是几十丈高的土崖，半崖上有一条很窄的小路通向土沟的下边。

山民和杨拳师借着煤油灯又走到分岔处。杨拳师说，刘干可能走的是上边这条暗道。山民问原因，杨拳师说："通向上边去的暗道，下边一般都有梯子。人从这里爬上去后，就把梯子抽上去，下边的人就上不去了。"

说完话，杨拳师从身上拿出两把短刀，扎住暗道两边攀了上去，随后把梯子从上边放了下来。大家沿着梯子往上爬，上去之后，再往前去就是一条慢慢上升的通道。杨拳师端着煤油灯在前边引路,很久之后,杨拳师在前边说:"到了。"

大家一个接着一个爬上去。这条暗道果然通到崖背上边麦场里一个麦草垛的下边。趴在崖背边的军士听见身后有说话声,一阵惊慌,杨拳师立即搭了话。大家站在麦场里,望着麦草堆边那个黝黑的洞口。杨拳师说:"他肯定从这里爬上来跑了。"大家又望着月光下四周黑黝黝的山影,面面相觑。

杨拳师说:"再朝北去不远就是泾河,那里就是李鬼的地盘了。"

原来,刘干从山民的枪下逃命之后,没有回小屯渡口,骑马直接回了野鸡窝,一直战战兢兢待在家里不敢出门。随后,跟随他多年的一个土匪来找他,说一分团的人已经解散了,说那个独臂家伙现在带着队伍就驻在了小屯渡口。

干公鸡刘干明白,一分团完了,山民很可能还会找过来,待在家里也不安全,他得另找出路。但去哪里,他一时没有主意,思前想后,像他现在这样的处境,最好躲到一个没有人知道的地方,老老实实去过日子。只是,他已经不习惯过那样的日子,他宁愿继续去当土匪,也不愿意到地里去干活。

他想到了李鬼。他们以前因为地盘打过,李鬼那边还死了人,这条路肯定走不通。他又想起叱干里二分团的刘法胜。最初,他当土匪的时候曾到过叱干里,还去拜访过刘法胜,但交情并不深。随后,县署收编自己,是刘法胜带着人,拿着委任状,翻山越岭到野鸡窝,任命自己为小屯镇一分团的分团长。从此,他和刘法胜干着同样的事,才对刘法胜有了更多的了解。

刘法胜是啥人?那人比自己还心狠手辣。如果去了他那里,不见得有好日子过,说不准还会把自己五花大绑了,送到那个独臂家伙的跟前去。

有天晚上,夜深人静的时候,刘干起身来到厢房,爬进土炕底下的密窖,从里边拿出一些银圆装进了褡裢。

山民他们一进村子,狗就叫起来。干公鸡刘干知道有人进了村子,立即穿上衣服,坐在炕上却还在犹豫。当他听见院子里狗叫,有人翻墙跳进院子,知道是离开的时候了。他从枕头底下拿出枪,抓起身边的褡裢,没有来得及给老婆和娃说一句话,就跳下炕推开木柜进了暗道。当他刚要爬出暗道,有军士正好向麦场这边跑来。他赶紧趴在麦草垛底下,一动不动地观察着军士的动向,等他们趴在崖背边只注意着崖背下边的院子时,他悄悄地爬出了洞口,再爬上土坎,逃进幽深的夜色里……

48

二娃赶着木轱辘大车,正走在小屯镇的土街上,准备往回走,迎面来了一队人马。杏花一眼就看见王山民。她一着急,站在车上,一边举起手摇着一边喊,惹得半街的人都在看。

山民急忙收缰勒马,整个马队不知道发生了什么事,紧急停下来。山民先是一愣,见是山花和杏花,立即下马。山民问她们在这里干啥。杏花说:"逛集,也来找你。"山民脸上有些疑惑。杏花说:"你不是说过要见我二大吗?"山民说:"我正想近日去拜见先生呢。"

杨拳师因为以前到山口村给民团的人教过拳,认识二娃,就给二娃说,站在街上说话不方便,大家回军营说话。

胜根带着军士连同马匹去了营驻地,山民、恒民和杨拳师带着二娃几个人,来到原先一分团的院子。山花和杏花看着眼前的一切,大家虽然住的是窑洞,却因为住的人不一样了,再加上之前发生的故事,就处处显得与众不同。

山民他们由于长途劳累,一回驻地,就需要吃饭休息。杏花一走进窑里,就急不可待地问起山民带兵劫法场的事。山民说:"那有啥好说的!正直善良的人反而受到迫害,本来就是不应该发生的事。"

恒民笑道:"幸亏山民哥带着人马及时赶到,要是去迟一步,我就见不到大家了。"

杨拳师说:"可惜白跑了一趟,没有把刘干逮住。"

二娃又想起之前说过的话,就急切地问:"队伍里有没有女娃当兵的?"

山民说:"没有。"

二娃一笑,看着杏花说:"我说没有,你还不信。"

杏花生气地看着二娃说:"现在没有,不等于明天没有。"

二娃说:"明天也不会有,这本来就是男人干的事嘛。"

杏花说:"要你这样的男人,还不如要女人。"

山民却说:"我们这里真缺少像你们这样识字的人。"

山花说："当下世道混乱,乡民不能安生,我也很想去当兵,可惜我是女子。"

山民说："难得你有这样的报国青云之志。"

山花有些伤感地说："生为女儿身,有啥办法!"

山民严肃地说："一个世纪以来,我们国家灾难深重,受人欺凌,任人宰割。现在虽说是到了民国,可国家依旧是四分五裂,民不聊生。我们既然生在这个时代,就有责任来拯救这个灾难深重的国家,建设一个真正民主、自由、共和的国家。要实现这个目标,就应该地不分东西南北,人不分男女老幼。"

山花和杏花带头鼓掌。

山民继续说："只要你们愿意,想给国家出力,肯定是有机会的。"

杏花细眉一扬问："真的?"

山民说："一定会的。"

说着话,他们一起吃饭。吃过饭,太阳快要落山了,山花和杏花竟然忘记了要回去。二娃走出窑洞,站在院子里,看着原上边的太阳说："只顾说话,把回家的事都忘了。"

山民说："天色不早了,这样吧,我和杨拳师陪你们回去,和先生见见面。"

山花说："你们刚回来,还没有歇息。"

杨拳师说："没有事,换两匹马骑上。"

于是,山民、杨拳师和山花他们结伴往回走,回到烟霞草堂天已经黑了许久。二娃把牲口拉过去之后走了过来,他根据廷荚和山民的安排,与山花和杏花一起,用毛笔写了多张布告。山民、廷荚和杨拳师在一起说了半夜话,决定再上山一次,到周边的村子去宣传一下。

第二天天还黑乎乎的,山花和杏花就起来把早饭做好了,大家吃过饭立即出发。因为赶着木轱辘大车上山,只能走到宋家疙瘩,再往前只能走单个牲口,骡马又不够骑,二娃说到山口村去雇两头驴。杨拳师却说,到陵上走的是山路,骑驴还不如走快,叫山花和杏花骑他的马,他和二娃走路。

太阳出山的时候,他们已经进了山口。二娃和杨拳师一路在前边疾走。山花和杏花还从来没有进过山,她们骑在马上,仅仅曲折起伏蜿蜒的山路,两边高高的连绵的山峰,就让她们惊喜不断。等过了宋家疙瘩,过了长虫梁,九嵕山赫然出现在眼前。望着拔地而起高耸入云的九嵕山,山花和杏花竟然伸开双臂尖声喊叫起来,差点掉下马背。

这一天,他们先到宋家疙瘩,后到坡里村和西嘴坪村等,与村里的团头和私塾先生,还有山民的养父母见过面,在村子十字路口的墙上或树上,张贴了布告。

布告里说:前一阵,有行为可疑之人,上了昭陵祭坛,很可能起觊觎之心!周边之父老乡亲,有义务有责任保护昭陵之一草一木、一砖一石。昭陵之物,是祖宗之遗予,在那里风雨千年,安然无恙,若于今日遭遇图谋,我们就耻于面对祖宗!望周边之乡民,提高警惕,若见可疑之事之人,尽快告知烟霞草堂邢先生,或小屯渡口王营长。谨请相互告知!

到了西嘴坪村,他们却遇上了这样一件事。

49

西嘴坪村在九嵕山西北方向,虽然地处山脚,但村子所在的地方地势起伏较缓,土地面积广,相对来说生产与生活条件就比较好,逐渐成了九嵕山周边最大的一个村子,也是最早成立民团的一个村。民团的团头叫张广社,兄弟俩在一块过日子,家里有牛有骡子,家境在村子里属于比较殷实的。由于张广社性情刚烈,虽已五十出头,仍风风火火,在村子里很有威望。村子里外的大小事情,都由他和团副出面张罗。

这一天,他和他哥正在地里干活,村里的张大老汉肩上背着绳来了,说地里活正忙着呢,他家的二娃张宝又跑到镇上烟馆里抽烟去了。他想叫张广社带上民团的人,把那瞎种绑回来。说完话就把绳往张广社手里递。

广社他哥说:"你没看烟馆是谁开的?刘法胜那驴日的,本来对咱村就有意见,年年征粮征款的时候,都想给咱村里多摊多派。平常你没有事他都想给你找事,今天你到他烟馆里绑人,人绑不出来,还把事给绑出来了。"

广社圪蹴着吃烟,半晌不说话。

广社他哥又说:"咱是民,惹不起官。"

广社说:"这事咱占住理,大家都跑到烟馆里去,地里的庄稼谁种呀?征粮征款的时候往出拿啥呀?"

他哥说:"你这人,一辈子就改不了这犟脾气,你还不了解刘法胜?他看谁不顺眼了,随便找个岔子,半夜里能把你拉到沟边用枪打了。"

广社说:"他这病要治呢!"

他哥说:"你是嫌没出事!"

几个人正说着话,村里民团的人带着王山民他们来了。

山民介绍了随来的几个人,又做了自我介绍。广社说:"你们都是我敬重的人,我也知道你是坡里村人,知道你带兵劫法场,把知县吓得拉到裤裆里了。乡民们说起这事都觉得解气得很,只是没见过你的面。今天你来有啥事?只管说。"

山民说了来意,广社连声说:"咱就住在山脚下,吃的是九崾山地里打出的粮,喝的是九崾山里流出来的水,这事咱不管谁管?"

张大老汉仍愁眉苦脸地圪蹴在旁边,一句话也不说。

廷荚看着问:"老人家,你一脸的忧愁,有啥难解的事?"

广社替老汉把事说了。

杨拳师气愤地对张大老汉说:"这个驴法胜。你放心,我今天就给你把娃绑回来。咋能把地里的活撂下,跑去抽烟呢?"

广社说:"把村里民团的人再叫上一些。"

随后,广社撂下地里的活,回到村子敲响了皂角树边土楼上挂的钟,按照之前的约定,转眼民团的人都来了。广社给大家说明了情况,本来只说去一部分人,但鉴于山民的威望,鉴于杨拳师在方圆几十里的名声,鉴于要从刘法胜的烟馆里往出绑人,这事就变得不同寻常了。刘法胜是谁?是老虎,是恶吃恶要的人,是骑在别人脖子上的人,是不高兴了就可以拿枪打人的人。在叱干里一带,谁敢去惹他?谁敢在老虎嘴里去拔牙?

大家情绪激昂,都跟着山民向叱干里走去。

山花和杏花没有经历过这样的事,更是感到惊喜与刺激。

叱干里逢集,街面上人来人往,有许多人和西嘴坪村的人都认识。他们好奇地问西嘴坪村来这么多人干啥。但更多的是西嘴坪村的人还没有等别人问,就情不自禁地向别人说起了原委。加之山民和杨拳师穿着军装本来就招眼,转眼的时间,集市上的人就像潮水一样从四方涌来。他们都想看一看劫法场的独臂英雄的风采,看一看他们今天怎样从刘法胜的烟馆里往出绑人。

在街上巡防的团丁看到这种情况,立即跑回去告诉刘法胜说:"街上乱得不像样子了,那个穿军装骑马的独臂人,说要去烟馆里绑人呢。"

刘法胜听后立即怒火万丈,喊道:"驴日的吃了豹子胆,敢到烟馆里绑人!牵骡子,把人全给我叫上!"

一个年长的团副在刘法胜耳边低语:"团长,现在不能出去。"

刘法胜说:"怕啥!"

团副说:"你知道来人是谁吗?"

刘法胜气得满脸的横肉都在发抖,大辫子一甩说:"是老虎?"

团副说:"外边都叫他独臂英雄,他是张云山的队伍,现在带着兵就驻在小屯渡口,就是他劫了法场要杀县知事呢。"

刘法胜一瞪眼说:"他要杀知事,我还要杀他呢。"

团副说:"团长是知道的,一分团的刘干现在跑得连个人影都看不见,一分团的人也跑的跑,躲的躲。听说他带着队伍从早到晚都在逮刘干,要杀他呢。"

刘法胜咬着牙骂:"狗日的!"

团副又说:"我们先到楼子上去看看情况再说。"

楼子就建在分团院子的墙角。

刘法胜和团副向楼子上走去。团副又回头对团丁说:"去,给团长把圈椅拿上来。"

站在楼子上,整个街面都能看得清清楚楚。街上的人都向戏楼那边跑去,有个军人正站在戏楼上给大家说着什么。

原来,当街上的人向山民他们拥来时,山民突然有了一个想法,想借此机会给大家宣传一下山上的事。杨拳师建议到戏楼那边,说那边地方宽敞,还可以站在戏楼上讲话,这样大家就更容易听见。

山民站在戏楼上,面孔冷峻肃然,大声对众人说:"父老乡亲们,我们今天来,是要给大家说一件事。最近,有可疑的人在咱昭陵的祭坛上乱转,他们很可能起了啥歪心。我们就住在周围,喝的是九嵕山里流出来的水,吃的是九嵕山地里打出来的粮。九嵕山上的东西都是咱老祖宗留下来的,那里的一草一木、一砖一石都是宝贝,特别是昭陵六骏,更是宝贝里的宝贝。我们千万不能让神马在咱们手里出现啥意外,要不,我们就对不住祖宗,对不住养活咱的这块土地。请各位父老乡亲多留心,知道了、看见了啥情况,要赶紧说一声。我们是张云山师长的队伍,现在就驻防在咱小屯渡口那里。"

接着,廷荚穿青蓝长衫,站在戏楼上动情地对大家说:"父老乡亲们,我是烟霞草堂的邢廷荚。我要说的是,九嵕山上的一草一木、一砖一石,在九嵕山上已经有一千二百多年了,它们是咱家乡的福神,春夏秋冬日日夜夜在福佑着咱们的子子孙孙,福佑着咱们这片土地生生不息。我们不能让九嵕山上的一草一木、一砖一石受到损害,要不,我们就对不住祖先,就成了国家的千古罪人。"

此时,阳坡头学馆的郭老先生也来了,廷荚看见后,自己就停下来,想把郭老先生请到戏楼上去给大家说几句话。郭老先生还没有说话,杨拳师和张广社扭着张宝的胳膊来到了戏楼底下。

原来,山民他们来到叱干里,惊动了镇上所有的人。在烟馆里抽烟的人听说把知县吓得拉到裤裆里的独臂英雄来了,就忍不住想出去看一看。张宝并不知道情况,也跟着别人出来看热闹。他来到戏楼前的广场,脚跟还没站稳,就被西嘴坪村的人看见,给张广社和杨拳师说了。杨拳师和张广社立即把张宝的胳膊扭住带到了戏楼跟前。

山民站在戏楼上问:"你就是张宝?"

张宝他大气愤地走到张宝跟前说:"就是这个不要脸的东西。"

山民看着戏楼下的人说:"今天,我们到西嘴坪村碰见了张宝他大,说张宝不听话,不爱劳动,把地里的活撂下,跑到镇上的烟馆里抽烟去了,要我们用绳把张宝住回捆呢。"

戏楼下边一片呐喊声。

山民问:"像这样不听他大的话,不爱劳动又抽烟的人,该不该用绳绑?"

"绑,绑起来。"

杨拳师豹眼一瞪,立即拿绳把张宝绑了。

山民对张宝说:"跟你大回去,好好听你大的话,好好劳动,再不要去烟馆那种地方,那地方就不是咱庶民百姓去的。"

杨拳师说:"以后再见你往那地方跑,就把你的腿往断打。"

张宝脸红得像下蛋鸡,头低得能挨着地。

戏楼前一片呼喊声。

50

　　山民一行人离开叱干里之后,顺路来到九嵕山上。

　　他们几个人中,山花、杏花和二娃还没有到九嵕山跟前来过。他们望着巍巍然高入云天的九嵕山,禁不住伸开双臂,呼喊几声。

　　站在山脚下,向昭陵的祭坛上看去,全是萋萋荒草,在野草野花的簇拥下,那些偶然露出头的残碑断石,显得十分栖惶凄楚。特别是祭坛上的东西两庑,远远地望去,更像是一片片飘零的枯叶。

　　他们走过荒草坡,来到祭坛上,默默地注视着破烂不堪的东西两庑,注视着两个残破不全的砖框子里的昭陵六骏。

　　他们诚惶诚恐地分别走进残破不堪的东西两庑,逐个看着六尊石马。它们经历过一千多年的寒来暑往风吹日晒,可能还有山火雷火与战火的炙烤,有的已经有了明显的裂痕,或一分为二,或一分为三为四。有的虽然没有明显裂痕,但看上去也是蚀损累累,相当沧桑,仿佛不堪一击。

　　他们站在砖框子里,抚摸着千年以前的石马,望着架在屋角上的几截腐朽木头,以及头顶上亘古不变的天空,说不出一句话来。

　　山花忧虑地说:"要是让时间倒退一千多年,当时人们在这里营建昭陵的时候,是怎样一个场景?"

　　杏花嘴角一翘,笑道:"人喊马嘶,斧锤錾子叮叮当当!"

　　山花说:"看着石马,人不由得感慨万千,要想象从前的事。那时的一切都烟消云散了,留下来的只有这石马和荒草。"

　　廷荚望着蓝天说:"这石马在中国人的眼里,早已经变成了神马。民间至今也流传,每当天下要发生什么大事,总会在夜深人静的时候,听见六骏的嘶鸣。"

　　山民说:"我小时候,听村里的老人说,元朝末年,苛捐杂税多如牛毛,修筑黄河堤坝的民工挖出了刘福通预先埋好的'独眼石人',随之就在工地上传出了'石人一只眼,黄河天下反'的民谣。刘福通就借这个机会,组织'红巾军'起义。就在起义的当天晚上,昭陵周围十里八乡的村民,半夜的时候就听见了六骏嘶鸣。"

山花说:"最有意思的故事,可能就是安禄山起兵扑向长安,官兵败退时,突然看见一支黄旗军从天而降,和安禄山的军队展开激战。大家都说,这支黄旗军就是祭坛上的石人石马。还说把官兵败退的消息告诉给石人石马的,是唐太宗的妃子徐惠,说她那天早上,早早起来在昭陵山顶的小路上走来走去读诗,无意中抬起头,就看见潼关那边烽烟四起。"

杏花笑道:"山花姐,你相信吗?"

山花望着高高的山陵说:"我相信。"

二娃慢言慢语说:"都是传说的,又没有人看见。"

山民说:"一辈一辈的人都这样说,已经没有人问是真是假了。"

廷荚说:"在这石马的身上,留下来的不仅是一个朝代的记忆,更是我们心灵的依托。"

杨拳师说:"就是就是,它们已经不是几尊简单的石马。"

杏花说:"这样一说,再回过头看这石马,感受就不一样了。"

廷荚说:"我们一定要珍惜保护好历史这份珍贵的遗存。"

随后,他们一起坐在两庑前边的坡坎上,看着山梁上又一年萋萋野草,望着山下千百年以来不曾改变的沟壑纵横的山地,感慨着天荒地老古往今来,感慨着春夏秋冬花开花落,感慨着逝者如斯,山还是山,水还是水,星星还是星星,石马已经不再是石马,人更是一辈又一辈老去……

想最初,修建祭坛时,是怎样的一个人来人往?是怎样的一个山高水长?是怎样的一个天不老地不荒?可是,一转眼,一千多年就过去了。如果说,大家今天来到这里,只有荒草而没有石马,心里就太寂寞了,太空洞了,感觉太一无所有了……

二娃突然惊奇地喊:"看山上!"

大家抬起头,只见两只鹰同时在山顶上缓慢地盘旋。

二娃又说:"它们在监视我们。"

杏花说:"它们知道我们是好人。"

山民说:"少年的时候,有一年过年,天下雪,我和伙伴们一起去登山,爬到半山腰,因为坡陡路滑实在爬不上去,就坐在雪地上看雪景,无意中一抬头,鹰就在山顶上盘旋,当时的情景还历历在目。"

杏花望着空中感慨道:"一千多年,这鹰有多少代了?"

山花抿嘴笑道:"鹰自己怕也说不清了。"

廷荚自言自语道:"春来秋往,鹰世世代代就生活在这里,陪伴着昭陵里的主人。这已经不是一种自然景象,人人都相信,这是神鹰护陵。"

杏花细眉一扬,突然说:"我们上山去。"

于是,大家一起去爬山。

山坡上已经没有了唐朝时苍松翠柏遮天蔽日的景象,只零零散散地长着几十棵松树,除此之外都是过膝的荒草和荆棘。没有路,坡又陡,走在荒草上脚底很滑,大家不得不手抓着荒草荆棘,一步一步往上爬。

随着人一步步走高,周围的山也一步步变低,眼界也跟着一步步变得开阔起来。走到半山腰,人已经是高高在上了,整个山陵变得更加雄伟大气。向山下边望去,大地也变得更加广阔壮美——纵横交错的沟壑,连绵不断的山脉,若隐若现的村庄,再加上呼呼吹过的山风,让人感到心旷神怡。

一步步地走近山顶,周围的山也变得更加远去与矮小。当大家终于登上山顶时,立即有了一种巍巍乎万仞之巅,大地坠落下去的感受,人仿佛是置身于蓝天之上了。再环顾四周,好一个高,好一个险,好一个孤耸回绝呀!

九嵕山的周围是看不尽的沟壑纵横山峦起伏,近前的九道山梁仿佛大树坚实的根一样,紧紧地缠绕、拱起着主峰。

抬眼向南望去,秦岭遥相对峙,八百里秦川烟波浩渺。向西望去,建陵近在咫尺,乾陵伸手可及,一轮红日正在缓缓落山。

一只鹰在山崖前久久地盘旋,另一只却不知去向。

大家站在山顶,不禁连声唏嘘惊叹。

　　危危乎万仞之巅
　　高高乎云天之外
　　独独乎擎天一柱
　　稳稳乎九龙盘绕
　　前有渭水东流去
　　八百秦川起风烟
　　后有泾水似金带
　　万山丛中任自由

二娃喊了一声:"多美!"

杏花笑道:"二娃也知道美?"

杏花和山花突然情不自禁地伸展手臂,对着远方一声接一声呼喊起来。

廷荚的青衣长衫被山风呼呼地吹着,他望着远方感慨道:"多壮美的山河,多富饶的大地呀。可惜,辛亥革命虽然推翻了清王朝,但国家仍然是四分五裂,军阀林立,土匪横行,民不聊生!"

山民坚定地说:"已经发生了,就不会再回去,越来越多的人已经觉醒。"

廷荚若有所思地说:"这个过程一定充满了艰辛,一定跌宕起伏,一定充满了流血牺牲。"

杨拳师也激动地说:"我们就生在了这样一个多事之秋,这样一个乱世,我们只能行动起来。"

廷荚突然情不自禁地说:"二娃呀,你也应该走出去,像杨拳师和山民一样才对。"

二娃说:"我回去就给我大说,跟山民哥去参加队伍!"

杏花带头给二娃鼓起了掌。

山花说:"大,我也要去参加队伍。"

杏花说:"二大,我也要去。"

廷荚望着正在落山的太阳自言自语道:"是呀,你们都应该去,我们的国家太需要像你们这样的青年了!"

51

周四皮从西安回到醴泉县,还没有行动,就在街上碰见了罗校长。罗校长站在街边给他说了几句话,他立即恐慌不安起来。

之前,罗校长也听说醴泉城里来了一个外国人,虽然觉得好奇,并没有把这事往深处想。有一天,他经过顺祥旅店门口,又听顺祥旅店的店主和别人说起这事,才知道那个外国人来醴泉,在顺祥旅店里停过。他好奇地停住脚步多问了几句。店主说,那个外国人只在他店里停了有一顿饭的工夫,后来就跟人走了。罗校长问跟谁走的。店主说,那个人他也认不得,反正不是乡下人,不是醴泉城里人。他也是出于好奇,跟在后边看他们去了哪里,结果那两个人去了周四皮的当铺。至于来干啥,啥时候离开了醴泉,就不知道了。罗校长听着,以为他们是生意上的事。

又过了一些日子,罗校长给学童上完课,走在学堂里的路上,无意中又想起此事,想着想着,却与廷荚说过的三个人骑马上九嵕山的事联系了起来,他脑子里闪过一个念头:这事与这个外国人有没有关系呢?一个外国人,一个不认识的外地人,再加上周四皮,不就是三个人吗?

罗校长对自己的判断,有了百分之四五十的确定。

他想把这个判断告诉给廷荚,但后来还是犹豫了。毕竟,这只是自己的一个猜测,又没有根据,自己和周四皮抬头不见低头见,现在还不能把事情往明说。如果自己把事情说明了,他不承认咋办?

过了几天,罗校长觉得出于一种设防的心理,有必要找一个机会,先给周四皮提醒一下,把这事最好能拦挡住,让这事最好不要发生。

一天,他装作在街上碰见的样子,把周四皮叫着站在街边,笑笑说:"周掌柜,今天刚碰上你,我想向你打听一件事。"

周四皮也笑笑地说:"罗校长,是啥事你说。"

罗校长说:"我在街上听人说过,在桃花开的时候,有三个人骑马上了咱的九嵕山,这事你听说过没有?"

周四皮心中一惊,却装出吃惊的样子说:"桃花开的时候,有三个人骑马上了九嵕山?他们跑到山上去干啥?"

罗校长说:"我也想不出来他们要去干啥,我是担心他们起啥歪心。你这里结识广,人路也广,消息灵通,要多留意多操心呢。咱都住在这里,吃在这里,真要是发生了啥事,咱们可就对不住祖宗,就要背千古骂名呢。你说是不是?"

周四皮点着头连声说:"就是,就是,罗校长说得对,你是咱城里德高望重的先生,你说的话,不会有错,我一定会给咱多留心。"

罗校长离开后,周四皮睁眼闭眼都在想,罗校长咋知道这事?看来天下真是没有不透风的墙。他认为,罗校长肯定从哪里得到了确切的消息,要不,一个醴泉城,单单跑来问自己?这事真要是发生了,大家肯定说是自己干的,至少说自己参与其中,到那时,自己还有脸在醴泉城里住吗?众人的唾沫星子都能把自己淹死。

他感到恐慌不安。

眼见秋去冬来,小城里的树叶在寒风冷雨中瑟瑟地飘落。

一天,刘法胜手握着玉石烟嘴的长烟锅,骑着皮毛如缎子般光滑的黑骡子,身后跟着两个团丁,来到了周四皮的当铺。

周四皮起身道:"欢迎刘团长呀,好久不见了。"

刘法胜一脸的横肉上堆满了微笑,说:"我得了一件宝贝,你看看。"

一个团丁抱来一个盒子,打开取出一把玉壶。

周四皮小心翼翼地接过手,感到好面熟,他想起了郭跛子。他把大头摇来晃去,嘴边溅着唾沫星子连声恭维道:"刘团长真是有福呀,这可是一百年都遇不上的宝贝,你看它玉质莹润,大气饱满,让人爱不释手啦。"

刘法胜一脸的横肉堆满了笑意说:"我也很喜欢。"

周四皮手捧玉壶,眼里放着光左看右看,突然灵机一动,说:"西安城里有人一直在找这样的宝贝,对我说只要货好,价钱一定会让卖家十分满意的。"

刘法胜笑道:"眼下我还没有卖的想法。"

周四皮说:"这样好的宝贝,到谁手里都不想出手呢。"

刘法胜接过玉壶说:"要不,你先问问?"

周四皮摇晃着大头笑道:"我能听出来,西安的朋友很想得到这样的宝贝。"

刘法胜走后,周四皮在当铺里转了几个圈,哈哈一笑,自言自语道:"银子还是要要的,咱不出面嘛。"

他心情愉悦地在大头上拍了一把,然后去了马老六的泡馍馆,要了酒、牛肉和两盘菜,自斟自饮起来。

几天后,周四皮考虑到不招人眼与路上的安全,再一次骑着毛驴去了西安城。他从早上一直走到太阳快要落山,此时,西安城里的夜市已经准备营业了。街面上,虽然不像白天那样熙熙攘攘,但也是人来人往。他骑着驴见到了黄树螂。黄树螂抱怨说:"这么长时间等不到你的消息,戈兰德这几天一直喊着要去醴泉呢。"

周四皮摇着大头嘴边溅着唾沫星子说:"我和驴走了一天,驴饿了,我也饿了,先把我和驴安顿住下,填饱肚子再说下边的话。"

黄树螂笑道:"好好,那就先安顿驴,再安顿你。"

黄树螂把驴安顿在城墙下的骡马店,问周四皮想吃啥。周四皮说:"就在夜市上吃扯面,饿了一天,扯面吃下去实在。"

黄树螂说:"真真的老陕,走到天尽头都忘不了热窝面。"

吃过饭,黄树螂领着周四皮去见戈兰德。戈兰德说:"你再不来,我就要到醴泉去找你了。"

周四皮说:"你们多亏没有来,再来后边就没有戏唱了。你们坐在这里光想美事呢,不知道醴泉最近发生了啥事,不知道我从早到晚是咋样过来的。现在,醴泉城大人小孩谁不知道,有个外国人到过醴泉,去过我的当铺。上次我回去,建巷小学的罗校长竟然把我挡在街上问,桃花开的时候,有三个骑马人上九嵕山的事。你们想想,醴泉城里那么多人,他咋就单单问我呢?还有那个独臂军人,带着人在九嵕山周围的村子到处张贴布告,说有人对昭陵祭坛上的石马起了歹心,我一听到这话就紧张得害牙疼,为了把这事弄清楚,我装作去叱干里赶集,这就是他们在叱干里十字路口的树上贴的布告。"

周四皮把布告递给黄树螂。

黄树螂看着布告说:"他们咋知道的?"

周四皮说:"鸟儿飞过去还有个影子,现在醴泉城和九嵕山周围的人,谁不知道有生人去过昭陵祭坛!"

戈兰德看着布告说:"一张布告有啥,总会有机会的。"

周四皮大头一摇说:"那罗校长问我这事咋说?"

黄树螂的鼻子一耸一耸说:"那咋办?"

周四皮松了一口气笑道:"生意还是要做的,只是,我们要格外小心,我虽然不能再直接出面,却给你们找到了一个合适的合作者。"

黄树螂的小眼睛一鼓一鼓急切地问:"为啥没带着一起来?"

周四皮说:"我能把他带到西安城里来吗?啥事都要慢慢地一步一步来。"

戈兰德说:"感谢你做出的努力。"

周四皮说:"现在,他还不知道石马的事,不过,他手里却有另一个国家级的宝贝,一把中国的玉壶。"

戈兰德眼睛一亮:"一把中国的玉壶,哈哈,这和石马一样,都是中国独有的宝贝。要,一定要的。"

周四皮说:"为了安全着想,等些日子,我再安排你们见面,至于见面的地方,再不能在醴泉,最好是在咸阳县北原上的骡马店,那里人来人往人多眼杂。另外,你们在谈石马的时候,不能当着我的面,就当我不知道这回事。"

黄树螂耸动着鼻子笑道:"周先生呀,你是一个精明的人啦。"

周四皮说:"不是我精明,是你们之前太大意了,弄得满城风雨。现在一个醴泉,谁不知道有一个外国人去我的当铺,你说,我还能再出面吗?"

戈兰德说:"周先生,你辛苦了,明天,到西安饭庄给你接风洗尘!"

52

刘法胜和周四皮坐着马车,带着几个团丁来到了咸阳县北原上的骡马店,与黄树螂和戈兰德见了面。随后,他们一起进了咸阳县城,在渭河边的观风楼上,一边喝酒一边谈起了生意。

刘法胜一把玉壶得到的银圆,让他惊讶得心惊肉跳。

黄树螂对刘法胜说:"从今天起大家就熟悉了,就是生意上的好朋友了。"

戈兰德笑道:"凡是中国符号的东西,比如说玉壶、玉砚、字画、如意、石马、石像、铜鼎等,我都感兴趣。只要货好,价格一定会叫你满意的。"

酒酣耳热的时候,周四皮去厕所,黄树螂端起酒杯说:"外边的风景多美,我们到廊道上去看风景。"

黄树螂把刘法胜引到廊道,一边看渭河流水一边在刘法胜的耳边低语道:"刘先生如果有兴趣,这里另有一桩生意,做成以后先生得到的银圆能装一麻袋。"

刘法胜脸上的横肉兴奋得乱颤。

黄树螂又说:"不过,我们需要另找一个地方说话。"

那一袋银圆已经让刘法胜变得晕晕乎乎,他贴着黄树螂的耳边立即商定了见面的时间地点。

周四皮回来了,黄树螂转身走进屋里说:"戈先生对这把中国玉壶很满意,感谢周先生牵线搭桥,这是戈先生的一点意思。"

周四皮笑道:"见外了,见外了。"

戈兰德说:"希望我们以后还有更多的合作机会。"

周四皮说:"一定一定,我有了宝贝,第一个告诉黄先生。"

太阳已经不高了,他们握手道别。

刘法胜坐着马车回到醴泉县。到家以后,他总有一个习惯,喜欢前院后院转一下,看一看高高的门楼,看一看飞檐翘角的前院后院。尽管天已经麻麻黑了,他仍然不改这个习惯,等把团丁安顿到前院吃饭休息以后,他让家里人把挂在廊檐下的灯笼点亮,一个人欢欢喜喜在庭院里转过一圈,又背起卖掉玉壶得来的银圆,独自挑着灯笼下到藏宝贝的密窨,一个人在里边待了半天,等满足以后,才挑着灯笼出来了。

家里人喊他去吃饭,他却挑着灯笼上了自家的楼子。站在高高的楼子上,出神地望着小城的街景。此时的小城,已经黑乎乎的一片,店铺或住户家里煤油灯的灯光,从高空望下去都十分暗淡。有人挑着微弱的马灯从窄窄的街上走过,灯光一摇一晃的。城墙上,也有灯光在游走,那是城防营巡逻的团丁。

刘法胜心满意足了,才回到屋里去吃饭休息。

两天后,刘法胜叫团丁赶着马车把自己送到了店张驿。他把马车和团丁安顿在骡马店,独自与黄树螂和戈兰德去见面。当黄树螂说到要盗运石马的时候,刘法胜却迟疑起来。黄树螂小眼一眨一眨地说:"我们只要两尊,如果你肯帮忙,就可以得到一麻袋的银圆。"

刘法胜看着黄树螂的小眼,脑子里却在急速地转动:

这可是天大的事……

是出卖祖宗的事……

这不像一把玉壶,往怀里一揣就走了……

我们才认识几天,谁都不了解对方的真实情况……

这事又不是我找你,是你找到我门上来了……

我又没有给你打包票,也没有给你写文书立凭证,就是拿嘴说说……

至于说后边的事怎样变化,怎样发展,谁都说不准,现在世事这样乱,像走马灯似的……

还是走一步看一步吧,你给银圆,我要,至于事情能做到啥程度,那就听天由命了……

哈哈,到时候,随便找一个说法糊弄一下,弄不好把这狗日的一口说没了……

这样想了许久,刘法胜笑笑地和黄树螂开始商量起事情的具体细节。

半下午,刘法胜背着预付的银钱离开了店张驿。刘法胜做梦都想不到,一连两天竟用袋子往回背银圆。回到家,他背着钱袋又下到密窨,看着那些银圆,神情就开始恍惚,情不自禁地手舞足蹈,最后竟然累得气喘吁吁地趴在了钱袋上。

回到屋子,等他端起最喜欢吃的浇汤挂面时,才又缓过神来,考虑起石马的事。毕竟，石马是那样非同一般，是那样沉重，是那样不好移动，要偷偷地把它运走，绝不是一件轻松的事。那个戈先生肯出那么多的银圆，就说明这个事非同小可。

而刘法胜绝不是那种自己出面动手去做这种事的人。

他在考虑一个妥当的办法。

天下起了雪，刘法胜骑着皮毛如缎子般光滑的黑骡子，带着团副和几个团丁，冒着雪花去十里香饭馆吃羊肉煮馍。刚走进饭馆，就看见饭馆的角落坐着一个人，背影十分熟悉，他愣了一下，过去喊了声："刘团长！"

干公鸡刘干看着刘法胜张口结舌。

刘法胜看着刘干的狼狈相，立即有了一个想法。随之，他装着关心的样子说："哎呀，刘团长呀，你咋一个人在这里？走走，到里屋去坐。"

刘干红了脸。

刘法胜骂着身边的人说："耳朵叫猪毛塞了，把刘团长往屋里请呀。"

刘干被强迫着去了里边的一间屋子。

刘法胜屁股还没有落座，就喊着上菜上肉上酒，随后，只说吃饭，只说下雪，别的一字不说。

吃过饭，回到分团驻地，一走进院子，刘法胜舞动着玉石嘴子长烟锅，对年长的团副说："集合人，集合人！"

团副立即在院子里大声地喊了起来。转眼，团丁们在落雪的院子里站好了队。

刘法胜用长烟锅指着刘干说："我给你们说，这是你们的刘干刘团长，是我最好的兄弟，今后，你们咋样叫我就咋样叫他！"

刘法胜狠狠地吃了一口烟继续说："为了欢迎刘团长的到来，今天，大家集体到十里香去喝酒吃肉！"

团丁们一阵掌声。

随后，刘法胜对身边年长的团副说："去给刘团长准备睡觉的地方，我带刘团长去洗个澡。"说完，他带着刘干去了暗窑。刘干推辞，刘法胜说："你跟我还客气个啥，走，洗澡去，再让女娃陪你说说话。"

那天夜里，干公鸡刘干从家里崖背上的暗道爬出来以后，由于山大沟深，夜色凝重，他并没有跑多远，而是躲在山上的一个石洞里。天亮以后，他望着连绵的大山想：这么大的山，这么大的地方，一个王山民把自己能咋样？王山民长着两条腿，自己也长着两条腿，还比他多一只胳膊，不相信他把自己能捉住。于是,就决定找之前的人手,继续当土匪。

他翻山越岭,找到了给自己报信的那个人,那个人却说,现在风头正紧,那个独臂家伙还在劲头上,最好是等一等看看风声,等这阵子过去再说。他又找了几个人也是同样的说法。没有办法,他只好又回到山洞,过起了躲躲藏藏的日子。

这一天,他实在熬不住,就回到家里战战兢兢过了一夜,天快亮的时候,却想起在小屯镇的时候过的那种美好日子,想起镇上的羊肉煮馍和浇汤烙面。这样一想,嘴里就忍不住地往下流口水,很想立即去吃上一顿。

他犹豫了很久,想小屯渡口那里是不能去了,但叱干里这边还是可以去的。他立即起身,骑马出了村子。天亮了,他望着雪天里连绵起伏的大山,心里就开朗舒展起来,胆子也大起来。好在地上的落雪不厚,他一路打马向叱干里方向跑去。

到了叱干里,他把马拴到骡车店,不走正街走背巷来到十里香,结果还是碰上了刘法胜。

53

刘法胜没有立即行动,耍起了拖延战术。

依照他的想法,眼下的世事是这样乱,如果把此事拖磨个一年半载,说不定中间会发生什么意外,把这事情给搅黄了,那个外国人也熬不住走了,这样的话,自己就白白地落了这么多银圆。

另外,他也在算计着,这事可不是一般的事,必须要等一个很合适的机会,才可以行动。否则,不加考虑冒冒失失地去干,把事情弄公开就不好收拾了,弄不好,还会把自己的命搭上,叫那些乡民拿着镢头把自己往死挖。

转眼,到了第二年春天,刘法胜想自己拿了别人的银圆,这么长时间,事情还没有一个进展,应该去给黄树螂说一声,再看看情况。恰好,山民带着军士在醴泉县城闹起了剪辫子运动,他认为这是一个不宜行动继续拖延的好借口。于是,他骑着皮毛如缎子般光滑的黑骡子,带着团丁,连家都没有回,直接去了西安城。他独自去了黄树螂的古董店。见了黄树螂,刘法胜总感到啥地方怪怪的,当他坐在黄树螂的对面,才注意到黄树螂的辫子也不见了。原来,西安也正在闹剪辫子运动。

刘法胜给黄树螂说了目前的情况,说醴泉正在开展剪辫子运动,为了稳妥一些,还是把事情再往后缓一缓。第二天天刚亮,刘法胜又出了西安城,直接回到了叱干里。

原来,自辛亥革命以后,中华民国临时政府就颁布了剪辫子法令,命令一下,全国立即掀起了一股剪辫子热潮。许多地方如东北、京津、上海、南京、昆明等,激进的学生和军人走上街头,手持大剪刀,强行剪去行人的发辫。

西安和咸阳虽然地处内陆,但剪辫子的风潮也很快传了过来,越来越多的人认识到,男人身后留着一个长辫子,实在是不雅观。认识到那个辫子对于家国之种种弊端,也实在是中国人落后、屈辱的象征。在此背景下,作为陕西陆军第一师师长的张云山,就召开了营以上军官会议,要求驻军在咸阳、鄠县、醴泉、乾州等地,强行推进剪辫子运动。

山民从西安开会回到了醴泉,在行动开展之前先去了烟霞草堂,和邢廷荚坐在一起进行商议。在醴泉,山民还没有几个可以请教的人,叱干里阳坡头学馆的郭老先生,虽说他也起敬,但郭老先生毕竟年纪大了,他自己也留着辫子。但主要的原因,还是邢先生思想先进,已经剪去了自己的辫子。还有就是山花。

所以,当山民来到烟霞草堂说明来意后,邢先生不但十分积极,还说早就应该这样了。并给他提议,要借这次剪辫子运动,在县城搞一次大的游行,让学堂的先生带着学童们都来参加,不仅要宣传"男剪发辫",还要宣传"女放天足"。山民高兴地说,到时候,让队伍也一块参加。山花和杏花听了,兴奋地说,她们也要去参加。

第二天,山民和廷荚就骑着马和骡子,去醴泉县建巷小学找罗校长,对这次行动再做进一步的商议安排。廷荚走后,山花和杏花高兴得不行,开始考虑游行去的时候穿什么衣裳,怎样打扮自己。

杏花嘴角一翘笑道:"要像二大一样,围上围巾,这样才像读书的女子。"

山花抿嘴一笑说:"听山民说,现在西安学堂里的女生穿衣裳,都穿新时代的衣服,都讲究秀美,上袄窄巧修长。你看我们的衣袄,件件都像布袋一样。"

杏花问:"我们敢不敢改?"

山花眯眼一笑说:"你不怕人笑话？不怕人说你是妖精？"

杏花细眉一扬道:"你不怕我就不怕。"

山花抿嘴一笑说:"我们稍微改一下,不敢改得太窄。"

杏花笑道:"我们现在就改！"

廷荚和山民见到罗校长,说了在县城开展剪辫子运动,罗校长也很赞成。还商定由罗校长出面,联合醴泉城里城外各私塾的先生,先开一个预备会。另外,罗校长还利用这个机会,对廷荚和山民说了那个外地人、那个外国人和周四皮的事,说春天桃花开的时候,那三个骑马上九峻山的人很可能就是周四皮他们。还说了他在街边,对周四皮说过的话。廷荚说:"我们一定要留意,再有啥情况要及时告知。"

在说定的日子里,剪辫子运动预备会在建巷小学召开了,廷荚在会议上详陈利害慷慨陈词说:

"各位同人,代代蓄辫,虽已成习,实为落后。辛亥革命之先,已有海外留洋之学子,为树干练之生气,拟与清廷决裂,开始剪辫。后有留学归国之俊群,追逐效仿。清廷建立新军,军士为方便戴军帽,遂剪发辫,此风甚盛。今清廷已覆,民国成功,凡我同胞者,宜涤除落后,以做新国之民。同人为学堂之先生,理应有担当之责,躬先表率,顺应时代之新潮……"

随之,由罗校长带头,先剪了自己的发辫,各私塾的先生,除了个别的老先生,思想上当时还转不过这个弯,只象征地把辫子剪了半截,别的先生都跟着罗校长剪去了整条发辫。随后,罗校长又对活动的具体事项做出了安排,各学堂要制作小旗,建巷小学和烟霞草堂要制作横幅标语。一切安排就绪后,他们一起去县署见知事壶膏药与守城营的黄团总。

当这些私塾先生一走到街上,整个小城一下轰动了。许多店铺的店主和街民,站在街边,指指点点说说笑笑地看热闹。这些学堂里的先生,毕竟很不习惯突然间没有了发辫,个别年长的先生,面对这样尴尬的局面,羞愧难当,脸红得不知如何是好,把头低得能夹到裤裆里去。罗校长毕竟有带头之责,红着脸强装笑脸走在大家的前边。

来到县署,壶膏药和黄团总见有山民,更是唯唯诺诺,山民咋样说他们咋样办,唯恐不周。在规定日子的先一天,山民来到烟霞草堂,为这次活动做准备:书写横幅、标语,制作旗帜等。第二天,天还没有亮,营副就带着军士骑马赶了过来。廷荚带着烟霞草堂的学童,还有山花杏花,坐着马车一起赶往县城。县城附近各大私塾的先生,也带着学童早早地来到了建巷小学。

半早上，大家排好队，由年长的学童走在队伍的最前边，打着横幅，年纪小的学童们跟在后边，手打着各色小旗。廷荚身穿青蓝长衫，围着灰色长巾，和剪了辫子的私塾先生们紧跟其后，一边走一边带着大家喊口号。山民带着队伍，走在最后边，二娃也穿上了土灰色的军装，行进在队列里。

横幅和标语上写的内容有：

  变则存　不变则亡

  除旧布新　自由平等

  男剪发辫　女放天足

  妇女不缠足　女子要识字

  反对丑风陋俗　树立干练形象

  不剪发辫我们帮你剪

在队伍行进的途中，山花和杏花穿着修改过的青蓝夹袄，围着自织的花围巾，拿着自己用毛笔书写的标语告示，在各十字路口和城门楼下张贴。

告示的内容是：

  今清廷已覆，民国成功，秩序大定矣。留辫子，裹小脚，实乃落后、屈辱之象征，如绳索，如锁链，如藩篱，污卑我们之形体，禁锢我们之思想，束缚我们之手脚，实为腐朽尘俗之牵累，实为恶浊烦恼之赘物，其于身体种种之不便，其于家计种种之不便，其于国家种种之不便，自顾亦觉形秽矣！

  凡我同胞者，自应警醒悔悟，顺时代之新风，做新国之臣民，除旧陈之污俗，树干练壮健之形象。若复意存留恋，社会何望一新，自由思想何以开启，独立精神何以倡扬！切望农工商学者，人人倡导践行之，以垂辫者为辱，以缠足者为丑，以识字求学为荣！此虽为个人之劳事，实则家国社稷之生计，千秋万代之幸焉！

队伍从南大街到西大街，再到北大街和东大街。

街两边站满了人，他们听着学童的口号，好奇地看着跟在学童后边的私塾先生——往日的长辫子不见了，后脑勺留起"短刷子"或"后拢头"，真的是好笑。

但是，这样的热闹并没有持续多久，街上突然乱了起来，一传十十传百，说是独臂英雄带着军士在永安门那里，拉住男人强行剪辫子。于是，一转身，街面上那些留辫子的男人，一个个都跑得不见了影，或躲进商铺里，或躲在背巷里。有胆大的，因好奇心驱使，跑到西大街那边，站在坡头上，或站在街巷口,向永安门那边张望。

　　原来,队伍在街上不仅是宣传,当走到西大街的永安门,那里已经有县守城营的团丁在此待命,山民的队伍一到,立即对进出城门留辫子的男人,当场强行剪辫。随后,由营副带着一部分军士在永安门这里继续剪辫子,山民带着队伍继续向北大街的永定门行进,到了那里,同样对进出城门留辫子的男人强行剪辫。接下来,由杨拳师和雷恒民带着一部分军士留在永定门这里,山民和郭胜根带着队伍又向东大街的阳和门进发,也做着同样的事情。

　　那些被剪掉辫子的男人,有的人气愤不过,可看到军士手里的枪,只能忍气吞声;有的人羞愧难当,当着众人的面哭了起来;还有性情刚烈的,摆出了"头可断,辫子不可剪"的架势,与军士和团丁僵持起来,结果被军士用绳索五花大绑,照样被剪去辫子。在永定门这边,竟有人在僵持中,突然向城门外的泥河边跑去,跳进了泥河里。由于恒民从小在泾河边长大,熟悉水性,看见此情况,二话没说跳进河里及时相救,才得以保命,但辫子照剪不误。

54

　　在这次行动中,山花和杏花因为第一次走出学堂,像男人一样走在醴泉县城的大街上,参加如此重大的社会活动,所以,从始到终不仅新鲜紧张,更情不自禁地亢奋激动。当天下午,各私塾的先生和学童,包括烟霞草堂的学子,因为回去的路程远近不一,都先后离开了县城。廷荚带着学童坐马车回去的时候,山花和杏花却要求留下来。

　　廷荚思忖良久,想自己多年来,东奔西跑,上北京,去上海,追随时代潮流,考察改革教育,参加变法维新,究寻救国之道,让自己的女儿与侄女带头不缠足。自己这样做的目的,不就是希望孩子能像自己一样,能做有责任心有担当精神的新人吗?今天孩子已经长大,她们不可能跟着自己一辈子,她们迟早要走向社会,独立地去生活。恰好,这也是一次机会,就让她们去锻炼锻炼。特别是他能感觉出来,女儿对山民有好感,有起敬之心,而杏花和二娃也相处得不错,只是杏花在小的时候,已经订了婚,这让他心里很矛盾。

尽管这样,他还是希望杏花能婚姻自由,能和二娃好。于是,他同意了。

父亲一走,山花和杏花就像离开巢穴不受约束的鸟儿,要自由地呼吸,自由地飞翔了。她俩虽然不能像二娃与军士们那样手持剪刀,却站在一边,手持告示,向过往的乡民宣传剪辫子的好处。

当晚,山民在建巷小学给山花和杏花找了一处住处,自己带着军士们临时住在城隍庙,第二天,他继续带着军士与守城营的团丁,在县城沿街巡查,看见留辫子的立即强行剪去。当他们巡查到周四皮的当铺门前,山民想起了罗校长说过的话,立即与杨拳师走了进去。周四皮看见有军士进来,特别是看见只有一只胳膊的王山民,当即愣怔在那里不知所措。杨拳师见周四皮还留着辫子,立马叫军士给剪掉了。

山民说:"都民国了,你还留着辫子,是不是还留恋过去?"

周四皮急得大头通红,战战兢兢说不出话来。

山民冷峻着面孔又说:"我还听说,你勾结外人,到九嵕山上去过?"

周四皮一听,立即两腿发软,大头上直冒虚汗,眼前立即出现了山民带兵劫法场的事。他想,自己如果承认此事,这个冒失的家伙,有可能就地把自己头砍了。在这紧要关头,他想到了刘法胜和那把玉壶,谢天谢地,他心生一计,嘴里溅着唾沫星子委屈地说:"我从来没有去过九嵕山,我自从在甘军枪下活下来以后,就再也没有心情做事,生意基本都停业了。好长时间,外边只来过两个客人,是来看有人寄放在当铺里的一把玉壶。当时我枪伤还没有好,还在家里养伤呢,上山的事,我真的不知道。"

周四皮战战兢兢说着,声泪俱下。

杨拳师说:"你如果真做了对不起祖宗的事,我就来砍你的人头!"

周四皮晃动着大头连声说:"不敢不敢,真的不敢!"

山民说:"真也好,假也好,出了事,如果有你,我饶不过你。"

山民走后,周四皮看着扔在地上的辫子,摸着头后边被剪短的头发,脸上的虚汗仍不断地往出冒,他反复轻声地念叨着:多亏没有再参与,要不,今天剪掉的可能就不是那一根辫子,而是自己的脑袋……

这次剪辫子行动,虽然有些粗暴甚至于野蛮,但无疑也是一种开启民智,改变国人思想观念和民众日常生活的一种途径。山花和杏花在此次行动中,真正地受到了一次锻炼,真正地把自己的情怀与理想,与社会之进步变革,紧密地联系在一起。

第二天太阳落山前,大家吃过饭,山花找到山民说,她想到城墙上去看看。山民笑道:"咋想到要上城墙?"

山花抿嘴一笑说:"就这样一个小城,又没有地方可去,只有城墙上安静呀。"

醴泉县城的城墙是土筑的,由于年久失修,墙体经风吹日晒雨淋,多处残缺。特别是城墙上的女儿墙,更是残缺破损得不像样子。

太阳正在落山,野风从墙头上呼呼地吹过,山花望着城外辽远的大地,抿嘴一笑说:"站在城墙上看,与站在平地上看,到底是不一样。"

山民笑道:"做梦都想不到,能和一个女子一起站在城墙上。"

山花眯眼一笑说:"在大家眼里,一定很惊奇,一个女子,竟然和一个男人明目张胆地站在高高的城墙上,好像还怕人看不见似的。"

山民笑出了声,真诚地说:"没有女孩子能这样大胆,留短发,放大脚,白天在街上跑着贴标语,傍晚还和男人一起站在城墙上看风景。"

山花跟着笑出了声说:"这都怪我大,是他把我教育成这个样子了。"

山民说:"要不是你大,你现在肯定是缠着小脚,走路一跩一跩的,像个鸭子。"

山花陡然转过身,脸色嫣红微笑地看着山民。

山民陡然间有些难以自控,喃喃自语:"我第一次见到你,就羡慕你不缠脚,有文化。"

山花眼眶发湿情不自禁地说:"第一次见面,你说自己叫山民,我就忍不住想笑,我叫山花,你叫山民,就像兄妹俩。"

山民哈哈一笑,突然情不自禁地伸出一只胳膊,把山花往胸前一搂。

山花轻语道:"第一次见你,先是好奇你的马、你身上的军衣,再好奇你为啥少了一只胳膊,就忍不住想多问几句,想知道你的故事。"

山民深情地说:"可惜,当下社会不太平,要是天下太平该多好呀!"

山花说:"你以后可要好好爱惜自己。"

城墙那边,突然传来了杏花喊山花姐的声音。

山花看着山民笑道:"杏花来了。"

杏花一边走一边笑道:"上城墙,也不叫我。"

山花笑道:"你不是来了吗?"

杏花说:"我嫌一个人,就把二娃叫上了。"

山花笑道:"那么多的军士,为啥就叫二娃?"

杏花笑道:"别人不熟,生气了不敢骂,二娃想骂就骂。"

夜幕降临,城外广大的田野变得黑黝黝的。城墙里边,家家户户煤油灯微弱的灯火闪烁不定,整个小城一片黑蒙蒙的安静。

55

廷荚正在给学童们讲课,他哥邢廷智赶着牛车来了。他把牛往院墙跟前的树上一拴,站在学堂的院子里大声喊起来。山花一听赶紧跑出来说:"伯,你来了,我大正给学童讲学呢,你进屋先喝水。"

"你把杏花给我叫出来。"

山花还没有去,杏花闻声来了。

杏花叫一声"大",廷智阴沉着脸说:"给你二大说一声,把东西收拾一下,跟我回去。"

杏花问:"为啥?"

廷智说:"你揣着明白装糊涂,过年的时候给你咋说的?"

杏花说:"我就不同意嘛。"

廷智来了气说:"你不同意?那要我这做大的干啥?是你说了算还是我说了算?你走出去问问,哪有你这样的女子?"

廷荚来了,把他哥叫到屋里,倒了茶水说:"哥,有话慢慢说嘛。"

廷智气愤地说:"都是当初听了你的话!"

廷荚还是笑着说:"有话慢慢说嘛。"

廷智说:"当初,是你叫娃不要缠脚,跟着你来识字,可你想过没有,杏花已经订婚了,年后就要结婚呢。"

廷荚笑道:"当初你是同意了的。"

廷智气愤地说:"我后悔当初听了你的话,不但惹得亲戚邻人笑话,还弄到今天这个样子。你敢回村里去打听,说是队伍在县城硬把人的头拉住剪辫子,说学堂里的先生都把辫子剪得像是要飞去呀,还叫娃娃打着旗在街上游行。说山花和杏花把衣服剪得贴着个身,像妖精一样,还挺着个大脚片在街上乱跑,到处张贴布告。都不知道啥叫羞丑了吗?"

廷荚笑道:"已经民国了,这有个啥?"

廷智说:"啥民国不民国,天大的事在你眼里都不是事。本来,我想杏花年后结了婚,我就安然了,可偏偏出了这事,人家都叫媒人把话捎到了家里,说叫娃不要乱跑了,小心外人笑话咱。你说,这和打咱脸有啥区别?"

廷荚笑道:"娃就是在街上贴了几张布告,有啥大惊小怪的。"

廷智气得脸都发青了,说:"你真正是胡说呢,还没结婚的人,挺着个大脚片在街上乱跑,穿得像妖精,把羞丑都忘了。"说着话,廷智的语调变了个样,噢了两声说:"怪不得,山花比杏花还大半岁,你到现在还没有给娃订婚,你是想叫娃往老长呀!"

廷荚笑道:"这是两回事呀!"

廷智说:"啥两回事,无论咋样怪的事,在你眼里都不值得大惊小怪,你是圣人,是去过北京、上海的人嘛!"

廷荚笑道:"你光说要给杏花结婚呢,你问过娃的想法没有?"

廷智惊讶地说:"娃的想法?那要娃她大干啥呀?你这是真真地胡说呢,哪个娃的婚事不是父母说了算的?"

廷荚笑道:"两个娃订婚到现在,还没见过面呢。"

廷智生气地说:"要娃见面干啥呀,她大见个面就行了。"

廷荚说:"以后过日子,是要两个娃过呢。再说,两个娃之间连个感情都没有,眼下,有和杏花更合适的娃呢!"

廷智猛地站起身来说:"你说啥?怪不得杏花不想回去,越来越不听话了,原来是有你这么好个二大呢!"

廷荚笑道:"哥,你听我把话说完嘛。"

廷智黑着脸说:"啥话你都不要给我说了,我还没有傻呢,你管了山花,还想管了杏花?我是杏花她大,你是杏花她二大!"

廷荚说不通他哥,就笑着说:"哥,娃的事慢慢说,不至于红脸嘛,我叫娃先给你做饭吃。"

廷智说:"不吃饭,叫杏花立即跟我回去,路远,牛车慢。"

山花来了,杏花却躲开了。

廷智有些委屈地接着说:"你是不知道,村里的人咋笑话咱,说杏花眼下在咱家里长着,可明年就是别人家一口人了。咱不考虑自己,也要替别人想一想,只剩下说咱家的大人没有家教,父母都是傻子。"

廷荚知道一时半刻说不通他哥,就叫山花去找杏花。山花去了,一转身又来了,说找不见杏花。

廷智生气地看着廷荚说:"她躲过了今天,还能躲过明天?本来我就没打算今天来,也想往后拖磨呢,拖磨到杏花一出门(结婚),成了人家一口人,我就不用操心了。可是,我在家里脸红得睡不着嘛,村里人的唾沫星子把我能淹死!你咋能叫两个娃挺着大脚在街上乱跑呢,还把衣服改得像个妖精?"

山花笑着说:"伯,你和我大说话,我给你做饭去。"

廷智说:"你不用忙了,我走呀,我今天来就是要给你大说一下,我已经和媒人把杏花结婚的日子都说定了。山花呀,你也到了该结婚的时候,再不敢拖了。"

山花说:"伯,我知道了。你坐,我给你做饭去。"

廷智一起身说:"牛走得慢,我走了。"

说完,廷智赶着牛车出了草堂的门。

56

国家仍然是动荡不安,烽烟四起。

袁世凯下令将陕西的秦陇复汉军缩编为两个师四个旅,张云山被任命为师长,曾任秦陇复汉军副大统领的万炳南被任命为旅长。由此,万炳南心里不服气,找了种种的借口威胁,他的部下也到处扬言说家规坏了,要求提纲振纪。陕西都督张凤翙为整饬军纪,以抗命拒受改编罪的名义,趁万炳南到机器局领取装备的时候,将他枪杀。万炳南的旧部气愤难平,在南教场发动兵变,不久,又在北院门发动兵变,反对张凤翙,虽未成功,却闹得城里城外乃至关中大地人心惶惶。

从春天到夏天,陕北、关中等许多地方,都出现了持续的旱情灾荒,土匪横行,民不聊生,乞丐成群。在咸阳、醴泉、乾州等地方,不仅收成无望,又发生了牛瘟。

在河南,许多灾民无处为生,纷纷投身绿林。有一位叫白朗的农民,利用灾民对政府失望怨恨的情绪,联合其他绿林头目,拉杆子起事,打着"劫富济贫"的口号,队伍发展迅速,并接受了革命党人联合反袁的要求。袁世凯急忙调集鄂、豫、陕三省联军进行围剿。

在西安、咸阳、醴泉、乾州等地,有革命党人响应孙中山的二次革命,相互联络准备起事。乡民对此并不了解,只知道可能又要打仗了。

面对乱象丛生的局面,刘法胜去了一趟西安后,借机开始行动了。

这天下午,刘法胜骑着皮毛像黑绸缎似的骡子,来到叱干里烟馆,和驴脸李鬼以及大嘴躺在烟榻上,让女人陪着他们抽烟。天色向晚的时候,刘法胜说:"时候差不多了,你俩该走了。"李鬼一摸自己脸上的那块黑皮,借着烟劲笑道:"团长放心,明天你就听驴日娃哭爹喊娘吧。我叫张宝已经弄清了,张广社家的牛已经遭瘟死了,今晚上再把骡子拉走,看他以后还张狂!"

李鬼说的张宝,就是西嘴坪村张大老汉的二娃张宝。他被村里民团的人捆绑回去以后,表面上垂头丧气躲在家里,可心里却是咬牙切齿。同样的,刘法胜对此事也是怀恨在心,总是在想着一个报复的办法。

一天,刘法胜坐在院子里的圈椅上抽烟,望着眼前的烟雾,脸上的横肉一抽,嘿嘿一声冷笑,自言自语道:"张广社呀张广社,你竟然敢跟着那个独臂家伙到我的烟馆里绑人?你说,我能把这事忘了吗?我能叫你娃好好过日子?嘿嘿,我今天就要给你娃下一步死棋!"

随后,他叫来团副说:"到西嘴坪村去,把那个张宝给我弄来,给几枚银圆,叫去吃一下耍一下,然后送到李鬼那里去干事。"

团副说:"团长高明,我咋就没有想到这一招呢?"

刘法胜嘿嘿一笑说:"去,把事办得隐蔽一些,尽可能不要叫别人知道!"

几天后,张宝就当了土匪。

刘法胜从身边拿出一个装银圆的袋子,在手里掂了掂扔给李鬼说:"事完后,把弟兄们好好犒劳犒劳。"然后自顾自地走了。

刘法胜回到二分团的院子,环视了一圈问:"值班的人安排好了没有?"

年长的团副跑过来说:"安排好了,已经上了岗楼。"

刘法胜看着团副问:"刘干呢?"

团副说:"几天了,都没看见人,我以为给团长请过假了。"

刘法胜生气地一摸自己的圆头说:"太不像话了,前些天走了一星期,刚回来两天又不见人了,你住个店走的时候还要给店主打个招呼,狗日的把我就没在眼里放,等回来了再算账!"说着又对团副说:"天干火燎的,死人死牛的,到处都不安宁,上去看着,多操点心。"

月亮挂在东边的天上。

团副爬上了岗楼,好像故意说给刘法胜听的:"有啥情况没有?"

有人回答说没有。另一个说,天色暗得看不清远处。

团副骂:"驴日的,有月亮照着还看不见,看不见还要看,把耳朵撕长给我听着。"

刘法胜回到屋子,吹了灯穿着衣服躺在炕上。

夜静以后,他再也躺不住,黑灯瞎火地站在屋子里焦急地等着。突然,岗楼上值班的团丁喊:"有人打枪呢!"刘法胜装作没听见。年长的团副着急地下了楼子,跑到门跟前喊团长,刘法胜很不高兴地问:"深更半夜的喊啥呢?"团副说:"有人打枪呢!"

刘法胜隔着门喊:"那还不赶快集合人!"

西嘴坪村的团头张广社,知道刘法胜看自己不顺眼,知道那人迟早会找自己的麻烦,甚至会害自己,可能因为自己还会殃及村里人。所以,就多了一个心眼。他借助西嘴坪村在沟边的条件,不仅在自己家里打了暗道,挖了窨子和高窑,还叫相邻的人尽可能把暗道连接起来,这样,谁家有了事,就可以顺着暗道跑到另一家去。另外,他还要求住在村口的人,家里养上狗。一到晚上,有生人一进村子,狗一叫整个村子都知道了,大家提早也有个准备。同时,为了防止土匪进村,在村里十字路口的大皂角树边,建了一个土楼。土楼上有钟有枪眼,土楼下边有暗道。

这天晚上,张广社一听见村子里的狗叫,立即起身大声地喊他哥说:"狗叫得不正常,你快带家里人上高窑。"说着拿起村里唯一的土枪进了暗道,通过暗道跑到团副的家里,叫召集民团的人,自己先通过暗道上了土楼。

月光下,有十几个人进了村子,手里拿着好几杆枪。

张广社很猛地敲响了钟,钟声在寂静的夜晚,很洪亮很有穿透力和震撼力。随着钟声,他与几个民团的人一起站在土楼上,大声地喊:"土匪进村了!土匪进村了!"

驴脸李鬼和大嘴没有想到西嘴坪村会是这个样子,钟声还在响着,走到村口的土匪突然不知所措。大嘴说:"村里人都醒了,事怕弄不成了。"

李鬼说:"我们手里有枪呢,怕啥!"

大嘴问张宝:"村里有没有枪?"

张宝说:"没有听说过。"

大嘴叫张宝在前边引路。

当他们在经过十字路口时,土楼上突然出现了一道火光,响了一枪。走在前边的张宝和大嘴被土枪打中了。土匪往土楼上乱放了几枪,李鬼背上大嘴撒腿就往村外跑。

这一枪是张广社放的,枪筒里装的是散弹,也就是碎铁丸子。这种土枪虽然打得不远,但杀伤力却很大。

土匪跑远了,张广社和民团的人还站在土楼上观看周围的情况。不久,他们以为土匪走了,准备回家的时候,山上突然传来了一声鹰叫。张广社问身边的人:"是鹰叫吗?"刚说完话,又是一声凄厉的鹰叫。

有人说:"是鹰叫。"

大家静静地站在土楼上,向着九嵕山的方向眺望。月光下,黑魆魆的山峰如虚线一般画在天地之间。突然,从九嵕山的方向,又接连传来了几声鹰的叫声。这叫声尖锐聒耳,惊动天地,充满了焦躁不安和愤怒,它像利剑一般撕破幽暗的夜空,久久地回响在千沟万壑之间。

张广社喊了声:"山上出事了,快,集合人!"

大钟再一次被敲响。

几乎同时,坡里村那边也传来了隐隐的钟声。

钟声和鹰叫声,让寂静的夜晚变得紧张焦躁。

转眼间,西嘴坪村民团的人,还有许多的男女老少,都来到了街上。

张广社大声地说:"大家都听见了,山上鹰在叫,上边肯定出了啥事。咱留一部分人,把村里的男女老少叫到一块,给咱护着村子,民团其余的人带着家伙跟我走。"

夜色里,大家疾速向九嵕山方向跑去。

宋家疙瘩那边,虽然村子小,只有二十来户人家,但村里的人很警惕。最先听见山上鹰叫的,是私塾的老先生和村里的几个长辈。他们年纪大,晚上瞌睡少,一听见鹰叫,几个老人几乎同时来到街上,敲响了村边的铁钟,并叫人骑着村里最好的牲口,去烟霞草堂报信。虽说是山路,毕竟路径熟悉,又有月光,少半天的时间就到了烟霞草堂。廷荚听了,立即让山花和杏花陪着来人去山口村见团头。自己则去李老伯那里,骑上自家的骡子,借着月光一路向小屯渡口疾驰而去……

57

刘法胜在行动之前,最担心的就是西嘴坪村,因为这个村不仅村子大人多,特别是还有团头张广社这个家伙。以他的设想,为了便于九嵕山上的行动,他才叫李鬼晚上带着人去抢张广社家的骡子。张广社因为牛已经遭瘟疫死了,肯定要死命保骡子,要带民团的人去追,这样的话,就可以把西嘴坪村的人引开。如果有可能,最好在半路上把张广社用枪打了。

另外,那山上的鹰虽然是一个大麻烦,但他并没有往心上放。他不相信人们说的那些话,说那是保护九嵕山的神鹰。之前,他也想过,提前把那鹰弄死,可那家伙住的地方在绝崖上,实在没有办法到跟前去。而用枪打更不行,不说它飞得高打不上,问题是枪一响,周围的人一定要问一个为什么。这样一来,事情不就明白了,大家就有可能起来造反,会拿锄头把你往死挖。在他们心里,那鹰是福佑这片土地的神灵,你敢用枪对着神灵吗?不过,话说回来,他也不想费这么大的劲,他做事首先要保证它的隐秘性。

刘法胜还不知道,李鬼不但没有把事办成,连骡子的面都没有看见,还叫李广社用土枪把大嘴打死了,把张宝打伤了。

不过,刘法胜此时根本不去管这个,他骑着骡子带着人一路向九嵕山赶去,目的是要去看九嵕山这边的情况。

干公鸡刘干好几天不见人,不是他走的时候不打招呼,而是刘法胜私底下派他去完成一项特殊的任务。刘法胜之所以在大家面前骂刘干,自然有他的想法。

干公鸡刘干却一点不知情。

多天前,刘法胜给了刘干几百枚银圆,叫他去找十几个以前的人手,再找七八辆独轮车和一些草帘子与绳索,至于干啥,刘法胜没有说。一星期过后,刘干回来了,说人手和车子都准备好了。刘法胜说:"不着急,你歇两天,去抽抽烟,到暗窑里耍两天。"两天过后,刘法胜去暗窑见了刘干,说:"你今天就走,明天天黑后把人带到山脚下,然后去祭坛上,把石马里的'飒露紫'和'拳毛䯄'弄碎。我已经偷偷看过了,那两尊石马经过一千多年的风吹日晒,已经不行了,稍微一敲就破裂了。你叫人用草帘子和绳索把它们包好捆牢实,用独轮车推到山下边甘河沟道里,那里有人接。这是三百枚银圆,你分给大家,你回来以后,我再给你五百枚银圆,你想吃啥就吃啥,想穿啥就穿啥,但要记住,这事只有你和我知道……"

刘法胜骑着骡子走到半路,突然叫大家停下来问:"你们听,啥在叫?"

年长的团副说:"是山上的鹰在叫。"

刘法胜装模作样,装出震惊的样子又问:"是鹰在叫吗?"

团副说:"是的。"

刘法胜在自己头上拍了一把,故意大声地喊了一声:"我的爷呀,山上出了事可了不得,快快快,我们赶紧去看看。"

随之,他骑着骡子带着人向九崾山方向急赶。

刘法胜带着人赶到山脚下的时候,山上已经静悄悄的。

但通往山下的路上,朦胧的月光下,有许多人影子。紧接着,从山梁另一边的山坡上,又出现了黑压压的人影,向山下跑去。

刘法胜明白,事情已经败露了。

他要实行第二种办法。

刘法胜望着月光下幽暗的山沟,脑子急速转动起来。

他对身边的团副说:"看样子,有人在山上偷东西,这伙狗日的,胆大包天,把狗日的用枪打了!"

他带着人向山下追去。

他需要跑到最前头。

半路上,他带着团丁终于追上了前边的人。

乡民看见是刘法胜带着人拿着枪来了,就把他们让到了前头。

往前没走多远,一拐弯,长虫梁出现在眼前,山梁的两边都是山崖。

月光下,山梁上隐隐约约有黑乎乎的人影。

突然,在山梁的那边,好像传来一声冷枪。

刘法胜说:"是枪响吗?"

团副说:"好像是。"

刘法胜说:"不着急,先躲在这里等等。"

团丁们躲在了石头的后边。

刘法胜长松了一口气,轻声自言自语:"好地方!"

那伙黑乎乎的影子越来越清晰,他们是向这边跑来了。

可能因为有树木杂草的遮挡,也可能是他们慌不择路,一点都没有注意到这边的情况。

那伙人越来越近。

刘法胜影影绰绰地看见了干公鸡刘干的身影。

刘法胜冷笑一下,向刘干突然打了一枪,随之,枪声不断。

有人倒在了路上,有人掉到山崖下边去了。

有人转过身又往回跑。

刘法胜带着人追了过去。他经过刘干的身边,故意站在路边挥着手叫大家赶快追,等大家跑过去以后,他圪蹴下在刘干嘴边摸了一下,然后站起身吁了一口气,把刘干一脚踢下了悬崖……

宋家疙瘩因为人少,乡民们不明情况,他们商量之后,认为无论事大事小,无论事虚事实,只要有人过来,长虫梁是必须经过的地方。于是,他们派了几个人到前边去看情况,其余的人在山梁这边用石头把路封住,等着山口村的人和山民的队伍。

山大沟深,月光仿佛银色的粉末一样,飘散在沟壑纵横的山谷里。

后半夜,有的人坐在地上打起了瞌睡。山口村的人终于赶了上来,宋家疙瘩上山去看情况的人还不见回来。

突然间,有人喊了一声:"有人过来了。"

是宋家疙瘩上山去看情况的人从长虫梁上跑了过来。他们说,有一伙人推着独轮车从山上下来了。大家立即紧张起来。

等了很久,果然有一伙人推着独轮车从长虫梁上往过走。

他们越来越近,身影越来越清晰。

山口村有人一紧张,手里的土枪走了火。那伙人一听见前边的枪声,不了解这边的情况,立即丢下独轮车往回跑去。一转眼,长虫梁上连续不断地响起了枪声。宋家疙瘩和山口村的人,不知道那边发生的情况,趴在封路石后边向那边观望。

后来,长虫梁上平静下来。但在宋家疙瘩那边,却响起了几声清脆的枪响,这是山民骑马带着人赶来了。山民还不知道山上的情况,有意打了几枪,给上边的人报信。

山民带着队伍赶到长虫梁上的时候,山梁上已经无事。刘法胜在廷荚、山民和众人面前,对偷石马的那伙人表现出极大的愤怒。但事情已经发生了,人已经被打死。大家站在山梁上商量以后,把死者葬在了一个山洞里。

月色幽暗,山野寂静,大家推着残破的石马向山下走去……

58

石马被盗的消息很快被传开。

不断有乡民一拨接一拨来烟霞草堂看被盗的石马。

因为事关重大,怎样处理打碎的石马,廷荚和山民一时也犯了难。有乡民说,放到祭坛上去,只有昭陵的祭坛才是石马的家。有乡民说,已经打碎了怎样放？一时间,众人也没有了主意。就在大家左右为难的时候,牛团长派军士骑马来小屯镇问情况。原来,石马被盗的消息很快传到了咸阳县,恰好,张云山师长正带着卫队在咸阳县处理剪辫子的风波,听到石马被盗的消息后,立即对此事产生了兴趣。他本来就有搜集各类古董字画的爱好,而这几尊石马,在被打碎以后还如此稀罕,这不能不叫张师长有了很强的好奇心。于是,他立即派军士过来看情况。

山民听后,立即带着杨拳师,跟随牛团长派来的军士一起去了咸阳县。

来到咸阳县团部驻地,军士说,团长和张师长带着队伍,把那些闹事的还有不愿剪辫子人押到渭河滩上去了。

山民赶往渭河滩。

此时,正遇渭河涨水,多半的河滩与芦苇都被淹没,河道里一派苍茫,浊黄的水面上波浪滚滚,夕阳逐浪。有百十多人,被军士押着,黑压压地跪在夕阳照耀的河滩上。

原来,近日以来,全省各地都因剪辫子运动闹得沸沸扬扬。在安康,山寨乡民拒绝剪发辫,打死团丁；地方势力利用剪辫与护辫之争,激化矛盾,事态波及安康、汉阴、紫阳三县,军政府派人镇压闹事者数百人。这事还没有完全平息,咸阳这边也因前一阵剪辫子运动,起了事端。有乡绅煽动咸阳县周边顽固守旧的土豪劣绅,勾结土匪,带着众多家丁,起哄闹事夜袭咸阳县城,与守城的团丁发生激战,牛团长带着军士及时增援,攻城的土匪才撤退。

消息汇报给张师长,他立刻带着卫队来到咸阳县,到周边抓捕那些带头起事者和顽固不化留辫者近百人,五花大绑到渭河滩上。

此时,张师长站在渭河滩上,给那些被捆绑的人训话。张师长高声说:"现在已经是民国了,你们还如此冥顽不化,愚昧迂腐!特别是你们这些土豪劣绅,竟勾结土匪,与民国为敌,罪该万死!"

张师长说完话,站在一边的执行官一声令下,手持大刀的军士手起刀落,几颗头颅滚落在河滩上。

张师长接着又大声说:"你们看见了,那就是冥顽不化、勾结土匪,和民国为敌的人的下场。现在,我只问你们,是要人头还是要辫子?要头的把辫子剪了,要辫子的就把头砍了!"

执行官又一次下达了口令,上百个拿着剪刀拿着大刀的军士,走向那些被捆绑的人身后,开始剪辫子。有一个年老者,大声哭着不肯剪辫子,说宁肯砍头也不许剪辫子。军士汇报给执行官后,执行官一声砍头,瞬间刀起头落。随后,被捆绑的人有的沉默不语,有的仍痛哭流泪,军士剪掉他们的辫子以后,解开了捆绑的绳子予以放行……

张师长站在河岸上,听完山民的话说:"石马既然是国家的宝贝,现为偷盗之物,应当予以没收并修复。"

王山民感到张师长说的话在理,但真要把石马运往西安,又怕当地的乡民起来闹事阻拦。

山民拿不定主意,只想回去再和廷荚等人商量。第二天,他回到烟霞草堂的时候,院子里仍然圪蹴着饥肠辘辘愁容满面的乡民。

石马仍被草帘子包裹着,被绳索捆绑着放在独轮车上。

廷荚心情沉重,看着圪蹴在泉水边愁眉苦脸的群众,对山民说:"在这灾荒的时月,我现在能做的,就是在草堂里,叫山花和杏花熬一锅又一锅的稀粥,分给大家吃。现在,草堂里的粮食已经不多,再维持不了几天。"

山民忧郁地说:"我在队伍那边筹措一些过来吧。"

廷荚说:"军士也要吃饭,当下到处都缺粮食。"

山民说:"张云山师长说要没收并修复石马,想把石马运往省城。"

廷荚说:"要修复,是好事,但要把石马运走怕乡民不答应,起来闹事咋办?"

山民说:"张师长说是修复,我违命说不过去。假如我不做,他可能叫别人来做。"

廷荚说:"这事要想一个妥当的办法。"

山民说:"但愿张师长说的是真话,真的就是为了修复石马,要不我们就要当千古罪人!"

两人面面相觑,忧戚地望着泉水边那几辆独轮车与圪蹴在院落里的乡民。

山民说:"要不我再去一趟咸阳县,向牛团长和张师长说明一下具体情况?"

山民和杨拳师又去了咸阳县,跟着牛团长一起去了西安南院秦陇复汉军兵马总都督府,去见张云山师长。张云山听后很不高兴地说:"石马已经被打碎,你把它们再运到山上去,几年后连个影子怕都找不见。石马必须运到省城来,这没有啥商量的。"

山民愁容满面地说:"那些乡民和石马有着特殊的感情,他们从早到晚守护在烟霞草堂。"

牛团长说:"石马虽然是国家的,但必须考虑乡民和石马的感情,这事不能硬来,只能以修复的名义运往西安。现在正闹饥荒,能否在给队伍拉粮食的时候,也给乡民拉一些?这样一来,事情就好办一些。"

张师长想了想说:"眼下到处都闹饥荒,都缺粮食。河南那边,白朗起义军势不可当,袁世凯急调了湖北、河南、陕西三路人马前去围剿,而人马一动,就要吃要喝。在陕北,灾荒比关中还严重,饥民乞丐成群。现在,对我们来说,粮食和枪一样重要,谁有了这两样东西,谁就能当大爷。要不这样,我让军需处给咸阳那边多拉几车粮食。"

第二天,山民和杨拳师就跟着车队去拉运粮食。

59

运粮的车队到达烟霞草堂的时候,太阳正在落山。

山口村的乡民又陆陆续续地来了。可能是因为吃野菜草根太饥饿,大家一闻见粮食的香味,就不是特别反感。

山民对大家说明了情况。

但乡民没有把山民的话听进去。山口村的团头说:"你是咱九嵕山坡里村的人,对神马比我们更有感情。它们在我们这里放了一千多年,如果你把神马运到西安,就是违背了老祖宗的心愿。"

有人说:"神马的家就在祭坛上,哪里都不能去!"

山民和气地说:"张师长说了,把石马运到省城,是为了修复,修复好了还可以运回来。"

有人说:"袁世凯说的话都不算数,他张师长说的话我们能相信吗?"

山民见说话的时机还不成熟,就把话题一转说:"张师长知道咱们这里遭了灾荒,特意叫拉了三车粮食过来。"

一说到粮食,大家就没有话说了。

过了一会儿,有人说:"这神马不是谁一家的,要大家说了才能算数。"

有人接住说:"反正现在运不成。"

山民说:"天已经不早了,大家都回去睡觉,我明天就派人到九嵕山周围的村子去,先商量把粮食分回去。"

有人说:"我们走了,你半夜把神马运走咋办?"

廷荚站出来说:"大家放心,就是真要运走,也要大家看着走。山民他们赶了一天路,都人马乏困,大家喝罢汤(晚饭)就回家休息。"

山花和杏花招呼着大家去喝汤。

夜色下,车夫已经在马车边支起马槽,准备喂马。

晚上,廷荚和山民还有杨拳师商量了半夜。他们知道这事是挡不住的,不论张师长心里咋样想,表面上说的话还是有道理的。山民能做的,就是要找一个恰当的办法,让乡亲们心里能迈过这个坎。

第二天,山民和杨拳师骑马上了九嵕山,到各村子里去说明情况。廷荚却去找李老伯,让李老伯在村里请几个帮手,来帮山花和杏花做饭,同时再借一些碗筷和两口大铁锅——村子里过红白喜事用的那种大铁锅,支在草堂的一角。他说,明天来的乡亲们肯定很多,他们要喝水要吃饭要分粮食,这样做,起码让大家心里感到温暖一些。

隔天大半早上,周围村里的乡民陆陆续续赶来了,包括山民的养父有亮和阳坡头学馆的郭老先生,以及西嘴坪村的团头张广社等。

大家穿得破破烂烂,圪蹴在从草堂院子蜿蜒流过的泉水边。廷荚叫山花、杏花和二娃端水给大家喝。

山民先向大家说明了情况。

山民的话刚说完,有人立即站起来说:"先不要说运神马的事,先说说是谁胆大包天把石马偷了。"

许多乡民齐声喊:"对,就是,先把偷石马的人弄清!"

杨拳师说:"那些推车的,都是和刘干在一起当土匪的,现在人都死了,我们暂时还不知道事情的来龙去脉。"

有人站起来挥着手说:"我就是想不通,神马在祭坛上放了一千多年都好好的,偏偏到咱手里出了问题!"

有人气愤地说:"是谁在背后指使那些土匪?他们要把神马往哪里送?这事一定要弄明白,弄不明白就不行!"

山民说:"这事我们肯定要往明白里弄。"

有人在墙角站起来大声说:"弄明白又能咋样?神马已经被打碎了,叫老祖宗咋说咱呢!"

有人激动地说:"当年,李世民为啥要把他埋在咱这里?埋在九嵕山上?还不是看上咱这里的风水好,前边有渭河,后边有泾河,有顶天寺,山脚下有甘河,山底下有海眼通往东海!"

有人抡着被饿细的胳膊喊:"这神马和九嵕山是一个整体,是不能分开的,它只有放在祭坛上才是神马,放到别的地方啥都不算!"

有人说:"要是把神马运走了,老祖宗都笑话咱呢!"

"不能运!不能运!"众人齐声呐喊。

山民的养父有亮和阳坡头学馆的郭老先生,还有西嘴坪村的张广社等几个人,一直坐在那里,碍于廷荚和山民的情面,不好再说啥话。

廷荚一直坐在旁边听着。山民低着头不再说话。

自从春天以来,这些吃野菜树皮的人们,虽然面黄肌瘦,虽然饥肠辘辘,虽然疲乏不堪,但在这个问题上却没有丝毫退让的意思。

廷荚终于说话了:"父老乡亲,时间到了,学堂里煮了一点饭,大家吃了以后再商量。"

此时,大家仿佛才闻到院落里飘散着浓浓的粮食的香味……

60

日过正午,大家的情绪好像才平静下来。

廷荚和山民商量,说这样下去不是办法,不如让各村来几个代表,大家坐到一块,这样就好说话了。

于是,廷荚出面,叫各村来几个代表。面对代表,山民的语气很温和也很动情。

他说:"眼下,遇上了灾荒,国家又是多事之秋,不能给大家解决实际的困难,我心里也难过,现在运来的这点粮食,实在太少,今天先分给大家。眼下的日子虽然过得艰难,但我们不敢松劲,就盼着早晚下一场透雨,赶秋天的时候有个好收成。"

他缓了一口气又说:"至于神马,我昨晚一眼都没眨,把这事想了一遍又一遍。因为神马已经破碎了,就是放到祭坛上,也没有办法像以前一样,几年过去,风吹日晒更会破损得不成样子,这样做,也是对神马的不敬。如果把神马运到西安去修复,修复好再运回来放到祭坛上,这样更妥当。不过,要把神马运到西安,首先要父老乡亲同意,如果父老乡亲们不同意不愿意,这事就不能做……我一直在想,咋样做,用什么样的办法,父老乡亲才能接受,心里才能迈过这个坎?"

山民的话说得让大家无话可说。

之后,杨拳师又动情地说:"神马是国家的,更是咱家乡的,这伙土匪的良心真是叫狗吃了,后边,一定要想办法,把事情的来龙去脉弄清楚,把躲在后边的那个人拉到祭坛上去,砍了头祭拜神马和太宗神主!"

大家好久没有说话。

郭老先生和张广社几个人坐在那里交头接耳许久后说:"我们私底下再说说去……"

又隔了一天,九嵕山周围各村的乡民代表和民间的艺人,半夜起来赶路,来到了烟霞草堂。前天,他们经过反复商议,最后决定同意把神马送到省里去修复,但不能不声不响地运走,运走之前必须在昭陵的祭坛上举行一个祭奠仪式,向神灵进行祈祷谢罪。只是,在这灾荒之年,大家实在拿不出什么祭品,于是就在运来的粮食里,分出来一点,换了一只羊,又做了几个很大的"献馍"。

晨光初升,大家集合在烟霞草堂,在郭老先生和廷荚的主持下,开始了祭祀活动。

神马仍被草帘子包裹着放在独轮车上。

山民一身灰色军衣,一只胳膊空空洞洞,双眉凌凌,神情肃然,站在破碎的神马前,双眼发红,情不自禁地高声说道:

"吾辈舍家求学,孜孜以求,抱志坚确,追随共和,臂断西安,血染乾州,只求民主共和,天下太平,盗贼息偃,天地调顺,庶民安居乐业!嗟乎痛哉,事与愿违,我神州大地,仍生灵涂炭、民不聊生,今昭陵神马,又遭厄运,羞愧难当呀!"

廷荚青衫长巾,神色凝重,接着高声说道:

"天步艰难,国运多舛。贼寇入侵,军阀混战。烽烟四起,内忧外患。国无宁岁,民不安枕。天愁地惨,国宝蒙难。罪之大焉,罄竹难书。身为九嵕山之乡民,倍感痛心,肝胆欲碎!唏嘘哀哉!"

郭老先生灰袍马褂,响应剪辫子运动,自己把辫子剪去留了后拢头。他眼圈发红,站在神马前捋着自己的胡子说:

"众位乡邻,今日宜祭祀祈福,虔具清酌庶馐之奠,致祭于神马前。今国家动荡,战事不断,灾荒瘟疫肆虐,民不聊生,又逢贼人起觊觎之心,残破昭陵神马,罪莫大焉,十恶不赦。今九嵕山之乡民,齐聚于此,特向天地神灵请罪祷祀祈福。现在起乐——"

随着郭老先生一声喊,三面大鼓和铜锣同时被敲响,随着一阵鼓声和几声洪亮的铜锣声后,十几把唢呐同时吹响了《请神曲》。该曲曲调简单,先是几声绵长悠扬的高音长调,随后,音质变得刚烈聒耳,好像是要到达一个极高的地方,想要到达神灵居住的那个缥缈的仙境,又好像是在与神灵进行沟通与对话。过了很久,唢呐声才一路缓缓地下滑降落,变得舒缓,起伏不定……

随后,在缓慢的锣鼓声、唢呐声,与板胡、二胡、三弦、笛子、梆子等的伴奏下,郭老先生依次喊着:

"焚香——

献酒肴祭品——

化纸叩拜——

启程——"

随后,象征着天地神灵的旌幡,被壮汉用竹竿高高地举着,在时起时伏的铜锣声中,舒缓悠扬的唢呐声中,丝弦婉约的伴奏声中,引导着众人围着残破的石马转过一圈之后,出了学堂的门,向山上走去。

队伍依次为:

旌幡

锣鼓与大鼓——铜锣用绳子挂在一根长棍上,由两个人抬着,敲锣的人走在一旁,走几步敲一下。大鼓被放在独轮车上,独轮车上放有两张木板,大鼓就架在木板上。独轮车上一人在前边用绳子拉着,一人在后边推着。鼓手跟在一边,不时地用鼓槌击打着。

乐队——主要有唢呐、板胡、二胡、三弦、笛子、梆子等。

祭品——由九辆独轮车组成。车上依次是一只被宰杀的羊、几个特大的"神馍"、香烛、纸帛、酒果等祭品。

队伍一路行进,赶在太阳正午之前到了荒草萋萋的祭坛。祭坛前边,已经有九嵕山周围的男男女女,早早地等候在那里,黑压压站了一片。

九嵕巍巍,神鹰已有感知,双双在山顶上缓缓地盘旋。

一切安排就绪之后,郭老先生站在祭坛上,望着远远近近连绵起伏的群山,迎着飕飕的山风,再一次高声吟唱一般说道:

"众位乡邻,旌幡飘扬,九嵕巍峨,神鹰在上,日神当天!今天是癸丑年戊午月辛巳日午时,我们虔具清酌庶馐之奠,致祭与祭坛神马前。当今国家动荡不安,战事接连不断,灾荒瘟疫肆虐,民众水深火热,又逢贼人生窃盗之心,残破我昭陵神马,罪莫大焉!"

郭老先生说着,泣不成声。

廷荚接住高声说道:

"呜呼,泾水滔滔,渭水洋洋,神马福地,龙盘虎踞。千百年来,五谷丰登,六畜兴旺,庶民百姓,安然无恙。然今,国步多艰,神马蒙难,我九嵕山乡民,痛不欲生,肝肠寸断。今齐聚于此,特向天地神灵祈祷请罪祈福。一谢天地神灵养育之恩!再谢天地神灵宽恕之恩!三谢天地神灵福佑之恩!"

随之,郭老先生长喊一声:"起乐!"

唢呐手吹起了《颂神曲》。

《颂神曲》——在铜锣舒缓深切的击打声中,在丝弦竹笛的伴奏声中,十几把唢呐同时吹响。该曲主题明朗,音色圆润坚实,风格刚柔相济,感情舒展饱满,让人想起了山高水长,想起了春风化雨,想起了花开花落,想起了禾苗生长五谷丰登,想起了太平盛世……

乐曲的最后,以长调为主,音质变得粗犷辽远,高亢悲壮,并多次反复,吹奏出了一连串激越飞奔富于色彩的声响,仿佛在表达天地神灵的宽容慈悲,以及个体生命的顽强坚毅和对神灵的敬畏……

在乐曲的吹奏中,村里的老者依次在祭坛前上香、敬献酒肴祭品,接着是化纸叩拜、谢罪祈福……

在纸钱焚烧时,郭老先生仰望苍天,高声说道:"高高在上的天地神灵呀,请享受祭品香火吧!"

山民站在荒草萋萋的祭坛上,也情不自禁地跟着大声祈福道:

"慈悲的天地神灵呀,你们高高在上,无处不在,请宽恕我们的罪孽吧,请福佑土地山川和庶民百姓吧——山高水长风调雨顺,五谷丰登六畜兴旺,国泰民安天下太平!"

当晚,在夜深人静的时候,天下起了雨,并且接连下了三天。还在受灾荒瘟疫之苦的乡民,许多人被感动得泪如雨下。有了这场雨,秋天的庄稼就有收成了,地里的农作物都会欣欣然地生长,庶民当下的日子就好过多了,瘟疫自然也会离去。

也因为这场雨的耽误,残破的石马只好被继续放在草堂院子。雨过天晴,打碎的石马才被装箱以后运往西安……

61

石马被运走以后,九嵕山周围乡民的心里好像缺少了什么,特别是村子里的那些老人,仍不断跑到祭坛上去,在"飒露紫"和"拳毛䯄"空荡荡的石座前烧香化纸。他们跪在荒草里,望着袅袅的烟缕,想象着神马存在时的日子,想象着石马去向何处,想象着石马赶快修好以后再被运回来的场景。

他们谁也没有想到,石马被运到西安以后,竟然被长时间放在了旧督署,也就是南院。秋天来了,发黄的树叶随风雨飘落,落在了石马身上。接着,纷纷扬扬的雪花飘落了,把落在石马上的枯叶层层覆盖住。等到第二年的春天,那包裹石马的草绳里,竟然长出了细嫩的叶子……

前前后后,张云山师长只到跟前看过一次,叫人打开草帘,他却一点也没有看出来被打碎的石马的稀世之处在哪里,一点也没有看明白当地乡民为什么要把这样的石马视为神马。他只在神马跟前站了几分钟,觉得索然无味便离开了,甚至在转身离去的时候,还有了几丝悔意。

出现这样的情况,是因为社会的动荡不安,是因为时局的错综复杂,是因为到处都有土匪刀客和军阀占山为王易帜树旗,是因为他对扑朔迷离的国家前景和个人命运的担忧。

全国各地,反对袁世凯独裁的斗争此起彼伏、风急浪高,在河南的白朗起义军,接受了革命党人联合反袁的要求,举起了"反对专制,力主共和"的旗帜,提出了"逐走袁世凯,设立完美之政府"的政治主张,大批灾民、绿林和游勇纷纷加入。北洋政府急调联军前去围剿,前堵后追,可起义军依然势如狂风暴雨。七月,起义军与三省联军大战于湖北均县,白朗军胜。十月,驻凤翔的陕西陆军团长王生岐兵变,率数百人沿汉水东下,后率部参加了白朗起义军。到了冬天,起义军发展到万人,白朗自称扶汉讨袁司令大都督。再到春天,起义军由商南西进陕西,西安城开始戒严,张凤翙率队出击,张云山师长担任城防。同时,袁世凯派亲信陆建章以追剿白朗为名,率北洋军第七师进入陕西……

面对如此复杂多变的形势,张云山从早到晚都显得焦虑不安、忧心忡忡,他哪里还有心情去关心石马?

再说王山民,自从石马被运走的那一刻,他就开始忧心不安起来,担心石马能否被顺利修复,被运回到昭陵的祭坛上来。眼见秋去冬来,他天天都在为石马发愁。有一天,他叫上杨拳师去咸阳县找牛团长,想让牛团长给张师长提醒一下。可牛团长说,现在形势多变,师长根本顾不上石马的事。王山民听后,半天无语。离开咸阳县回到小屯渡口后,越想越放心不下,隔了几天,他又叫上杨拳师去了一趟西安。站在旧都署门前,见石马上枯黄的落叶被残雪覆盖。草帘、腐烂的树叶和消融的雪水,更让石马显得漂泊零落目不忍睹。山民后悔莫及,扼腕唏嘘,心情十分糟糕,胡子也懒得收拾,任其长得像荒草一样,头发更是乱得像一丛毛柴。

眼见冬去春来,他决定再一次去找牛团长,说如果张师长无心修复石马,请让他把残破的石马运回去,这样也给乡民有一个交代。可他还没有出发,牛团长却派军士送来了紧急军令,说白朗起义军已经攻克乾州,打算经过醴泉东进,到泾阳、三原等地筹集军款军粮。陈树藩率部已尾追至兴平,命令王山民带着队伍开往醴泉城北的泥河沟岸,配合陈树藩部进行设伏,歼灭白朗起义军。

原来,白朗起义军由商南西进陕西以后,破山阳,取柞水,越过秦岭,取道蓝田直逼西安,张凤翙亲率重兵前往蓝田堵截。起义军随后沿秦岭北麓西进,又接连攻克鄠县和周至。接着又沿秦岭东进,再次逼近西安。

袁世凯派其亲信陆建章为"剿匪"总司令,率北洋军第七师日夜兼程赶往西安,和起义军在长安县激战后,白朗起义军向西撤退,北渡渭河,向乾州地面进发,张凤翙急令陕军陈树藩、张云山的队伍在乾州醴泉一带设防。

王山民开始左右为难起来。

因为,他还弄不明白,为什么要打白朗?为什么要去设伏举着"反对专制,力主共和"旗帜的队伍?难道仅仅是因为他们提出了"逐走袁世凯,设立完美之政府"的政治主张吗?

是啊,在当下扑朔迷离的时局里,他还弄不清楚到底谁是真正的革命者,到底谁代表着中国未来的希望,到底谁在真心为庶民百姓谋利益。是孙中山?是袁世凯?是陕西督军张凤翙?是自己跟随的师长张云山?还是白朗起义军?作为一个最下层的有着报国思想的小军官,他如堕五里雾中。

他感到孤独无助,感到当下正在发生的一切,似乎距离自己心中的那个目标越来越远。他没有了方向,不知道自己要做的一切是为了什么。

他一个人去了泾河岸边,久久地望着浊浪翻滚的河水。

有一瞬间,他还羡慕起白朗起义军,他们有着自己的目标,有着自己的方向。只可惜,他对白朗起义军的了解,也仅仅停留在那几句口号上。否则,他也有可能去追随白朗。眼下,他的所作所为,还缺少一个坚定的信念来支撑,还缺少举旗造反的方向、信心与勇气。

他只能盲从。

他带着大家出发了。

在醴泉县城外,陈树藩的军士潜伏在西北门外泥河沟岸的低洼处,并架起了两挺机枪。牛团长和山民带着队伍,在县城北门外泥河沟岸布防,构筑工事。太阳慢慢地落山了,军士们趴在河岸边或临时构筑的工事里耐心地等待着。夜深人静之时,天下起了蒙蒙细雨,军士们垂头丧气抱着枪坐在冷雨中。有军士忍受不住黑夜的凄风冷雨,再加上对战争的恐惧,以漆黑的夜色做掩护,趴在半人高湿冷的荒草里,一下一下向前爬去,最后消失了。

黎明时分,白朗起义军以马队为先锋,浩浩荡荡地过来。当行至醴泉城北西北门外的泥河沟边时,两挺机枪突然嗒嗒地响了了来,白朗军前锋马队猝不及防,急忙后撤又冲乱了后继的步兵,顿时营头大乱。前锋指挥官大声呼喊,让队伍稳住阵脚,重新布阵发起进攻,欲打开东去的通道。此时,陈树藩的军士将两挺机枪转移至高处,与牛团长架在南岸的机枪形成犄角,居高临下疯狂扫射。白朗军不支,疾速改变方向,向北撤退。

天色大亮,陈树藩站在醴泉城墙上观看战斗,命令全军发起攻击。雨突然下大了,两军在大雨中展开激烈交战。白朗起义军马队在大雨中喊声震天,来回猛冲猛杀,掩护步兵边打边退。

白朗起义军一直向北撤退,退到醴泉城北十里的甘河岸边,才稳住阵脚设防阵地,同时掩护大队人马向北边更远的泾河方向退去。陈树藩和牛团长等率军追至甘河南岸,与起义军再次发生激战,由于甘河阻隔,由于白朗起义军坚决抵抗,陕军始终未能突破起义军防线。直到夜幕降临,战斗才停歇下来。起义军断后部队借着夜色,向醴泉北部山区继续退却……

当晚,陕军驻防醴泉县城。

这次激战,双方死伤众多。雷恒民受了伤,性命犹保,郭胜根却在这次战斗中牺牲了。第二天清晨,陕军与北堡子乡民一起安葬牺牲的军士。死者中有陕军,也有远离故土的起义军。在这个时候,无论是陕军还是起义军,再没有了什么区别,都一样静静地躺在荒草里。特别是白朗起义军的人,他们经过长途跋涉,连续作战,一个个衣衫破旧,不知姓名。

山民神情严肃,面对许多逝去的年轻生命,特别是像郭胜根这样与自己朝夕相处并救过自己命的人,心情悲痛极了。他想起那个风急夜黑的冬夜,郭胜根背着自己,踏着冻结的雪路,疾速向乾州城走去的情景,忍不住泪流满面。

他没有办法说服自己,没有办法给死去的与活着的人解释,这次战役的真实意义在哪里。比较来说,倒是那些远离故土的起义军,临死的时候,心里还装着一个信念。

无论是起义军还是陕军,被一起安葬在泥河沟岸上一块撂荒地里,都一样的没有棺木,没有墓碑。北堡村几乎所有的大人和娃娃都来了。大人们不愿意叫娃娃们看见这样惨烈的景象,把他们挡得远远的。男人们拿着锄头铁锨在挖墓穴,安葬死者。山民和军士们个个泪流满面。

北堡村的女人们跪在青草萋萋的河岸边,一直化纸焚香祈祷。民间艺人们,站在泥河沟岸上的撂荒地边,一遍又一遍吹奏着唢呐曲《祭灵》,一边向那些亡灵致哀,一边祈祷天下太平,国泰民安……

62

山民带着队伍回到小屯渡口以后,从早到晚躺在土炕上一句话不说,眼睛直直地望着窑顶。到了夜深人静的时候,他一个人坐在泾河岸上,看着河水默默地落泪。

他的胡子长得更像是荒草,头发乱得更像毛柴了,本来棱角分明的脸,现在看上去成了皮包骨头。

这一天,杨拳师说:"好长时间没有上山,我想回去看看师傅。"

山民叹息一声说:"那你叫上二娃,咱们一块走吧。"

第二天,三个人骑马来到山口村,二娃回去看父母,杨拳师独自上山去了。

山民走进草堂,廷荚和山花都愁眉不展地坐在院子。山花看见山民,惊讶得说不出话。山民的脸僵硬地抽搐着,自己没有忍住先落下泪来。

廷荚见状,红着眼圈说:"听说打了仗,天天都说过去看你。"

山民问:"杏花呢?"

廷荚忧伤地说:"杏花过年的时候已经结婚了。"

山民哦了一声说:"我咋就忘记了!"

原来,过年的前几天,杏花她大廷智又赶着牛车来了。临走时,杏花泣不成声,拿着一双新做的鞋,哭着给山花说,把它交给二娃。山花泪流满面,廷荚心里也不好受。但是,他又有什么办法呢?国家不太平,世事不安宁,一个普通的姑娘,还是需要去过平平常常的日子。

廷荚走到杏花跟前低声说:"二大知道你喜欢二娃,可喜欢不一定就能结婚。再说,你订婚在先,喜欢二娃在后,你大给你说的婆家,家里也是有地有牛的。"

廷荚说着这些话,自己都觉得尴尬别扭,都觉得空洞无物。

杏花只顾哭，根本没有听。

廷荚迟疑了一下说："当初,我坚持你来学堂识字,就是想叫你这一辈子心里明明白白,亮亮堂堂,坐在家里都能明白天下的大道理。你看咱村子里那些不识字的人,除了吃饭穿衣,外边的事啥都不知道。可你就不一样了,识了那么多字,能写能算,在村子里已经算得上是能行人了,已经能到私塾里当先生了！"

杏花哭笑不得。

廷荚叹息一声接着说："我们都生在这样一个兵荒马乱的年代,不说你姐妹俩,还有山民、二娃、杨拳师、恒焱与恒民,包括我,我们谁有办法选择自己出生的年代？一个年代的人有一个年代人的命。"

杏花哭着说："二大,你不要说了,你越说我心里越慌乱。"

杏花她大廷智喊杏花走,杏花一边哭一边跟着牛车出了草堂的大门……

年后,大年初九是杏花出嫁的日子。前几日,落过一场雪。天还很黑,娶亲的人就踏着积雪赶着毛驴来了。杏花家的院门上挂着马灯,在暗淡的灯光下,能看见毛驴身上搭着的红褥子。几天来,杏花一直在落泪,两眼哭得红肿。现在,她要离开自己从小生活的家,又忍不住哭出了声。杏花的母亲、山花还有山花的母亲一起陪着杏花落泪。别人把板凳端来放在驴身旁,杏花就是不情愿把脚踩上去。山花的母亲一边帮着杏花抬起脚往凳子上踩,一边趴在杏花耳边说："你没有缠脚,到了婆家,要把脚遮掩着,不要叫村里的人笑话了。"山花也一边哭泣一边给杏花把红围巾围在脖子上。

鞭炮声响了,前边的驴驮着杏花,后边的驴驮着杏花的嫁妆,离开了杏花的家。天还没有亮,杏花的身影转眼就被浓重的夜色遮掩了。

再开学的时候,草堂里只剩下山花一个人。过年的时候廷荚说,想把山花她妈从家里接过来陪山花,可山花她妈说,她过不惯草堂里的生活。没有办法,廷荚只好找山口村的女孩子来陪山花。

就在山民到来之前,廷荚正在给山花说着她的婚姻。廷荚犹豫再三,还是把自己的担忧对山花说了,他对山花说："大能看得出来,你喜欢山民,之前我也想过成全你们,可你也看见,国家动荡不安烽烟四起,作为军人,居无定所,随时都有可能为国家牺牲。再说,山民还缺少一只胳膊,这在生活上有很大的不方便。我想来想去,也是左右为难呀,你还不如断了这个念头。"

山花低头不语。

廷荚又说："大虽然希望你做新时代的女性，但也希望你有幸福的生活，过平常人的日子。你放了大脚，识了字，有新思想，这一辈子心里就能亮亮堂堂，前些天别人给你介绍的这个娃，也是个私塾里的先生。你结婚了，两个人正好一起把私塾办好。"

山花说："杏花结婚了，我也没有心思在草堂里待。你说的那样一种生活，我连想都没有想过，再说，要我和一个不认识的人去一块生活，我做不到。"

父女俩谁也不说话，正在僵持的时候，草堂外响起了马蹄声，山民骑着马来了。

山民坐在凳子上，低着头看着流动的泉水说着和白朗打仗的事。

山花问："为啥要打白朗？"

山民面冷如铁的样子说："白朗举着'反对专制，力主共和'的旗帜。"

山花说："那为啥还要打他？"

山民说："袁世凯叫打呢。"

廷荚说："国家烽烟四起，让人眼花缭乱，真不知道下一步要走向何处。"

山花忧愁地说："咋就生在了这样一个时代，成天打打杀杀！"

山民说："我越来越糊涂，是应该追随孙中山？还是袁世凯？还是白朗？"

廷荚说："应该说，孙中山更能代表民众的心愿。"

山民说："事实上，我是在追随袁世凯，因为我是张云山的队伍，听的是陕西督军的命令。"

廷荚说："自从变法失败以来，我躲在草堂里，再也很少出去。你们和白朗打仗的时候，我就有些后悔当初鼓励二娃去当兵。"

山民长叹一声说："胜根和十几个军士死了，他们连为什么死都不明白。回到驻地，大家士气低落，有几个人又半夜偷偷跑了。"

山花叹息着说："这样下去咋办呀？"

山民痛苦地说："当下乱象丛生，谁知道咋办呀，还是走一步看一步。现在，我不仅在担心队伍的命运，也在担心石马的命运。石马自运到西安以后，一直放在旧都署那里被风吹着被雨淋着，我看张师长大概把修复石马的事给忘了，再这样下去，万一没有修复，还节外生枝咋办？到时候咱给九嵕山周围的乡民咋说呢?"

廷荚说:"已经运到了西安,能有啥办法?"

山民说:"我想近日去找牛团长,叫他出面给张师长说说,如果修复无望,还是把石马再拉运回来,这样也免得出现啥意外。"

廷荚想了想说:"已经运出去了,要运回来怕难呀!"

山民还没有行动,陕西形势突然发生了巨变,袁世凯以陕西当局对白朗起义军"剿办不力"为由,调陕西都督张凤翙入京,由陆建章任陕西都督,督理陕西军务。张云山的第一个反应是,袁世凯要向陕西开刀,他预感担心的事情要发生了。

他又想起打碎的石马,后悔已经来不及了。这一天,他正端着最心爱的茶壶喝茶,一口茶没有喝到嘴里,茶壶却从手里脱落掉到地上打碎了。他认为这不是一个好兆头。他想起以前袁世凯下令缩编秦陇复汉军,张凤翙枪杀万炳南的事。现在,陆建章督理陕西军政,免不了又要整饬军务。

他害起了牙疼。

果然,陆建章刚到陕西,屁股把板凳还没有暖热,就秉承袁世凯的旨意,大肆屠杀革命党人,裁汰陕军,把张云山的第一师缩编为旅,任命张云山为旅长兼陕北镇守使。

张云山尽管怨气满腹,却想起老祖宗说过的话:留得青山在,不怕没柴烧。于是,就心情抑郁地开始收拾行李,做着赴任陕北的准备。可是,陆建章却设置种种障碍,使他不能到任。

张云山面对陕西政治格局又一次的急剧变化,面对陆建章的重重阻挠,开始担心自己在劫难逃。他并不知道,陆建章对他在禁烟中搜刮来的财物以及古董字画,已经有了觊觎之心。张云山为了保全自己,开始曲意奉承,投其所好。一天夜里,张云山用马车拉着几箱金银财宝,去北院门陕西都督府拜见陆建章。

随后,张云山在旧督署继续火急火燎地等待着上任的公函,直到冬天过半,他没有等到上任的公函,等到的却是丁二锤。

丁二锤也是他的一位团长,陆建章来陕以后,丁二锤公开拜陆建章为义父,并为了进一步讨取义父的信任,报告说张云山在禁烟期间,搜刮了许多金银财宝,还有"飒露紫"和"拳毛䯄"两尊石马,他送给陆建章的那点东西根本算不上数。陆建章听后,就以整饬军纪为借口,对张云山等人进行清查。

这一天,丁二锤突然带兵闯进张云山的公馆,清算其财物。张云山面对丁二锤愤怒至极,眼冒火星,却一点办法也没有。丁二锤厚颜无耻地说:"师长,你不要生气,世道在变嘛,我也是身不由己,陆都督之命,我能违抗吗?"

张云山愤怒地自言自语:"好一个共图大举,誓死同心!"

张云山说的是陕西同盟会和哥老会,当初接受孙中山的主张,愿意"跟着党人干",在西安大雁塔"歃血为盟"起事的事。当时,丁二锤也是其中之一。

丁二锤说:"国民党已经被袁大总统解散了,陆都督又是袁总统派来的都督,你说,我听谁的?"

张云山一言不发,坐在椅子上看着军士出出进进,把东西往马车上装。傍晚时分,丁二锤赶着马车走出旧督署,拐弯后向北院门陕西都督陆建章的官府走去。张云山看着离去的马车突然身子一挺,愤恨咯血,从此一病不起。

63

石马被盗的消息,像长了翅膀一样传到北京。

此时的北京,因为袁世凯在做着当皇帝的美梦,因此正在上演着一出拙劣幼稚的闹剧。

在袁世凯身边,有一些人跑前跑后忙忙碌碌,使出浑身解数与各种手段,为袁世凯当皇帝大造舆论。他们成立筹安会,天天组织各种各样的请愿团,在北京大街游行请愿,要求袁世凯赶快当皇帝。

今天是各省区的请愿团,明天是商界的请愿团,后天是妇女儿童请愿团,接下来是人力车夫请愿团,甚至还有乞丐请愿团,最搞笑的是竟然出现了妓女请愿团,好像袁世凯不赶快当皇帝,妓女们都无心营业了一样……

此时,日本人狼子野心不死、贪心无厌,又酝酿所谓的《二十一条》,而袁世凯却一味沉浸在自己的美梦里,还梦想着要建造一座皇家御园,也就是"袁家花园"。这样的话,他就能够与自己的妻妾们每天在里边游玩享乐,假如能在里边建一个游泳池,那就更有趣更有意思了。很快,他就把这个梦想付诸实践,叫身边的亲信们开始做前期的筹备工作。

在北京的赵蝙蝠,便最早知道了这个消息。

这个叫赵蝙蝠的人,其实有其真名,只是被许多人忘记了。当初,有人这样叫他,他也反对过,但之后又觉得无所谓,不就是一个名字、一个符号嘛。别人之所以这样叫他,就是因为他长得猴头鼠眼,或者说是猴头蝙蝠眼。在北京,他开有一家古玩铺,专门收集买卖各类古董字画。别看他是一个小古玩铺的老板,却很有人路,不仅与各路商人有来往,还与袁世凯的次子袁克文有交情,与境内外有名的通运、黑马、来远等古玩公司有着生意上的往来。

在那些公司里边,最有名的当属来远公司。它不仅在北京、上海,还在纽约等城市设有公司与仓库,它的老板姓卢,在外边,生意上的人都喊他卢芹斋或卢老板,与他熟悉的人却喜欢喊他卢禽哉。因为他自己也自嘲过:自己所过的生活,就像飞来飞去的鸟儿一样,就像偷偷摸摸跑来跑去的禽兽一样。在中国的汉字里,禽的意思特指鸟类,也是鸟兽的总称。他是一个地道的中国人,由于经常在外国跑,也模仿起洋人的样子,在嘴边留着长长的稀稀的像猫一样的两撇胡子。不过,他这稀稀拉拉的两撇胡子,与戈兰德像公山羊角似的两撇大胡子比起来,那就逊色多了。不过,他的生意做得却很大,遍及世界很多地方。中国许多的古董,包括陶瓷、书画、青铜、石刻等,都是通过他的来远公司,源源不断地流入欧洲或美国的各大博物馆及私人藏家的手里。

由于生意上的关系,赵蝙蝠与卢禽哉之间也有着交往。

有一天,卢禽哉拧着自己嘴边像猫一样稀稀的胡子,走进了赵蝙蝠的古玩铺。他一进门就说:"听说了吗,陕西那边的石马被人盗了?"

赵蝙蝠眨动着一对老鼠眼,明知故问:"石马?什么石马?"

卢禽哉笑道:"你兄弟的耳朵可比狗的耳朵都灵呀,真的不知道?"

赵蝙蝠小眼睛一眨坚定地说:"真的闻所未闻,你老兄赶快说。"

卢禽哉也不在意地说:"就是唐朝皇帝李世民昭陵祭坛上的石马!"

赵蝙蝠故意把一对老鼠眼眨得更快,惊讶地说:"那可是国宝级的宝贝,消息可靠吗?"

卢禽哉抖动着猫胡子说:"我在北京见到了生意上的合作伙伴,他告诉我说,德国的商人和法国的商人,都认识到那石马的重要性,认识到它们不朽的艺术价值,都急切地想得到它们,却不知道是谁抢占了先机。"

赵蝙蝠把一对老鼠眼睁得圆鼓鼓地问:"现在情况咋样?"

卢禽哉得意地用手指搓捻着自己的猫胡子说:"有两尊石马被盗出了昭陵,但被当地的乡民拦截下来,现在放在西安城。"

赵蝙蝠听着,脑子里快速地转动起来。之前,他已经在苦思冥想,怎样给建造"袁家花园"出一点力,如果能实现,那不仅是发财的事,说不准还有另外更大的惊喜呢。听着卢禽哉的话,他立即有了一个想法:这样特殊的石马,不就是李世民盛世唐朝和太平盛世的象征嘛!哈哈,如果能把这样的石马运过来,放置在"袁家花园",那就太恰当不过了,这样的话,老头子(袁世凯)一定会非常非常高兴,老头子一高兴,自己肯定能从中得到出乎预料的好处。

赵蝙蝠的老鼠眼狡黠地闪动着,他想起了一个外号叫步蛤蟆的朋友。大家之所以这样叫他,是因为他长着一双和癞蛤蟆一样暴突的眼睛。他和袁世凯的次子袁克文是同乡,两个人的关系甚好。袁克文风流倜傥结交广泛,好书法绘画诗词歌赋,更喜欢收藏书画古玩,自己虽然之前也与袁克文有过交往,可关系不是很深。

对,就去找步蛤蟆,然后通过他再去找袁克文,这样的话,事情就更有把握了。卢禽哉看着赵蝙蝠狡黠闪动的小眼睛,知道他动心了,心里暗自高兴着离开了赵蝙蝠的古玩铺。

64

这一天,赵蝙蝠把步蛤蟆请到酒楼,一边吃肉喝酒一边说要他帮一个忙。步蛤蟆问帮什么忙,赵蝙蝠说约见袁克文。步蛤蟆说:"你不是和袁公子也有交情吗?"

赵蝙蝠说:"我那点交情算个啥!和你兄弟比起来就是天上地下了。"

步蛤蟆笑道:"袁公子近日很忙,怕约不上。"

赵蝙蝠笑道:"只要你能把这件事促成,我给你这个数的酬谢。"赵蝙蝠一边说一边举起了手。

步蛤蟆哈哈一笑:"只是约见吗?"

赵蝙蝠笑言:"当然不是,还要把事情办妥。"

接着,赵蝙蝠就说了具体情况。

几天后,步蛤蟆就安排赵蝙蝠在北海公园一艘游舫上见到了袁克文。赵蝙蝠一边夸赞着湖光塔影的美丽,一边笑笑地说:"我想为筹建'袁家花园'出一点力,愿意到各地去搜集一些有意思的奇石古树到北京来。"

袁克文望着外边的湖光山色楼台殿亭,却有点不以为然。赵蝙蝠眨巴着老鼠眼,拿出两张照片让袁克文看。袁克文一看,两眼立刻放光。

赵蝙蝠一双小眼睛一眨一眨地说:"你看它的雕刻,线条是多么生动多么流畅,刀工是多么精细多么圆润,特别是,它有着光辉久远的历史,堪称是石刻艺术中的极品。"

赵蝙蝠等了等,接着说:"这张照片上的石马叫'飒露紫',是李世民在洛阳打仗的时候骑过的马。李世民骑着它正在和敌军交战,一支箭射中了'飒露紫'的前胸。马前拔箭的这个人叫丘行恭,是个大将军。"

赵蝙蝠又指着另一张照片说:"这个叫'拳毛䯄',据说一场仗打下来,马身上中了九箭,你想那战斗有多么激烈!这样的石雕,在全世界绝对找不到第二个。再说,唐太宗是啥人?干的是啥伟业?他和他的石马,都是太平盛世的象征,把这样的石马放到花园里,意义非凡!"

袁克文却听而不闻。

步蛤蟆凑到跟前,拿过照片一边看一边喃喃自语:"登峰造极,登峰造极呀!"

赵蝙蝠欢喜地说:"我想把它们运到北京,让少爷看真东西,咋样?"

袁克文没有出声。

步蛤蟆紧跟着说:"但要运到北京,需要有一样东西,需要少爷说一句话。"

袁克文又"嗯"了一声。

步蛤蟆说:"眼下时局初安,路途遥远,要把这样国宝级的东西运送到北京来,必须要有特殊的通行证。"

袁克文有点奇怪地看了步蛤蟆一眼。

步蛤蟆神秘地说:"需要一张咱'袁府'的封条。"

袁克文有些犹豫。

赵蝙蝠又赶紧说:"到时候,我再给少爷在外地寻找一些有趣的东西回来。"

袁克文又"嗯嗯"了两声。

步蛤蟆又说："要么少爷你再给陆建章说上一句话，这样就更有把握了。"

袁克文只顾看着游舫外边。

赵蝙蝠的老鼠眼一闪一闪，跟着袁可文的眼光，夸赞起游舫外的好风景。

眼见秋风乍起，赵蝙蝠终于在步蛤蟆手里得到了"袁府"的封条。步蛤蟆同时告诉赵蝙蝠说："你见了陆建章，就说少爷说，老头子要建一个花园，想弄几块有意思的石头。"

赵蝙蝠满心欢喜，一刻也没有耽误，带着他的助手日夜兼程赶往西安。经过多日的鞍马劳顿，赵蝙蝠和助手终于走进西安城的时候，已经是枯叶飘落，寒风阵阵。他站在异乡陌生的土地上，望着初冬昏蒙蒙的天空，望着昏蒙蒙天空下厚重浑朴伤痕累累的城墙，突然为这个陌生古城曾经有过的岁月，以及兴衰沉浮感慨起来。他一边感叹着一边摇着头，走过封冻的护城河，与助手一起走进了古城西安，来到北院门陕西都督陆建章的官府。

陆建章本来就是袁世凯的亲臣，现在赵蝙蝠不仅打着袁克文的旗号，还有"袁府"的封条，陆建章当然认为这是效忠袁世凯的一个绝好的机会。于是，他尽心尽力，唯恐不周。

陆建章把赵蝙蝠安排在距离北院门陕西都督府不远的一处陈家大院，还派了卫兵前后伺候，让其好住好吃，只等着返程的日子。

陈家大院从前是城内一个官宦人家的宅院，砖墙又高又厚，坚固异常。宅院内几进几出，房屋几十间，据说已有上百年的历史。赵蝙蝠住在这样的高墙大院里，由卫兵前后跟着，过起了像皇帝一样的日子。特别是这里出了门就是北院门古玩市场，而且距离南院又不远，赵蝙蝠就早晚在这南、北两院的古玩商铺、古玩摊贩之间转悠，想为袁克文寻找心仪的宝贝。第二天，他就转到了黄树螂的古董店，当时，黄树螂正在把玩着那把玉壶。自从在刘法胜手里得来这把玉壶后，黄树螂也实在很喜欢，就要求戈兰德先把玉壶放在自己店里，让自己把玩几天，戈兰德当然同意。戈兰德不能不同意，他怕因为一把玉壶惹得黄树螂不高兴。在西安，他的事只能指靠黄树螂呢。

赵蝙蝠一走进黄树螂的古董店，一眼就看见黄树螂手里的玉壶，双眼立即发亮，情不自禁地凑上前来。黄树螂见状，问了一句："喜欢？"赵蝙蝠头像鸡啄食一样上下点着。黄树螂却摇着头一笑："这可是不卖的东西。"

赵蝙蝠一语不发,就那样站着。最后,赵蝙蝠下了决心说:"老板,你说个价。"

黄树螂鼻子一耸,仍然一笑说:"这真是不卖的东西。"

赵蝙蝠的小眼睛一眨一眨地说:"老板,你说个价。"

黄树螂嘿嘿一笑:"不卖。"

两双老鼠眼相互瞪着,也许,他们自己也感觉到两双小眼睛何其相似,突然都忍不住哈哈笑出了声。

赵蝙蝠趁此还是说:"老板你报个价。"

黄树螂看了一眼赵蝙蝠的助手,却在犹豫。

赵蝙蝠心领神会,笑道:"他是个聋哑人。"

黄树螂说:"这我就放心了,你如果真要做这个生意,只能天知地知你知我知,你可明白?"

赵蝙蝠说:"我懂。"

黄树螂沉默了一阵,伸出了两个手。

赵蝙蝠想了一下说:"兄弟,也算咱有缘分,你等我一个时辰。"说着话,他回头给助手用手比画了几下,把助手留在这里,自己离开了。

傍晚的时候,这把中国玉壶就又转手到了赵蝙蝠的手里。

65

赵蝙蝠以为在陕西这边,没有人认识自己,他偏偏忘记了一个人,这个人就是戈兰德。几年前,戈兰德曾与生意上的老板格鲁山,一起去过赵蝙蝠的古玩铺,赵蝙蝠大概不记得了。

偷盗石马的那天晚上,黄树螂和戈兰德租赁了两辆马车,在甘河沟底南岸等着。到了后半夜,还不见刘法胜的人来,黄树螂就判断多半出事了。可他仍不甘心,一直等到黎明,不敢再等,才匆匆忙忙离开了甘河沟底。回到西安以后,他和戈兰德继续打听着石马的消息。

因为石马是被公开运到西安的,黄树螂的古董店又在北院门那里,黄树螂很快就得到了消息,戈兰德随之也知道了。于是,他们还专门到旧督署门前去看过一次。戈兰德看着石马,怕回到北京以后给自己的投资人格鲁山没有办法交代,就特意拍了几张石马放在南院被草帘半遮半掩的照片。

虽然如此,戈兰德还是不死心,还在等待着机会。

但事情就偏偏奇怪,一天,戈兰德与黄树螂在西安饭庄吃饭,就恰巧看见了赵蝙蝠。赵蝙蝠从二楼上下来,身边跟着一个人,身后跟着几个军士。戈兰德惊讶得几乎要喊出声来。

戈兰德的深眼窝警惕地闪动着,自言自语道:"他来这里干啥?"

黄树螂问:"谁呀?"

戈兰德说:"北京来的。"

黄树螂却装作漠不关心的样子。

戈兰德警觉地说:"他来陕西肯定是为了生意上的事,我是说,他来西安是为了啥生意?我猜想,他是不是也是为了石马?是不是我同行的德国朋友派他来的?我的老板格鲁山说过,同行的德国朋友也对石马很感兴趣,也认识到它们独特的不朽价值,认识到它们是独一无二的稀世之宝。"

黄树螂仍然不说话,戈兰德拉了一把黄树螂说:"走,我们悄悄地跟着他。"

于是,两个人出了饭庄,远远地尾随着,一直来到了北院门。此时,戈兰德才知道,石马已经被转移到了北院。

戈兰德自言自语道:"是谁把石马从南院转移到北院?"

黄树螂说:"反正不是你和我。"

此时的黄树螂,正心情愉悦地看着与自己无关的一场好戏。

赵蝙蝠径直朝石马走去,在跟前转了几圈后就离开了。

戈兰德赶紧把黄树螂拉到偏僻的地方,气得胡子翘得老高,说:"他果然是为了石马来的。我们投资了那么多,让他来捡便宜?不行,你给咱想个办法,咱要阻止他。"

黄树螂委屈地说:"可我们不知道赵蝙蝠为什么去看石马,不知道他是在为谁做事。"

戈兰德说:"他肯定是为我们的同行在做事。"

黄树螂说:"这是你的猜想,我们并不知道他背后的故事。"

戈兰德自信地捋着自己的大胡子说:"我们管他给谁做事,反正,不能让他白白地捡一个大便宜。你还记得周四皮说过的那个独臂英雄吗?他不是很关心石马吗?"

黄树螂小眼睛一眨笑道："我知道了，你是想把这个消息告诉给那个独臂英雄？"

戈兰德说："对，他一定会弄出更大的动静来。"

黄树螂说："咋样告诉他？"

戈兰德又说："他不是到处张贴布告吗？我们就学他的样子，在西安城里张贴布告，把这件事告诉所有的人。你今晚就给咱把那个布告写好，再雇上几个人把它贴出去，不能便宜了那个赵蝙蝠，我们投资了那么多！"

黄树螂说："要张贴布告，最好是后半夜。"

戈兰德说："对，就等后半夜，街上没人的时候。"

随之，黄树螂回到自己的古董店，先给山民写信。第二天，派了一个亲信，骑马去了小屯渡口。到小屯渡口以后，这个亲信按照黄树螂的安排，并没有直接去见王山民，而是在渡口边找了一个路人，给了一枚银圆，叫他把信捎到军营交给王山民。

66

王山民熬煎得睡不着觉，眼睛红得像充了血，胡子头发长得像被遗忘多年的荒草毛柴。

由于国家的乱象，由于军阀的明争暗斗，由于陆建章裁汰陕军，到了此年夏天，张云山终于在陆建章的打压下，货尽财竭，忧愤腹胀而死。

张云山少小多艰，父母去世早，小时寄居在族人家里，从少年时就依靠自己的劳动糊口度日，成年以后多次参加反清斗争，去过青海甘肃新疆，可谓人生经历曲折坎坷。他作为哥老会的主要头目，接受了孙中山的主张，愿意"跟着党人干"，从而促成了同盟会、哥老会在西安大雁塔"歃血为盟"，共图大举。辛亥革命的消息传到西安，同盟会与哥老会两方主要负责人张云山、万炳南等聚会秘商，举旗起事。张云山在担任第一师师长后，又积极推行男人剪发辫妇女放天足，坚决禁种鸦片。可以说，张云山作为陕西辛亥革命的主要将领，是对革命有功的人，是有着大想法大抱负的人。

可惜他壮志未酬，死不心甘。他去世以后，陕西各方反响甚大，陆建章为了蒙骗世人，假意呈请袁世凯特按上将级别从优议恤。

张云山的死，让王山民对国家的前途、对陕西的前途、对队伍的前途更感到忧郁茫然。

他听到张师长去世的消息以后，泪水忍不住顺着满脸的胡须哗哗地往下落。

他一边落泪一边对着张师长的亡灵喃喃自语："师长呀，你是对革命有功的人，你这样走了，"飒露紫"和"拳毛䯄"可咋办呀？"

现在，王山民面对不知谁送来的匿名信，焦虑万分，又不得不叫上杨拳师，打马前去烟霞草堂。廷荚接过匿名信，见信上写着：

先生台鉴，石马乃国之重器，今移置西安。北京赵蝙蝠流辈，起非分之念，欲奸售异乡。素闻先生珍爱有加，故告之。恕不多写。台安！

廷荚问："是谁送来的？"

山民说："是过路人捎的。"

廷荚说："那我们得去西安了解情况。"

山民说："张师长走了，现在我们只有去找牛团长商量。"

山花从父亲手里要过信看了一下说："我也要去。"

廷荚说："杏花已经结婚，你再去，草堂里的学童谁来管教？"

山花一脸懊丧，却没有办法。

廷荚、山民和杨拳师快马加鞭，去咸阳县见到牛团长。

牛团长看着那封信忧愁地说："我已知道此事。"

山民疑惑地问："你咋知道？"

牛团长说："张师长走了，我们下一步咋办？现在，我们名义上受陆建章的领导。昨天，我去找丁二锤，想从他跟前了解一些情况。他在张师长活着的时候已经投靠了陆建章，拜陆建章为干爹。我见他的时候，他正骑马和陆建章的儿子陆承武在检查城防，他看见我，不知道和陆承武说了什么话，过来说请我吃饭。"

牛团长继续说："张师长走后，以前跟随张师长的人各怀心思。丁二锤就是想和我套近乎，让我和他一样坚定地跟着陆建章干，因此，他给我说了许多心里话。他说陆建章是袁世凯的亲信，说跟上他肯定没有错；还神秘地对我说，袁世凯就要当皇帝了，正在北京准备修建一个花园；说北京有个叫赵蝙蝠的人来到了西安，想给花园里找一些有意思的石头，打算把西安的这两尊石马运到北京去。"

山民说:"那这信是谁送来的?这事背后肯定很复杂。"

牛团长说:"石马是受张师长的命令运到西安,当时说的是修复,现在又出了这样的事,我也为这事发愁,天没亮,我又派人去西安打探消息。"

廷荚问:"丁二锤和这个匿名信哪个说的是真话?"

山民说:"无论哪个是真哪个是假,都是针对石马,问题是我们咋办?"

廷荚说:"石马如果被运走,回去咋给乡民交代?"

山民说:"乡民知道了,肯定要问,这事我们不能不管,挡得住挡不住都要挡呢。"

牛团长想了想说:"如果挡,这不是几个人能办的事,必须得动用队伍,这样的话,就要冒很大的风险,冒着被陆建章剿灭的危险。"

山民痛苦地说:"石马是我运到西安去修复的,后边有啥意外,我咋有脸回去见人?我就要背千古骂名呢。"

几个人正在发愁,去西安的人回来了,说是西安城里到处都张贴着布告,他偷偷撕了一张。牛团长接过一看:

昭陵六骏乃国中之宝,其两尊已被移置西安。今有北京赵蝙蝠之流辈,起非分之念,欲奸售石马与外人,罪之大焉!十恶不赦!

我华夏之民,应竟相告之,奋起逐之,破其阴谋!

几个人再一次陷入谜团。

杨拳师说:"赵蝙蝠到底是谁?"

牛团长说:"布告上不是说了,从北京来的。"

廷荚说:"如果这个赵蝙蝠把石马运往北京,放在花园,毕竟还在国家之内,要是卖给外国的走私商人,那性质就不一样了。"

山民愤怒地说:"此事一定要管,哪怕冒被剿灭的危险,要不就要受国人的唾骂!"

廷荚说:"如果要拦挡,就不能拖延,要赶紧行动。让我去西安城各高等学堂走走,联合学界社会各界,最好能请关中名儒牛梦周和张晓山先生出面,利用他们的影响力,在西安城里举行声势浩大的示威游行,给陆建章施加压力。我们最希望的是通过来自社会的压力,阻止这事。"

牛团长说:"这样的话,那就更好。"

山民愤愤地说:"如果能通过游行阻止更好,但也要另做准备,让我悄悄带上队伍,在半路上找机会拦截。"

杨拳师说:"让我找机会把北京来的赵蝙蝠做了。"

廷荚忧心忡忡说:"现在布告在大街上一贴,民众肯定会起来反对,陆建章也一定有准备。"

山民说:"事情已经公之于众,要把石马运出陕西,陆建章一定会派队伍护送。"

牛团长想了想说:"如果要在半路上拦截,只能秘密地进行,我们要给队伍留有后路,要把咸阳这块地盘保住。"

廷荚说:"这事不能再拖。"

山民说:"我带队伍从小屯渡口那边悄悄地走。"

牛团长说:"咸阳这边不能有动静,一有动静立即就会传到西安,那样的话事情就麻烦了。你带上队伍过泾河,走三原,从西安以北悄悄向蓝田、华阴方向走。石马啥时候出城,走到哪里,我会派人随时告诉你。"

山民说:"就这样办。"

牛团长又说:"如果事情顺利就好说,如果失手,你就带着队伍向北山一带机动,然后绕道山里等我的消息。听说在渭北一带,有革命党人在活动。但目前形势云山雾罩变化多端,没有弄清楚之前,不能轻易去接触。你的一切行动都要做到隐秘才行,不要让人知道你是张师长以前的人,这样,我们就可以继续名正言顺给队伍领取装备枪械。"

山民说:"我让队伍脱掉军装,换上便装。"

牛团长说:"我现在就安排,给你们送一些补充给养,到晚上你悄悄带过去。我和邢先生今天就去西安,先打探消息。杨拳师今晚就歇在咸阳县,明天到西安城西门外找我。你如果能悄悄地把赵蝙蝠杀了,就更好,但千万不要留下蛛丝马迹。"

山民看着杨拳师说:"你一个人行吗?要不让雷恒民跟上,这样路上也有个照应。"

杨拳师说:"算了,恒民手脚上的功夫还浅,雷恒焱已经为革命牺牲了,此次行动风险肯定不小。再说,恒民还在小屯渡口,时间怕来不及了。"

67

当天,牛团长和廷荚赶到西安城,在城门口分了手。牛团长去打探赵蝙蝠的住所与行程,廷荚去各高等学堂找以前的朋友。

城里边已经闹得沸沸扬扬,隔天,西安城爆发了声势浩大的游行。游行以西安各高等学堂的先生和学生为主,还有社会各界人士。学生们打着横幅,喊着口号,浩浩荡荡地从街上走过。横幅上写着:

　　反对专制　共和民主
　　奸售国宝　千刀万剐
　　盗卖昭陵两骏　遗臭千秋万载
　　不背千古骂名　不做千古罪人
　　卖国贼赵蝙蝠滚出西安

陆建章没有想到事情会是这个样子,他赶紧派队伍到街上进行阻拦。但军士们面对如洪流般涌来的游行队伍,面对此起彼伏呼声雷动的场面,一时手足无措。他们拿着枪,却不敢开枪。他们能做的,就是在游行队伍的前边组成人墙,来进行阻拦,但这样的行为,根本阻挡不住那些愤怒的学生和民众。

他们虽然手里拿着枪,但面对着爱国爱家爱祖宗的民众,实在是没有底气,实在是心虚气短!

游行队伍来到北院门陕西都督府门前,高呼口号,群情激昂。陆建章不得不出面给大家一个交代,说一些冠冕堂皇的话。

赵蝙蝠更没有想到,两尊石马会弄出这么大的动静。他害怕了,不敢再随便出门,不敢再随便像没有事的人一样,去逛古玩市场,只能战战兢兢地缩在陈家大院里等着启程的日子。

杨拳师把手把粗的辫子往脖子上一盘,背着半截龙蛇棍,骑马赶往西安。由于这次行动带有隐秘性,他就没有带枪。他把马歇在西门外车马店后不久,牛团长就来了。牛团长说,已经打探清楚,赵蝙蝠住在北院门的陈家大院,这个院子是高墙深院,前后有三个院落,赵蝙蝠住在中间的那个。

等到夜幕降临,牛团长带着杨拳师指认了一下陈家大院,就立即离开了。他不能在此久留,担心碰见丁二锤等熟人,引起不必要的麻烦与怀疑,甚至会暴露咸阳那边山民的行动。

杨拳师借着夜色的掩护,在周围转了一圈。昏暗的天光下,又高又厚的砖墙愈显得难以逾越,加之没有助跑的距离,很难徒手爬上去。他拿出短刀在墙上扎了扎,感觉砖墙异常坚固。他来到隔壁一家的院墙前,用刀子扎了扎院墙,之后就离开了。

等到夜深人静,杨拳师再次来到陈家大院隔壁,向周围观望后,手持两把短刀,扎着土墙攀缘而上,从这家的屋顶爬上陈家大院的墙头。他向大院里望去,昏暗的夜色下,房舍黑压压一片,只有中间的院落里亮着灯火。

他猫腰走过墙头,扒在房头观察着下边的动静。院子的屋檐下,孤零零地挂着一盏马灯。后半夜,起风了,天上飘起了雪花,寒风呼呼地从高高的房顶上吹过。杨拳师冻得瑟瑟发抖,却不敢轻举妄动,唯一能做的,就是加深呼吸,使用内功。不久,一间屋门打开了,一个声音响亮地传了上来:"哎呀,咋下雪了!"

屋里有人问:"下得大不大?"

站在院子里的人说:"地已经下白了。"

又有人从屋里出来说:"他们啥时候走呀?弄得人天天晚上睡不成觉。"

先出来的人说:"街上那么一闹,你叫他们停也不敢停了。忍耐一下,就是这一半天的事。"

有人说:"这高墙大院的,又是风又是雪,谁来干啥呀?能进来吗?我回去睡觉呀。"

杨拳师判断说这话的人是护兵。他们进了屋闭上门。突然,在靠北的屋子里,传出了一声咳嗽,杨拳师判断,那有可能就是赵蝙蝠住的地方。

院落里沉寂下来。只有屋檐下的那盏马灯,在寒风中来回地晃动着。

杨拳师蹑手蹑脚离开房顶,选好位置,从墙头像一根羽毛一样飘了下去。院子里十分安静,他圪蹴在墙根下观察了许久,猫腰来到北边的屋门前,用刀轻轻插进门缝,门竟然没有关,只是虚掩着。他侧身进了漆黑的屋子,寻着鼾声而去……

第二天,被雪覆盖的西安城突然变得紧张起来,城里边都在传说,赵蝙蝠的助手被人暗杀了。

陆建章听到这个消息,惊出了一身冷汗。那么高的墙,那么深的院,还有军士值守,人竟然被神不知鬼不觉地杀了。

谢天谢地,死的不是赵蝙蝠。如果赵蝙蝠被杀了,那事情真的就闹大了。他立即给陈家大院派了一个排的军士,并与赵蝙蝠商量,到北京以后不要说起此事,另找一个理由给死者家里一个交代,最好说是半路上遇上了土匪刀客。这样做的前提,就是陆建章给赵蝙蝠一些好处。

赵蝙蝠已经被吓得魂飞魄散,一刻也不想在西安城待,陆建章也盼着赵蝙蝠赶快离开西安城。

68

为了不再担惊受怕,为了保险,不再出现啥意外,也为了躲开大众的耳目,陆建章准备当晚启程。

于是,陆建章决定安排自己的儿子陆承武和干儿子丁二锤,带着请来的多名武林高手和一营的军士,护送赵蝙蝠和石马出城。

晚上,西安城里一片寂静,漆黑的夜空仍然风雪交加,陆承武与丁二锤带着队伍,护送着石马悄悄地出了西安城门……

杨拳师听说死者不是赵蝙蝠,只能是扼腕叹息,只好在车马店等着牛团长。中午时分,牛团长带着军士急忙赶来说:"事情我已经知道,我今天找过丁二锤,只说了几句话,说我愿意跟随陆建章。丁二锤说他现在忙得没有时间和我说话,说有人想密谋造反,反对袁总统和陆督军,陆督军派人正在全城搜查,说等他和陆承武今晚把赵蝙蝠送出城,送出陕西地界,回来后再带我去见陆建章。"

杨拳师说:"那我去路上再找机会。"

牛团长说:"我已经安排人去和山民联系,你现在就离开西安先去踩点。"

牛团长与杨拳师分手告别。

此时,天色已经不早,杨拳师盘着辫子背着半截龙蛇棍,骑马一路向东而去。偏偏雪又下大了。

杨拳师只身一人冒着风雪骑马前行,到了渭南县,他认为这是一个好机会，便歇在城外一家骡马店。随后，背着龙蛇棍踏着厚厚的积雪，进城去观察情况，等着护送石马的队伍。

接近傍晚，队伍踏着厚厚的积雪进了县城。杨拳师装作看热闹的群众，一直在寻找赵蝙蝠。他发现在拉着石马的大车后边，走着几个骑马的人，其中有几个人一看就是练过拳脚的。他判断，他们一定是在保护石马和赵蝙蝠。走在这几个人中间穿着军装的无疑就是陆承武和丁二锤，而没有穿军装、长相猴头鼠眼的人，无疑就是赵蝙蝠了。

眼下，杨拳师还不想公开地去刺杀赵蝙蝠。

队伍在城里分散开，一部分住进了关帝庙，一部分住进了学堂。只有一小部人马，跟随着陆承武他们，走进了一家高墙大院。

杨拳师站在远处把大致情况观察了一下，之后在城里吃了一点东西。由于兵荒马乱，天刚黑街面上就已经看不见人影。杨拳师来到大院旁边一棵大树下，悄无声息地爬了上去。树枝上积雪很多，纷纷落下，发出细微的声音。他蹲在树上，向院子里望去。这是一个很宽敞的四合院，正屋的廊柱上挂有灯笼。有人挑着马灯从院子里走过，有军士在廊檐下走来走去。在一个屋门口，杨拳师看见了那个熟悉的身影。有一只狗被拴在墙角的窝棚里，它似乎听到了什么，抬起头叫了几声。

等院子里安静下来后，他下了树，到肉铺买了一包肉就离开了。此时，城门已关。他绕开城墙上的角楼，来到城墙根下。城墙是黄土夯筑的，历经多年风雨破损不堪。他手持两把短刀，扎着城墙很轻松地爬了上去。他来到车马店，早早地歇息了。等到夜深人静以后，他怕惊动别人，或被别人发现，关好屋门，从窗户悄悄地离开了。

他又来到城墙下。城墙上角楼里闪着微弱的灯光，那是巡防营的团丁在守夜。他再次爬上城墙进入城里。街上一片漆黑，静得让人感到毛骨悚然。街边的屋子里，偶然有几丝微弱的灯光顺着门的缝隙照出来。

杨拳师又来到大树下爬了上去。院子里正屋的廊柱上仍亮着灯笼，整个院落里死一般的寂静。狗大概听见了动静，又叫了一声，杨拳师把有毒的肉顺着墙头扔了下去。他蹲在树上等了许久，院子里不再有动静，就起脚一跳，人落在院墙上，随之又像一片树叶落进了院子。

狗已经一动不动地躺在墙根下了。

他没有犹豫，跑过院子，先吹灭灯笼，随之来到出现过熟悉身影的屋门前。他一推门，门关着。他试着用刀去开门，但屋门严丝合缝，刀刃也插不进去。他来到窗前,用手一摸,窗子是用木板做的,试着一推也关得死死的。他又来到门口,把刀从门下插进去,试着卸门扇,努力了几下,门扇似乎动了动。他又拿出刀,用一把支撑着门,用另一把轻轻地撬,门一点一点往上抬。突然,他身后传来了说话声:"院子里灯笼咋灭了?"

杨拳师在黑夜里紧跑过院子,如飞燕一般上了墙头,手在墙头一按,顺势落在了墙外。院子里传来杂沓的脚步声与呐喊声,灯又被点亮了。杨拳师跑出不远,回头见墙头上出现了一个身影,他顺手嗖地甩出一把飞刀,随着一声叫喊,有黑影坠落墙头。

杨拳师不敢停步,借着漆黑夜色的掩护,再次来到城墙下,手持短刀扎墙而上,消失在茫茫的黑夜里……

69

从西安出发时,陆建章考虑到民众的反对,安排队伍半夜里出城。到了渭南县,赵蝙蝠再一次遭遇暗杀,陆承武和丁二锤就不得不加倍小心了。

他们让队伍昼行夜宿,到了晚上,派了众多军士轮流值守。

杨拳师很难再找到下手的机会。

几天以后,山民带着队伍已经到了华县地界一个叫南坡的地方。依照牛团长派人送来的消息,护送石马的队伍要在明天下午经过此地。

清晨,寒风呼啸,山坡上还堆满了几日前的落雪,山民叫军士挖好战壕,埋伏在半山坡上。为了避免流血牺牲,山民叫军士在山坡下道路中央挖了一道深沟,以阻止运送石马车辆通行,并在前边竖起两块牌子,上边写着:

留下石马　不要流血　爱国爱家

不做千古罪人　不背千古骂名

下午,陆承武和丁二锤果然带着护送石马的队伍过来了。丁二锤骑马带着马队走在队伍最前边,紧随其后的是拉运石马的大车,再后边是步军。山民趴在山坡上,看着前边的队伍在沟坎前停了下来。山民带着身穿便装的军士站在山坡上,齐声向山下喊话:"留下石马,不要流血,爱国爱家!不做千古罪人,不背千古骂名!"

丁二锤见状，立即叫队伍后撤。随后，陆承武和丁二锤组织一部分军士向山坡上射击，以吸引火力，另一部分军士向山坡上迂回包抄，留少许军士填埋路上的土沟。

山民被迫回击，顿时山坡上下枪声、炸弹声响成一片。

后来，陆承武迂回包抄的队伍出现在山坡的另一侧，山民和营副分别带领军士开始两边作战。

由于山民的队伍在装备上，本来就赶不上陆承武的北洋军。在执行这次任务前，陆建章还格外给陆承武的队伍加强了枪械配置，特别是在机枪的配置上。战斗一开始，山民的军士就被陆承武军士手里的机枪打得抬不起头来。

不久，山民一侧的防线开始吃紧，不得不往回收缩。

太阳快要落山，山坡一侧陆承武的军士已经攻上了山梁，军士把几挺机枪架在高地上，向山民这边的阵地疯狂扫射。同时，丁二锤带的马队绕道从后边包抄过来。

山民没有取胜的希望，炸弹也所剩无几，再不撤退，就有被包抄的危险。山下边陆承武的军士已经把土沟填平，拉运石马的大车已经看不见，再在此坚持已经没有意义。

山民组织军士且战且退，陆承武也下令停止追击。夜幕笼罩山野，山坡上的枪声完全停歇下来，被雪覆盖的山野又恢复了往日的寂静。

在夜幕的掩护下，山民带着队伍，以及死伤的军士，在冻结的土地一路疾行。到了后半夜，他们来到了一条陌生的小河口，选择了河岸边一处高地，一边让军士休息，一边到附近的村庄叫来乡民，刨开封冻的土地，安葬牺牲的军士。这一次，营副和二娃也牺牲了。为了千年的石马，他们与许多年轻的军士一起，长眠在异乡陌生的土地上。

队伍不敢久留，在凄冷的夜晚，山民一头乱发，泪流满面与那些已经牺牲的军士告别。他一边哭泣一边说："兄弟们，对不起大家，我们生不逢时呀，我们就生在了这样一个乱世呀！我山民一定会追随大家的脚步，直到生命的最后！"

之后，他与军士们背扶着伤员，迎着黎明的寒冷，沿着河岸一路向北转移……

70

杨拳师仍未放弃暗杀赵蝙蝠的计划,他继续骑马沿着渭河东进,一路来到了潼关地域。渭河已经汇入黄河,黄河水面在此变得宽阔,一种肃静、萧疏、苍凉的景象,弥漫在大河上下。滩涂上的积雪已消融得所剩无几,枯黄萧瑟的一丛又一丛芦苇里,还残留着许多积雪,有鸟儿不时地从其中起落。在老渡口,仍然是人来人往,车马相随,行旅不绝,大大小小的船只在河中来往穿梭。建在河边不远处的城堡,依山靠水,高高土筑的城墙,傲立寒冬,浑朴沧桑,随着山势起伏蜿蜒,凸显其"三秦锁钥"之重关天险。隔江望去,河对岸的渡口,在冬天的薄雾里,也是一样的繁忙扰攘的景象。

杨拳师把马匹安顿在车马店里,在渡口边的小店里吃了点东西。此时,夜幕已降临大地,许多的船户也歇息下来。他在众多的船家中左右寻找,在这人生地不熟的地方,他需要了解一下情况。他看中坐在河岸边一位年长忠厚的船家,起身走了过去,以借火为由,坐在一起攀谈起来。船家听杨拳师说是从咸阳地界过来,也就乐意向这个陌生的客人说一说有关老潼关的故事。他说,老潼关自古以来就是三省交通的要冲,人马车船往来繁忙,船户多,高手也多,沿着河岸,有许多的大小渡口。有官家的,那都是走大船的;也有私家的,走的都是小船小货。他从少年时,就跟随父亲在黄河上摆渡,已经几十年了。由于这里地势险要,又是交通要冲,自古以来就是兵家争夺的地方,走进潼关城,里边的大小街巷纵横排列,起伏密布,外地人走进去就像进了迷宫一样……

天完全黑下来,一弯冷月挂在天边,河滩上寒风一阵阵吹过。船家与杨拳师告别而去。杨拳师独自望着昏暗的河面想,这是最后一次机会了。他突然有一种预感,却不敢往深处去想。当晚,他就在渡口边一家骡马店里过了一夜。

第二天,杨拳师独自进了潼关城。城里边果然像船家说的那样,街巷纵横交错,起伏密布。站在城里的高处,望着汤汤穿城而过的潼河,望着蛇一样起伏的城墙上宏大的城楼,以及山上山下的寺庙楼阁,不由得使人对其特殊险要的地理位置、沧桑久远的历史扼腕叹息。

下午时分,杨拳师来到城西,站在一处山坡上观察城里的情况。

终于,陆承武和丁二锤带着队伍护送着石马进了城,杨拳师远远地又看见了那个矮小得像蝙蝠一样的人。和从前一样,他还是想暗地里寻找机会。

他下了山坡,一路追随着赵蝙蝠。

看样子,陆承武对赵蝙蝠的安全十分重视,看了几处地方都不满意,最后来到了帅府街,才选中了留宿的地方。站在远处看去,同样是府邸大宅,院门前有石狮,有拴马桩,乌黑的院门宽得能进出马车,门槛高得小孩难以逾越。有两个人合力拔了门槛,把拉运石马的马车直接赶了进去。陆承武和赵蝙蝠没有下马跟着进了大门。

杨拳师从门前经过,只见里边庭院深深,门里门外都有军士站岗。

他在周边转了一圈,想找一处地方观察一下宅院内的情况,却见连甍接栋,不但找不到接近宅院的地方,甚至宅院后边在哪里都没有找到。街面上人来人往,他只有等着天黑。

天黑人静之后,杨拳师再次来到府邸大宅门前,只见大门紧闭,不见一丝光线。他又等了很久,感觉周围安全了,拿出短刀,扎墙而上,随后他过墙走壁,蹿梁越脊,来到了府邸大宅的屋脊上。向下看去,这是一处真正的高门大屋,整个院落大概是以地势的走向而建造,高低起伏连成一片。尽管是夜深人静,但有两处院落里却是灯火通明,不仅有许多盏马灯,还有值守的军士在院落里笼起火堆。另外,在整个院落的最高处,好像还建有楼子,上边一样亮着灯火。

杨拳师趴在屋顶,向下边观望了许久,却没有办法判断,赵蝙蝠住在哪一处院落哪一间屋子。

寒风从屋顶呼呼地吹过,杨拳师趴在屋顶上看着下边熊熊燃烧的火堆。院子下边传来了说话声,原来是站岗的军士在换岗。看样子,这一夜是没有机会了。

71

杨拳师不得不铤而走险。

白天由于人来人往,他就不能蹿梁越脊,再加之对街巷道路不熟悉,所以,行动上就受到限制。他想来想去,还是骑着马去寻找机会。只是,骑了马目标却大,容易引起陆承武他们的注意,但骑马也有骑马的好处。

一大早,陆承武就带着队伍护送着石马出城向渡口走去。

杨拳师骑着马在街上寻找着机会。

队伍浩浩荡荡地过来了,前边走的是潼关县城防营的团丁,他们一路在前边吆喝着,紧随其后就是护送石马的队伍。由于街巷狭窄,也由于之前发生过事,陆承武和那些武林高手们就格外小心,有着更强的防范心。他们骑着高头大马,把赵蝙蝠一层又一层前后左右包围在中间。杨拳师站在街边,不仅无法靠近,甚至连使用飞刀的空隙和机会都没有。就在队伍从他近前经过时,最外边一个骑马的人,突然警觉地目不转睛地看着他。杨拳师装作浑然不知。队伍从他眼前过去了,那个人仍然几次回过头来看他。

杨拳师突然有了想法,他打马疾驰,赶在护送的队伍前边出了城门。

他来到渡口边的一段坡路上,这里车马人员来来往往,在路边不远处,有一间临时搭建的土坯茅屋,里边砌着一个土茶炉,主人正拉着风箱烧火。土墙后长满了半人高枯黄的荒草,杨拳师就以此为掩护,装作等人的样子。

队伍从坡道上下来了,潼关县城防营的团丁们,一路吆喝驱赶着路上的行人车马。

前边的队伍已经过了茶炉,杨拳师圪蹴在荒草背后目不转睛地看着。那些骑马的武林高手护卫着赵蝙蝠也从茶炉前边走了过去。杨拳师把短刀往口中一咬,突然飞身上马,向着前边的队伍疾驰而去。正在路边行走的军士还没有反应过来,杨拳师已经来到护卫赵蝙蝠的武林高手身边。他突然收缰勒马,马嘶鸣着腾空而起,最外边的武林高手还没有醒过神来,已经被杨拳师凌空飞来的辫子扫下马去。杨拳师一手挽缰,一伸手,又一个高手被龙蛇棍打下马去。此时,赵蝙蝠就近在咫尺,杨拳师把龙蛇棍往马背上一架,一伸手,口中咬的短刀就飞了出去。可就在短刀飞出去的一刹,赵蝙蝠身边的武林高手惊醒过来,只听叮当一声,飞刀被拦了一下,改变了方向,一边的丁二锤却闻声落马。

两名武林高手和丁二锤落马,几乎就发生在一瞬间,那些武林高手们也瞬间明白过来,他们一边护卫着赵蝙蝠,一边应战杨拳师。杨拳师看着赵蝙蝠安然无恙,硬是在混乱中挥舞着龙蛇棍强行杀入。此时,就显出这半截龙蛇棍的好处,它上下翻飞自如,左右游刃皆虚,一时间,马鸣嘶嘶,喊声震天。而陆承武与那些拿枪的军士眼看着却无能为力。

周围有许多临时的店铺,由于地方狭窄缺少回旋,丁二锤硬是活生生被马踩死。

武林高手保护着赵蝙蝠一步步向渡口边撤退,杨拳师紧追不舍,有几次眼见赵蝙蝠近在眼前,却被武林高手们阻挡着不能近身。已经来到了河滩边,杨拳师瞅住机会,飞身一跃,站在马背上手起刀飞,嗖嗖地向赵蝙蝠飞了过去,眼看就要刺中赵蝙蝠,却被乱战中的刀刃阻隔,只刺在赵蝙蝠的肩膀上。

杨拳师徒步和骑马的武林高手展开激战。

武林高手们把杨拳师团团围住。

此时,他们不再着急,而是想着慢慢地把杨拳师折磨戏弄一下。

他们骑在马上,手持大刀或矛戟,轮流地出击。

杨拳师有些累了,他站立其中,只是一下一下地躲着。

陆承武一边指挥着军士护卫赵蝙蝠和车马向渡口撤退,一边叫城防营的人回城请大夫来给赵蝙蝠医治伤口。

渡口上下站满了人,许多潼关县里的人也闻讯向渡口这边跑来。

杨拳师缓过了精神,他一手握着半截龙蛇棍,一手握着粗壮的辫子,一双豹眼冷冷地观察着四周。

一个手持长矛的武林高手驰马奔过来,杨拳师一躲让了过去。

接着,又一个手握大刀的武林高手骑马奔来,就在接触的那一瞬间,杨拳师龙蛇棍一架,那根长长的辫子像绳索一样把对方从马背上拽下来,杨拳师顺势骑上了马背。

他掉转马头,向渡口那边疾驰而去。武林高手在后边奋起追赶。渡口上下顿时喊声一片。杨拳师趴在马背上,嘴里咬着一把短刀,手中两把飞刀同时嗖嗖地向身后飞去,紧追的两名武林高手应声落马,其他的武林高手再不敢靠近。

陆承武着急了,慌乱中在渡口外架起了几挺机枪。

杨拳师突然改变方向,侧身悬空,以马身为掩护,向河岸边疾驰,突然,机枪响了,马四蹄腾空,悲嘶长鸣,扑通倒地……

天气很冷,河滩上的寒风似刀子一样割着人的脸,滩涂以及靠河岸的地方,已经结了一层薄冰。潼关城内外许多民众,站在冻结了的河滩或是河岸边的山坡上,看着在军士的护卫下,马车上了岸边一艘很大的官船。

官船在民众的注视下,撞开薄冰,缓缓地离开了河岸,向河对岸驶去。

从此,"飒露紫"和"拳毛䯄"带着一颗"破碎"的心,离开了家乡,离开了故土,开始了颠沛流离的遥远路途……

72

过了黄河,出了陕西地界,有"袁府"的封条,有官府的保护,没有人再关心箱子里装的是什么,拉向哪里。赵蝙蝠从此一路畅通无阻,除了受伤的肩膀让他感受到疼痛,再不用担心什么——剩下的,虽然路途遥远,只是一个时间的问题了。

行走多日,这一天太阳正在落山的时候,赵蝙蝠的马车走进了一个县城。一进城门他隔窗望着街面,感觉有什么地方不对劲。护送的官兵在县衙进行公文交接,他向知县打听,方知是有革命党人在周边活动,招收会党、刀客等,组织讨伐袁军。官兵前来搜捕,昨日,在野猪岭上打了一仗,官兵大败,城里城外人心惶惶。

赵蝙蝠听着有些不知所措。

晚上,赵蝙蝠抚摸着受伤的肩膀,眨动着一对老鼠眼左思右想,半夜的时候还睡不着觉。随后,装着去起夜,悄悄把装运石马木箱上的"袁府"封条揭了,小心翼翼地装进衣兜里。

赵蝙蝠开始担心起来,不知道等在前边的是福还是祸。

他不再像去的时候那样理直气壮,他从早到晚担惊受怕,却又不能把车上装的东西弃置在荒郊野外。

还好,又经过多日,马车终于来到北京城外。不过,他没有立即进城,先是在城外的马车店里打听了一下城里的消息,等到天黑的时候,才像做贼似的赶着马车战战兢兢进了城门。借着夜色,悄悄地把马车赶进了古玩铺的仓库里。

赵蝙蝠没有急着去找袁克文,他感到风云变幻,世事难以预料,自己需要一点时间,观望几日。于是,便躲到店里,叫人开了几服中药,早晚熬着,在店里养伤。浓浓的中药味,飘散得半条街都能闻见……

73

王山民失利以后,率军一路向北,经大荔、蒲城,准备向白水前进。他已经得到消息,在白水一带,有革命党人在活动。

还没到白水地界,由于军士们实在人困马乏,山民就带着队伍驻防在一个偏僻的小镇,一边治愈伤员休整队伍,一边派军士去咸阳向牛团长汇报情况。同时,又派人暗地里去了解革命党人的情况。当下,山民对革命党的情况一点也不了解,不知道这些革命党人究竟要干什么。所以,在没有弄清楚之前,他不敢贸然接触。

此时,队伍由于官兵牺牲,人员走失,军士对前途迷茫等原因,减员已经过半,整个队伍士气低落,从早到晚弥漫着一种忧郁不安的情绪。王山民开始焦虑不安,忧心如焚,却不知道用什么来安慰大家,来说服大家。

去咸阳向牛团长汇报情况的人还没有回来,山民还不敢贸然回小屯渡口,只有继续耐心地等待。

临近年关,小镇上已经弥漫起浓浓的过年的味道。有钱的人家,已经开始吊挂面磨豆腐,开始杀猪宰羊。有的军士就想家了,再加上大家对于前途的迷茫失望,又有些军士在晚上借着夜色的掩护,悄悄地离开了队伍。

终于,去向牛团长汇报情况的人回来了,说袁世凯宣布恢复帝制,引起了全国各省的反对,云南已经通电各省,宣告独立,并建立护国军,发起了护国运动。而袁世凯却在全国的声讨声中,正式称帝;孙中山已经发布《第一次讨袁宣言》;蔡锷率护国军出击四川……

山民面对眼前的变故,又一次如堕五里雾中。他蓬头垢面忧心忡忡地带着剩余的兄弟,按照牛团长的指示,黯然地一路向西回防小屯渡口……

王山民带着队伍回到小屯渡口,立即去咸阳县见牛团长。

现在,他身边没有了杨拳师、二娃和胜根做伴。

山民给恒民交代之后,只身一人去了咸阳县。牛团长看见山民惊讶地说:"你为啥不把自己修整一下?你站在镜子前看看。"

山民站在镜子前,看见镜子里的自己,面孔消瘦,颧骨凸起,胡子和头发已经乱得不成样子,好像是从深山老林里走出来的人。

山民转过身突然泪流满面地说:"营副死了,杨拳师死了,二娃死了,胜根死了,还有许多的军士都死了,再加上那些因为失望离开队伍的人,队伍现在减员过半。而眼下的国家,乱得更像是一团麻,袁世凯恢复帝制,作为军人,哪有心情修整自己呀!"

牛团长说:"在国难当头的时候,作为军人,更要保持精神。"

山民抹了一把泪说:"为了国家,我哪怕把这一只胳膊断掉都不含糊,可是,我们为谁打起精神呢?你说,谁到底是在为国家,为庶民百姓?是孙中山?袁世凯?黎元洪?张凤翙?陆建章?张云山?陈树藩?还是白朗?我们下一步的方向到底在哪里呢?我们的队伍快要解散了!"

牛团长沉默不语。

吃过饭,牛团长带着山民来到了渭河边。

夏天已经来临,两人坐在青草萋萋的河岸上,看着汤汤河水,望着夕阳落日,又一次为着牺牲的军士,为着当下的国家,唏嘘不已。

渡口那边,大小船只在渭水中往来穿梭。有一只小船,刚刚离开河岸,船老大站在船头上,竟然吼起了歌谣:

哎哟哟——

落日圆

渭水长

人活世上梦一场

眼一挤

腿一蹬

把地顶个土疙瘩

疙瘩大

疙瘩小

疙瘩上面长荒草……

小船渐渐地驶向河水中央，唱声也跟着远去了。另一只擦身而过的向岸边划来的小船上，有人接着唱了起来：

　　哎哟哟——
　　落日圆
　　渭水长
　　人活世上有说道
　　眼一挤
　　腿一蹬
　　任凭后世说短长
　　草绿了
　　草枯了
　　和你没有干系了……

小船慢慢地驶到了河岸边，有人哈哈地笑着，接住船家唱道：

　　哎哟哟——
　　落日圆
　　渭水长
　　人活一世是过客
　　世事转
　　民国到
　　共和民主是正道
　　袁世凯
　　不思量
　　要留了千年大笑话……

山民和牛团长坐在河岸上，静静地听着。

太阳慢慢落山，河面上起了一层薄雾，渡口安静了许多。

山民感慨道："刚发生的事，民间就有了说头。"

牛团长说："我们就生在这样一个变革的时代，我们无法选择，这就是我们这一代人的命。"

山民说："眼下，我都不知道我们是在为谁当兵。以前，我们跟着张师长，是为了推翻清廷；现在，我们跟着陆建章，是为了什么？跟着陆建章，就等于跟着袁世凯。"

牛团长沉默许久说："当下，国家风云变幻，动荡不安。袁世凯恢复帝制，引起全国人民的反对，各地反对袁世凯的斗争风起云涌。在西安这边，有革命党秘密集会，打算发动'反袁逐陆'的斗争，因为事情泄露没有成功，多人被捕杀；在渭北一带，听说革命党人正在招兵买马，招收会党刀客，准备起事，发动'反袁逐陆'武装起义；在关中，每个县都有革命党人在秘密活动，三原那边就有人秘密制造炸弹，准备武装起义，不料消息泄露，被陆建章派兵围捕；在白水那边，有革命党人打出了'西北护国军'的旗号……"

山民望着河面问："我们怎么办？"

牛团长说："自从张师长走后，我也不知所措，人人都说自己是革命党，可革命是为什么，我也糊里糊涂。在合阳那边，有土匪趁机攻寨杀人，逼杀二十多人，拉走三十多人，抢走牲口数十头，烧毁民房百余间——照样说自己是革命军。"

山民说："那我们下一步咋办？"

牛团长在河边转了一圈，一声长叹道："当下，我们举旗易帜的条件还不成熟，你刚回来，先让军士休整几日，明天，给你们送一些枪械给养过去。还是那句老话，我们生逢乱世，我们要扩充力量，以待时日。"

山民深深地叹息一声说："在安葬护送石马牺牲的军士时，我对他们说过，我会追随他们的脚步，直到生命的最后，我不能食言！"

夜幕笼罩着河面，渡口边有马灯在摇曳。

74

卢禽哉的鼻子比狗的鼻子还灵，赵蝙蝠回到北京没有几天，他就知道了，一刻也没有耽误，翘着两撇像猫一样稀稀的胡子，急急忙忙地来到了赵蝙蝠的古玩铺。他一进店门就问伙计："赵老板回来了？"

伙计认识卢禽哉，吞吞吐吐地不知道怎样回答。

卢禽哉大声说："半个街道都能闻见中药味！"

赵蝙蝠从屋子里走了出来。

卢禽哉笑笑地说："赵老板要发财了，倒熬煎得有病了？"

赵蝙蝠眼睛一眨一眨，把卢禽哉引进了密室才说："你没看中国混乱成啥样子了！全国到处都在反对老头子当皇帝，我还发个啥财！"

卢禽哉心里暗笑着，实话实说："正因为世事混乱了，全国到处都在反对老头子当皇帝，你赵老板的机会才来了。宝贝在哪里，让我开开眼界。赵老板可别忘了，当初是我告诉你关于石马的消息的。"

赵蝙蝠摇着自己的头说："时局变化太快，我都不知道该怎么办了。"

卢禽哉说："你想想，这样混乱的局面，老头子还能建花园吗？"

赵蝙蝠垂头丧气不说话。

卢禽哉难以掩饰心里的高兴，把嘴贴近赵蝙蝠的耳边说："他们忙他们的，我们忙我们的。我给你一个建议，借着当下这个机会，我们合作一次，袁二少的性格你是了解的。"

赵蝙蝠犹豫不定："这石马毕竟不是我的。"

卢禽哉小声说："对呀，正因为不是你的，才不能在你手里放，放在你手里迟早会出事，弄不好，还会把你的命弄没了。"

赵蝙蝠老鼠眼一眨一眨地盯着卢禽哉。

卢禽哉又说："现在最好的办法，就是借着这个乱象，我们假借'上边'和二少的名义把它们赶紧处理掉。"

赵蝙蝠说："假借'上边'和二少的名义？什么'上边'？"

卢禽哉哈哈一笑道："这个你不用操心，我会安排妥当的。希望我们能合作愉快。"

其实，赵蝙蝠一回到北京就去找过步蛤蟆，让他传话给袁克文，可许多天过去了，还是没有消息。就在这时，袁世凯在汹涌澎湃的讨伐声浪中，忧愤成疾不治身亡，中国开始进入到了军阀混战的时代。赵蝙蝠在没有见到袁克文的情况下，更是不敢自作主张。石马毕竟不是自己的，他毕竟是打着老头子的旗号，依仗着袁克文的人脉才把石马弄到北京的。

他进退两难，只好继续等着。

终于，步蛤蟆来了，说近一些日子，二少并不在北京，他是从天津那边才得到了二少的消息，说这几天二少会过来一次，只是他最近手头有些紧缺。

赵蝙蝠听到二少手头紧，心里暗自高兴。给过步蛤蟆酬谢以后，继续耐心地等着。

一星期过后，一天晚上，袁克文果然来到赵蝙蝠古玩铺的仓库。赵蝙蝠提着马灯，打开木箱让袁克文看木箱里的石马。袁克文很生气地问："咋是几块烂石头？"

赵蝙蝠叹息着说："偷运石马的人为了便于运输，把石马打碎了。"

袁克文一甩袖子说："我一点都没看出来，你说的什么线条生动流畅，刀工精细圆润！"

袁克文虽说喜好诗词歌赋，喜欢收藏书画古玩，可他身上却是有着公子哥的率性，特别是在晚上，一盏马灯的光亮本来就十分暗淡，历经风雨沧桑又被打碎的石马，看上去就显得有些"不堪入目"。

赵蝙蝠望着袁克文失望的神情，灵机一动说："我这次到西安，给少爷收到了一件宝贝。"

赵蝙蝠拿来盒子，小心翼翼地打开。

里边是那把玉壶。

玉壶在马灯下却是熠熠生辉，赵蝙蝠情不自禁地说："你看它，玉质莹润，端庄大气，是件几百年都难以见到的宝贝。"

袁克文眼前一亮。

赵蝙蝠讨好地说："我一看见这宝贝，立即给少爷买下了。"

袁克文爱不释手。

赵蝙蝠又点亮了一盏马灯。

袁克文一笑说："好，好！"

赵蝙蝠趁着袁克文高兴的劲头说："少爷，你看这兵荒马乱的，咱辛辛苦苦把石马运到了北京？"

袁克文继续欣赏着玉壶，装作没有听见。

赵蝙蝠把两个手一伸说："我让朋友给少爷这个数，敢不敢出手？"

袁克文一边欣赏玉壶一边往赵蝙蝠这边看了一眼。

卢禽哉再一次来到了赵蝙蝠的古玩铺。

赵蝙蝠把卢禽哉又引进了密室。

卢禽哉问："考虑得咋样？"

赵蝙蝠装着垂头丧气的样子说："还没见到二少。"

卢禽哉说："不管你见到没有见到，我们就借着'上边'和他的名义，合作一次。"

赵蝙蝠说："我可没有这个胆子，后边要是有人追查下来，我可只有一个头。"

卢禽哉说："'上边'我已经通融过了，只要我们打着'上边'和二少的旗号,就没有人追问。"

赵蝙蝠说:"真有人追问起来咋办?"

卢禽哉说:"你就说二少已经叫人把东西转运走了,叫去问二少。"

赵蝙蝠说:"那后边见了二少咋说?"

卢禽哉说:"有啥说的,钱嘛!"

赵蝙蝠说:"二少要是狮子大张口咋办?"

卢禽哉说:"你比我更了解二少的为人,再好的东西,在他眼里只爱那么一阵子,爱劲一过,一点都不留恋,总会有办法的。"

赵蝙蝠又问:"那有人问起你你咋说?"

卢禽哉说:"我说是通过'上边',通过上边的'大人物'在袁家花园那里合法买到手里的,叫他们问上边的'大人物'去,反正你也没见过我,我也没见过你,啥都不知道。"

赵蝙蝠说:"你说的倒是个办法。"

卢禽哉说:"老头子走了,有钱有势的都在忙着争权夺利,乱得像一团麻,谁顾得上问这个!"

赵蝙蝠叹息了一声说:"你是不知道,这一次去西安费了多大的周折受了多大的罪,我差点被人暗杀了,半路上还遇到了土匪,把我的助手也打死了。到现在我都没有想好,给人家咋说呢。"

卢禽哉捋着自己的胡子哈哈一笑说:"我明白你的意思。"

赵蝙蝠小眼睛一鼓一鼓地说:"你没有明白我的意思。我现在最操心的是,以后见了二少,他狮子大张口,我拿啥给?到时候,我到哪里找你去?"

卢禽哉又捋着自己的胡子哈哈一笑:"我明白你的意思了!"

于是,卢禽哉和赵蝙蝠交头接耳嘀咕了多半天,终于,他们都得到了自己想要的结果。

第二天晚上,卢禽哉带着马车来到了赵蝙蝠古玩铺的仓库,把石马装上了车,随即借着夜色匆匆忙忙地离开了。赵蝙蝠站在仓库门前,看着马车前边的马灯在夜色里一摇一晃地走远了,抬起头长长地出了一口气……

75

石马运出西安城的时候,虽然夜深人静,戈兰德与黄树螂却站在暗处悄悄地看着。因为戈兰德需要把事情弄清楚,才好回到北京后对格鲁山说明情况。

毕竟,格鲁山给了他那么多钱。

"飒露紫"和"拳毛騧"被运出西安后,戈兰德心里耿耿于怀,对赵蝙蝠白白捡的这个大便宜愤愤不平。他突然产生了一个想法,或者说一个强烈的欲望,赶紧上北京去,一边给格鲁山汇报这边的情况,一边弄清楚赵蝙蝠到底是在给谁做事。他一定要把这事弄清楚,如果有可能的话,还要把这事给揭穿,在北京城里再闹腾一场!

于是,他火急火燎地踏上了去北京的路途。

多日以后,他到北京又一次走进了古槐树后边的小洋楼。这一次,他再没有心情哼什么小调了。见了格鲁山,他什么话也没有说,拿出自己在昭陵和南院门前拍的照片。

格鲁山摇着自己的一头红发问:"失手了?"

戈兰德说了自己在陕西的经历。

格鲁山拿着那几张照片看了许久说:"有了这几张照片,我们也好对投资人巴龙先生有一个交代。"

戈兰德捋着自己的胡子委屈地说:"我们投资了那么多,让赵蝙蝠那家伙白白捡了一个大便宜。"

格鲁山想了想说:"对于巴龙先生来说,损失那些钱不是一个问题。"

戈兰德说:"赵蝙蝠到底在给谁做事?"

格鲁山说:"现在北京城乱象丛生,石马既然已经来到了北京,我们就要继续密切关注石马的去向。你明天先去赵蝙蝠那里看看,如果有可能,我们还可以与他合作。"

第二天,戈兰德去了赵蝙蝠的古玩铺,赵蝙蝠只与戈兰德喝茶聊天,只字不提石马的事,戈兰德也装出无所事事的样子。随后,戈兰德说:"我在店里转转,看有没有合心的物件。"于是,他一边在店里转着,利用赵蝙蝠短暂离开的时间,低声问伙计:"我听朋友说,赵先生从陕西弄回来两尊石马?"

伙计看了戈兰德一眼,摇了摇头。

戈兰德突然给伙计衣兜里塞了几枚银圆。伙计要拦,被戈兰德拦了回去。戈兰德又低声说道:"我是个生意人,没有别的想法,如果有可能,想和赵老板合作一次。"

伙计还是说:"老板,我真的没有见过啥石马。"

伙计说的是实话,他真的没有在古玩铺这边看见石马,赵蝙蝠也不会把石马放在仓库的事告诉他。退一步说,他即使知道,也不敢说,这是行规。

戈兰德气得把牙咬得咯吱响,却随意哦了两声。

到了树叶飘落的时候,卢禽哉趁国家动乱军阀混战之际,以自己开设的来远公司的名义,秘密地把石马运出了北京,在海边装上了货船。

由此,在国内无人知晓的情况下,"飒露紫"和"拳毛騧"离开了故土,离开了自己的国家,开始了风雨飘零的日子……

76

山民从咸阳回来后,就不得不面对二娃的父亲和杨拳师的师傅。

对于别的牺牲的军士,包括郭胜根,由于社会动荡,烽烟四起,山民可以捎话,也可以不告诉他们的亲人。生逢乱世,有许许多多的人,由于各种各样的原因离开家乡离开了亲人,之后一辈子再也没有和家里的亲人联系过,这并不少见。可杨拳师的师傅,特别是二娃的父母,就在他的身边呀。只是,他不知道,当着二娃他大的面,怎样把这个话说出口。

他一拖再拖,眼见夏天过半,他终于鼓起勇气独自去了烟霞草堂。

廷荚见山民一个人牵着马走进草堂,身边不见杨拳师和二娃,心里就悬了起来。山花从屋里隔着窗户一看见山民,已经忍不住眼含泪水。她知道他心里有多么煎熬。廷荚带山民来到屋子,山花倒了一杯水递到山民手里,默默地陪伴在一边。山民端着水杯,低下头看着地上,说了拦截石马的经过以及在外边的经历。随后,用几乎听不见的声音说,杨拳师和二娃牺牲了,二娃牺牲他是亲眼看见的,杨拳师牺牲的消息是从省里传过来的。

廷荚和山花泪流满面。

他们木木地坐了很久。

山花一边落泪一边说:"我做饭去。"

廷荚说:"我们去看看李老伯。"

李老伯正在地里干活,一见面,立即感觉到两个人的神色不对劲,但他心里还是怀着几分侥幸,木讷地问:"二娃呢?"

廷荚和山民没有回答。李老伯把两个人看了一眼,腿一软,扑通一下坐在了地上,眼泪如线一样往下落。二娃他妈一头散乱的白发被风吹着,突然放声痛哭,一边哭一边抓天抓地:"娃呀,我叫你不去,你咋不听话呀!这下咋办呀?娘往后咋活呀?"

山民和廷荚默默地坐在一边落泪。

廷荚不抽烟,他拿过李老伯的烟锅,在烟包里装上旱烟,再取过火链与火石打起火来。火星点燃了棉绒,廷荚赶紧把棉绒按在烟锅上,吃了几口,把烟锅递给了李老伯。李老伯手颤抖得厉害,把烟锅放在嘴边却衔不住。突然,也忍不住哭出了声……

当晚,廷荚说要陪李老伯,山民一个人先回了烟霞草堂。

夜色笼罩下的大地十分安静,庄稼地里飘出阵阵的清香,这是正在成熟的庄稼的味道。漫野的虫鸣和飒飒的夏风,让无边的夜显得愈加深邃寂静。哗哗流淌的泉水,沿着庄稼地边的土路,弯弯曲曲地向前延伸,水波在朦胧的月色下一闪一闪的。

山民回到草堂,山花一个人还坐在院子里,她见山民回来,擦着脸上的泪痕说:"饭在锅里热着呢。"山民满怀无限的哀伤说了声"不饿",又一次哀泪纵横。山民陪着山花坐在泉水边,你叹息一声,我哀叹一声,却不知道该说什么。来陪山花的山口村的姑娘,趴在窑洞的窗子上,默默地看着山花和山民的背影。

月亮越升越高,又慢慢地向西落去。两个人坐在泉水边,继续为二娃、为杨拳师、为郭胜根,还有许多牺牲了的年轻生命哀婉唏嘘。山花说起了山民离开小屯渡口的日子,李鬼又在西嘴坪村抢劫的事。于是,他们又为这动荡不安的社会哀叹,为庶民百姓哀叹,为今后的人生道路迷茫哀叹……

唉,这是一个什么样的世道!

年轻人连一个谈情说爱的心情都没有呀!

第二天清晨,廷荚还没有从李老伯那里回来,山民对山花说,他要去顶天寺看一下杨拳师的师傅。山花看着山民说:"我给你把头发胡子剪一下吧。"山民说:"不剪了。"山花再想说啥,话到嘴边却打住了。

临走的时候,山花装了一些粮食叫山民带上。随后,山民独自骑马上山了。

山民这是第一次去顶天寺。过了昭陵,一路上见不到一个行人。天地苍凉,一条窄窄的山路在萋萋荒草中蜿蜒。

他牵着马,来到爬满藤蔓枝叶的栅栏门跟前,喊了几声"师傅",却没有人回答。他推开栅栏,看见一位老人站在窑洞门口。他长长的辫子好像从来没有梳理过,长长的胡子好像瀑布一样扑满胸前。

他再喊一声"师傅",师傅仿佛没有听见,仍像雕塑一动不动地站在那里,但仔细一看,他脸上却老泪纵横。山民从马背上取下粮食走进了窑洞。一进窑洞,却见在窑帮上有一个小小的土窑窝,里边燃着香烛,山民身体一阵痉挛……

别过老师傅,山民本想回坡里村和西沟村去看一下养父母和他的父亲,可想来想去还是没去。他不想让老人看见自己现在这个样子,也不知道见了老人以后说什么。他骑马来到祭坛,坐在祭坛前的荒草地上,望着没有屋顶的小房子里空荡荡的两个基座,想着"飒露紫"和"拳毛䯄",带着两颗"破碎"的心,现在不知身处何处;他想着为了石马牺牲的二娃、杨拳师、营副和那些牺牲的军士,忍不住仰起头,望着昭陵上空,一声接一声地嘶喊起来,鹰无声地在山顶上盘旋……

再回到烟霞草堂,山民见廷荚和山花还有一个人坐在院子的泉水边说话,山民当即没有认出来,就没有说话。但对方站起身却像熟人一样对他轻声一笑,但笑声里却带了许多的忧愁。

山花说:"你看她是谁?"

山民仔细一看,喊了声"杏花"。

杏花从前的辫子没有了。

廷荚忧愁地说:"杏花从婆家跑出来了。"

山民问:"为啥?"

杏花说:"我大把我嫁给了一个傻子,连左右手都分不清,连自己多大了都不知道。"

山民惊奇地说:"能傻到这种地步?"

杏花说:"我是结婚后才听村里人说,当初,我大在媒人家里见的那个娃,就不是他本人,是他弟弟。"

廷荚说:"这样的事,在方圆几十里并不少见。"

山民说:"当父母的也不想想,这样做两个人能长久吗?"

廷荚说:"做父母的,自己的娃再傻,都想给娃成一个家呢。"

山花说:"父母这样做还能理解,那媒人就这样不负责任?明明知道事情的真相,为啥为了这一个,要害另一个?"

杏花说:"那媒人就要了个嘴,只要给些好处,尽睁着眼说瞎话。到现在,我大还相信媒人说的话,不相信我说的话,说我胡说呢。"

廷荚叹息着说:"祖祖辈辈都是这样过来的,嫁鸡随鸡,嫁狗随狗,儿女的婚姻都是由父母说了算,无论嫁了怎样的人都要跟着过一辈子。"

杏花说:"啥过一辈子?那是哄傻子呢。"

山花说:"要是他们家里人找来咋办?"

廷荚说:"你大肯定要来草堂找你。"

杏花气愤地说:"我大把我都嫁出去了,还凭啥管我?"

廷荚说:"虽然你嫁出去了,你还是你大的娃。"

杏花突然哭着说:"我大要是一个明白人,他就不会来。我都跑出来了,还能跟他回去?"

接着,杏花又红着眼看着学堂外边的蓝天说:"二娃死了。我亏欠了他。"

大家沉默不语。

杏花回过头看着山花说:"咱一块跟山民当兵去。"

山花说:"反正就生在了这样一个乱世,与其这样死气沉沉,还不如到队伍里去。"

山民望着草堂外,忧心忡忡地说:"你们想到队伍里去,我当然欢迎。可是,你看现在的国家,到处都是乱象丛生打打杀杀,你们现在去当兵,是为了谁,是为了啥?我说不上来。"

杏花说:"为革命,为能过上自由的生活。"

山民说:"可是,谁是革命者,我现在也弄不清楚,我也是糊里糊涂,摸不着方向。"

杏花说:"那咋办?"

山民说:"我也迷茫,不知道下一步要走向哪里。当初,我跟随张云山,说是为了革命,到今天,当初的那些革命党人,张云山死了,万炳南死了,张凤翙走了……"

廷荚叹息一声,对山花和杏花说:"现在没有条件,就先在学堂里待着,帮我把学堂办好,这也是为国为民呀。"

暮色降临,山民骑马离开了烟霞草堂。

77

在山民离开小屯渡口的这段日子,刘干手下的土匪,在泾河以东聚起二十多人,拉起杆子兴风作浪。李鬼知道后,就派人去打探消息,想把这伙人收编以壮大自己的实力。

一天,李鬼带着人马来到河东地面,在一个叫狼窝里的村子把这伙人包围了。由于李鬼现在人多势众,恶名在外,当一报名号,那些土匪就乖乖地归顺了李鬼。

随后,他们喝酒吃肉庆贺一通后,带着马车、梯子等准备下山。现在的李鬼,已经看不上抢骡子抢牛了,他已经在预谋抢劫城池枪械,发展人马。想着要当大土匪大司令了。

他带着人马刚要出山,发现山下有一伙过境的人马。李鬼不明真相,怕是山民的队伍,就躲在山坡上观察。他们虽然打着旗帜,自称是"革命军",但从穿着上看更像是一伙乌合之众,也像是一群土匪。李鬼想起前一阵子听人说过,有一伙近百十号人的土匪,从北路下来沿途烧杀抢掠,李鬼判断,很可能就是这伙人马。

李鬼想弄明白他们到底想去干啥,就尾随其后。

那伙人过了泾河,在小屯渡口吃了饭并没有停脚,继续一路向西。

李鬼一摸脸上的那块黑皮,有了想法。

夜深人静的时候,那伙土匪来到醴泉县北城门,竟放火烧起城门,胁迫县城防营(已改名为警察所)交出所存枪支。躲在其后的李鬼,看着眼前发生的事,说机会来了,就带着自己的人马来到县城东门,利用县城防营团丁在北门与放火的那伙土匪交战的机会,带人从东门悄悄架梯入城,冲进县署衙门。留守的团丁(警员)看见突然出现在眼前的一群人,不知发生了什么事,等明白过来想反抗,却被当场杀头。李鬼把刀架在知事的脖子上,强迫其打开枪械库房,抢走了库房里所存的枪械,又逼迫知事打开东城门,逃入黑夜。

随后,自称"革命军"的土匪入城后却一无所获,一气之下,纵火烧毁了衙署。知县知道事情弄大了,不敢等到天亮,连夜背着银圆骑着马跑了……

从此,驴脸李鬼凭借着枪多人多,有恃无恐。之前,他曾带人到西嘴坪村去抢过张广社家的骡子,吃了大亏,大嘴也被土枪打死,这件事他虽然没有忘记,但随着实力的壮大,对这件事好像不怎样放在心上。可西嘴坪村张大老汉的二娃张宝,却一直对山民和张广社在叱干里出自己的洋相,还有被枪打伤的事怀恨在心,一再撺掇李鬼对张广社进行报复。

抢劫县城后的一天晚上,喝过酒的张宝,又对李鬼说起此事。李鬼自己懒得去,叫手下人带着几十个土匪到西嘴坪村去抢劫。与上一次一样,张广社一听见村里的狗叫,立即喊他哥,叫他哥先带着家里人架梯子上了高窑,自己拿起土枪通过暗道下了土沟,然后与一个团副上了村里的土楼。

这一次,张宝吸取上一次教训,带着土匪绕开村里的土楼,没有走大路,从沟里的一条小路进了村子。他们把土匪分成两伙,一伙绕道来到张广社家的崖背上,趴在崖背边拿着枪对着院子和崖背下的土街。另一伙直接来到张广社家的院门前,架火烧院门。转眼,大火熊熊,没有多久,院门就被烧毁。张广社带着村里民团的人趴在地坎下,与土匪对射,虽然他们人不少,却只有一杆土枪,根本不是土匪的对手。特别是土匪有从县城防营抢劫来的快枪,民团始终不能靠近,眼睁睁看着张宝引着土匪进了张广社家,拉走了骡子。张广社他哥趴在高窑,通过暗眼(观察孔)看见土匪要拉骡子出门,就急疯了,拿起马刀下了高窑要与土匪拼命,刚跑出窑门没有几步,就被土匪打倒在院子里。

张广社和村里民团的人,趴在黑夜里,眼睁睁看着却没有办法。

事后,全村人都在骂张宝。张大老汉觉得自己没脸在村里活人,没脸见村里的父老乡亲了,就拿了一根绳,把自己吊死在村外的柿树上。

78

　　格鲁山和戈兰德对于石马落入赵蝙蝠手里,让赵蝙蝠捡了个大便宜,心里很是愤愤不平。他们看见中国的大地上,到处是乌烟瘴气,是大小军阀土匪相互混战,分裂动荡的局面愈演愈烈,更是不甘心失败,更是想起昭陵祭坛上的另外四尊石马,更是相信在这军阀混战硝烟弥漫的时候,没有人去注意荒草萋萋的山坡上,那几尊风雨剥蚀斑痕累累的石马。

　　于是,戈兰德离开了北京,再一次踏上了去西安的征程。

　　戈兰德一路上走走停停,战战兢兢躲避着战乱,经过多日的鞍马劳顿,再一次来到西安,仍然去找古董商黄树螂。黄树螂的一对老鼠眼鼓得圆圆的,惊讶地张着嘴,看着走进店铺的戈兰德,半天才醒过神来,鼻子一耸一耸地说:"我的爷呀,你咋又来了?你真是个不要命的家伙!你这高鼻子深眼窝,真不怕遭抢劫,不怕乱枪把你打死吗?"

　　戈兰德捋着自己的大胡子说:"我们探险的人,没有这种冒险精神,哪能寻得到宝贝?"

　　黄树螂说:"西安城里还有啥宝贝,值得你再一次冒着被杀头的危险?"

　　戈兰德说:"那昭陵的山坡上,不是还有四尊石马吗?"

　　黄树螂鼻子一耸惊讶地说:"'飒露紫'和'拳毛䯄'已经弄出那么大的动静,你还想弄石马?"

　　戈兰德捏着自己的大鼻子说:"就是因为'飒露紫'和'拳毛䯄',才叫我们耿耿于怀,再一次来冒这个险。"

　　黄树螂问:"还像上一次那样吗?"

　　戈兰德摇着头说:"这一次,可不能做那样的蠢事。"

　　黄树螂说:"那咋样做?"

　　戈兰德说:"这一次,我们不用去找周四皮先生,直接去找刘法胜先生,悄悄地邀请他来西安,商讨一个更好的办法!"

　　黄树螂笑道:"我明白了。"

　　几天后,为了安全和隐秘考虑,戈兰德留在西安,黄树螂带着伙计,骑马去了叱干里……

就在戈兰德和黄树螂再次为盗窃石马做准备的时候,另一个神秘的"探险家"也来到西安。

他与戈兰德并不认识,也不知道戈兰德对昭陵上剩下的四尊石马又有了企图。他以"博士"自称,长着一个又长又大的鹰钩鼻子。在北京,虽然云集了西方的古董商人,他却是第一个知道是卢禽哉的来远公司,秘密地把"飒露紫"和"拳毛騧"运出了国门的人。

这让他对剩下的四尊石马产生了觊觎之心。

他苦思冥想,借助在北京的关系,花重金找到了一位"高人"。就在戈兰德第二次来西安后没有几天,这位"博士"就由这位"高人"陪着,跟在戈兰德的后面进了西安城。之后,由这位"高人"介绍,在西安北院门最大的一家裁缝店,结识了西安城内有名的裁缝店的老板陈野狐。陈野狐人高马大,留着后拢头,戴着瓜皮帽,一年四季,多半都穿着狐狸皮毛一般的丝绸袍子。当然,冬天是丝绸棉袍,夏天是丝绸长衫。

这位"高人"之所以找陈野狐,是因为陈野狐与陈树藩有着特殊的关系。是因为不久前陕西刚经过了一次"富平兵变",陈树藩当上了陕西督军。

原来,由郭坚、耿直、曹世英、高峻率领的革命军宣布起义,举起了西北护国军的大旗,转战陕北,使当时的陕西督军陆建章大为恐慌。为了镇压起义军,他任命陈树藩为陕北镇守使兼渭北"剿匪"司令,前往镇压。同时,又派自己的儿子陆承武率领队伍,出巡渭北,剿灭革命党人。陆承武率军到达富平后,由于陈树藩的部下胡景翼,本来是要镇压革命党人,却与刘守中、张义安、邓瑜等人树旗反陆,阵前反戈,夜袭了陆承武的防地,并将陆承武捉为人质。

陆承武团被歼后,起义军要推举胡景翼为陕西护国军总司令,胡景翼却以有旅长而不受,遂将陆承武交给了陈树藩。陈树藩乘机宣布陕西独立,并以陆承武生命安全为条件,迫使陆建章离开陕西。陆建章看到全国反袁斗争日益高涨,在陕西已经难以立足,遂与陈树藩达成解决"富平兵变"协议,或者叫"献城赎子"协议。按照协议,陆建章向袁世凯推荐陈树藩为陕西督军,陈树藩护送陆建章全家并带着搜刮来的银圆、古董、烟土、字画、皮货、珍宝等安全离开陕西。

接着,袁世凯在汹涌澎湃的讨伐声浪中,忧愤成疾不治身亡,陈树藩也跟着取消陕西独立,服从中央政府即北洋政府,并被黎元洪任命为汉武将军,督理陕西军务,兼署巡按使……

陈野狐在金钱的驱使下,答应帮助这位洋"博士",并经过充分商量,制定出了一个"偷运"的方案。

这一天,陈野狐安排洋"博士"待在西安,自己另带人马来到了醴泉县署衙门。此时的县署衙门,曾被烧毁的房屋仍没有修复。陈野狐站在院子里喊了一声,有人跑了出来。

陈野狐问:"你是知县吗?"

跑出来的人说:"不是,我是城防营的黄团总,不,现在改叫警察所。"

陈野狐问:"你们知县呢?"

黄团总说:"前边闹过土匪,纵火烧了县署,知县跑了,到现在还没有回来。"

陈野狐说:"为啥不上报省府呢?"

黄团总说:"我们不敢做主,在等知县回来呢。"

陈野狐说:"一个县署,没有知县像个啥?"

黄团总不知道陈野狐的身份,但看着他的瓜皮帽,耀眼的绸缎长衫,还有他傲气的眼神,以及跟随在他身边高头大马、腰间别着快枪的黑脸大汉,根本不敢再问,只有唯唯诺诺地应承着。

陈野狐说:"既然没有知县,那这事就交给你办了。"

黄团总继续唯唯诺诺地赔着笑脸。

陈野狐一本正经地说:"我是陕西都督府的人,我们到屋里去说话。"

在屋子里,陈野狐拿出一份公函让黄团总看。

黄团总没有见过省都督府的公函,不说辨认不清是真是假,连这样的想法都不敢有。他瞥了一眼公函上的那个大红印,至于上边说什么,都不敢往仔细地看,头已经点得像啄食的鸡。

陈野狐问:"以前昭陵上的两尊石马被人偷盗的事还记得吗?"

黄团总点头说:"记得,记得。"

陈野狐说:"那石马可是国家级的宝贝,省都督府已经得到消息,那两尊被盗的石马,已经被人弄到外边去了。以防万一,防备石马再次被盗,省都督府决定把剩余石马运到西安去保护。"

黄团总已经被那张公函弄得蒙昏了头,几乎没有思考就连声"好好好"。

接下来,陈野狐和黄团总谈了事情的具体细节,最后,让跟随的人拿出一个袋子放在桌子上说:"这是人力车马的费用。"

黄团总一下显得惊慌失措,眼睛成一条缝,一脸的肉僵硬地笑着。

陈野狐说:"等把石马安全运到西安,省都督府还会重奖你,到时候让你做知县,你还有什么困难?"

黄团总被弄得云山雾罩,辨不来东西南北,一味地沉浸在惊慌与不安中,陈野狐这样一说,他仿佛才有些清醒过来,木木讷讷地说:"闹土匪的时候,有团丁被杀,有团丁跑了,库房里的枪也被抢空了。"

陈野狐想了想说:"这个好办,我回去安排一下,你后天就带着人到西安来拉运枪械,到运石马的时候我再带些人手过来。"

黄团总又是一连几声"好好好"。

79

陈野狐与这位洋"博士"肯定没有想到,他们一到西安,就立即被黄树螂和戈兰德注意上了。

原因是,围绕着鼓楼所在的南院与北院是西安最热闹的地方,是各色人等最集中的地方,是西安政治、文化、商业的中心,街道纵横,店铺林立。陈野狐之所以把自己的裁缝店开在北院门,就是因为他的裁缝店不是普通的裁缝店,他的店只裁剪绫罗绸缎一类服装。而能穿这类衣服的人,多是有权有钱有地位的人。

古董商黄树螂的古董店,和陈野狐的裁缝店离得不是很远。由于在此多年,相互都有些了解,特别像陈野狐这样与陕西督军有特殊关系的人,自然会受到更多的关注。

在戈兰德的眼里,凡是来西安的外国人,都可能与石马有关。相反,陈野狐却根本没有往这方面去想,没有把戈兰德、黄树螂和石马联系起来。

于是,黄树螂和戈兰德一方面加快了自己的脚步,要抢到其他人的前边,一方面偷偷地派人从早到晚监视着陈野狐那边的动静。

刘法胜一到西安,黄树螂先把刘法胜和随行的团丁带到旅店住下,等到晚上,只带刘法胜来到密室,商量起具体的行动办法,并把陈野狐带人去醴泉县署衙门的事告诉了刘法胜,要求刘法胜密切注意陈野狐下一步的行动。

第二天,天还没有亮,刘法胜和随去的团丁站在街边吃了几笼羊肉包子,喝过几碗豆浆,就急急忙忙地出了西安城。

刘法胜骑着那头皮毛像黑绸缎似的骡子,怀里揣着快枪回到醴泉县,却没有急着回叱干里。第二天一大早,他站在自家楼子上一边考虑着行动方案,一边注意着县署衙门那边的动静。看到县署大院被火烧焦的房舍里没有一个进出的人,他心里就有了疑虑。他下了自家楼子来到县署,没见到黄团总,只有一个年长的团丁坐在院子里打瞌睡。刘法胜说:"一大早咋一个人坐在院里打瞌睡?"

老团丁说:"县署里就剩下我一个人。"

刘法胜问:"黄团总呢?"

老团丁说:"团总带着人马到西安领枪械去了。"

听到这话,刘法胜就来了兴趣,一边给老团丁发烟卷一边问:"啥时候去的?"

老团丁说:"今天天没亮就走了。"

还没有等刘法胜再问,老团丁一边抽着烟卷一边又说:"省都督府来人了,说是要把昭陵的石马运到西安去保存呢。"

刘法胜一听这话,就有些坐卧不安了,但他仍然装作漠不关心的样子,和老团丁有一搭无一搭地说着话,直等到吃早饭的时候,才懒懒散散地离开了。

刘法胜从县署回到家里,哪里也不去了,就一直待在自家的楼子上,嘴里噙着玉石烟锅,一锅接一锅抽烟,向县署院子这边瞭望着。

一天过去了,又一天过去了,第三天天都麻麻黑了,黄团总带着人马才从西安回来。刘法胜立即赶了过去。

黄团总一点都不知道陈野狐身后的秘密,以为真是省都督府交办的事,也就不需要隐瞒啥。他一看见刘法胜就说:"哎呀,刘团长,你来了就好,我明天还想去叱干里找你呢。"

刘法胜心知肚明,故意问:"找我有啥事?"

团总说:"省都督府要把昭陵剩余的石马运到西安去保存呢,知县不在,守城营的团丁又少,你在叱干里当团长,人手多,对山上的路径情况也熟悉。"

刘法胜心里一惊,愉快地说:"黄团总,你是咱守城营的头儿,你盼咐就是了。"

黄团总说："再过十天左右,省都督府就要派人马过来,我们先要做好准备,还要给周围的乡民把这事说清楚呢,免得他们拦挡。"

刘法胜理直气壮地说："以前有人想偷咱的石马,今天省都督府是为了保护石马,这是两回事。"

于是,黄团总按照陈野狐的安排,和刘法胜商量起具体的行动方案。刘法胜说："团总只管放心,叱干里的事,你就交给我了。"

第二天,刘法胜天刚亮就出了城门,却没有回叱干里,而是快马加鞭去了西安城。他让随同的团丁在城外的骡马店等着,自己只身一人去找黄树螂。见了黄树螂,他简单说明了情况和行动的时间,就立即离开。当晚,他和团丁歇在城外的骡马店里,第二天清晨,快马加鞭直接回到了叱干里。

80

刘法胜回到叱干里,一边安排人去找驴脸李鬼,说好长时间没有见,让他来把弟兄们犒劳一下。一边叫年长的团副通知周围各村民团的团头,来叱干里开会,说明运送石马的事。

因为搬运剩下的四尊石马是公开的事,廷荚和山民也知道了此事。不过,对于山民来说,仍十分尴尬。毕竟,这一次要运送四尊石马到省城,是因为前边两尊石马被盗运。现在,两尊石马带着破碎的心飘零异乡,至今,他都没脸去见周围的乡亲。如果再把剩下的四尊石马运走,那昭陵的祭坛上就变得空空荡荡了。面对又一次变故,他痛心疾首又万般无奈。他站在泾河岸边,仰天叹息,泪流满面。

他决定再去烟霞草堂,与廷荚商量一个办法。当他驰马来到烟霞草堂时,只有山花一个人。山民问："你大呢?"山花愁眉苦脸地说："我大担心杏花,跟我二大前天回家去了,还没有回来。"山民问原因,山花就说了前天发生的事。

杏花说过,她大把她嫁出去了,还凭啥管她,但她大还是要管她。

前天,杏花她大廷智黑着脸赶着牛车又来到烟霞草堂,牛车后边还跟着三个彪形大汉,其中就有杏花的那个傻男人。他们一进草堂门,就气势汹汹地寻找杏花。杏花和山花正在厨房做饭,一看见牛车,杏花叫山花出去看情况,自己藏在了柴窑里。

廷荚正在给学童讲学,见他哥领着几个人来,不得不把讲学停下来。那些学童们也跟着跑到学舍外边看热闹。廷荚把他哥等人叫到自己的屋子,倒水让座。

廷智不坐,拿着鞭子指着廷荚说:"杏花是不是跑到你这里来了?"

廷荚没有接他哥的话。

廷智继续拿鞭子指着廷荚说:"都是你教得好,都结了婚的人,还心野得不守家,不跟着男人好好过日子,你到周围打听,哪有这样的女人,和土匪差不多!当初,就不该听你的话,要是给她把脚缠上,还能像今天这样,一拧身一抬脚就跑了?"

廷荚听着他哥的话,把那三个黑脸大汉看了看,嘴皮动了动没有说话。

山花一看今天的阵势,知道杏花多半是躲不过去,他们肯定要在院子里找,躲在柴窑里实在不是好办法。于是,她跑到柴窑,和杏花悄悄把柴窑里的梯子搬到墙根下,想让杏花爬梯子翻墙跑出去。可就在杏花翻上墙头时,被站在屋门口杏花的傻男人看见,他大声地喊着杏花。其余的人也跟着从屋里跑出来,向草堂外跑去。杏花毕竟是女子,翻过墙头没跑多远,就被他们追上了。杏花的傻男人抱着杏花,另两个男人抬着杏花的脚,进了学堂的门。杏花大声地喊着二大,廷荚气愤地大声喊:"有话好好说嘛!这和土匪有啥区别!"廷智却黑着脸,走到牛车跟前,从车上取下绳扔给杏花的傻男人。

三个男人用绳把杏花的手脚捆绑起来,抬着放到了牛车上。

杏花已不再挣扎,眼角流着泪,绝望地望着天空。

廷智一手牵着牛缰绳,一手用鞭子狠劲地打着牛,与那伙人离开了烟霞草堂。

学童们不知其故,木呆呆地看着眼前发生的一切。

山花流着泪问她大:"咋办呀?"

廷荚说:"不行,如果把杏花直接拉到她男人家里,杏花肯定要出事。先把杏花送到她妈跟前,等缓一缓。你照看着学童,我骑骡子跟着回去看看。"

山民听山花讲完事情的经过,眼圈发红,唉声叹气地说:"与其这样,真应该让杏花跟着我去当兵才对。"

山花落了泪说:"要不,等我大回来,再回去一趟,给杏花悄悄说一声,让她先忍着,后边找机会我们一起去当兵。"

山民说:"之前还总想没有女子当兵,现在,把事情想开了,就从你们开始,由你们开这个第一。"

山花脸上出现了笑容。

接着,山民说了找邢先生的原因。山民说:"在来的路上,我已经想过,安排几名军士,每天骑马上山去巡护,随时通报情况,我是担心这事背后有啥阴谋,要多一个心眼呢。只是从小屯渡口去昭陵有些不方便,最好能让人马临时住在草堂这边,这样上山去就方便了。"

山花说:"能不能把马安排在李老伯那边?"

山民鼻子一酸说:"二娃走了,李老伯看见军士要伤心。现在是夏天,就在草堂的墙角搭一个草棚就行了。"

81

对于乡民们来说,一千多年,祖祖辈辈日日夜夜,已经习惯了与九嵕山、神鹰、神马相互守望的日子。那神鹰、那神马、那高高耸立的九嵕山、那在九嵕山深处长眠的太宗神主,已经和乡民们心灵相依。自从两骏被盗走后,大家心里总感到一种至深的缺憾。再到庙会的时候,大家到昭陵的祭坛上,看着"飒露紫"和"拳毛䯄"曾矗立的地方空空荡荡,心里的那种愤恨、哀伤,还有深深的失落,就像高高的九嵕山一样压在心上。

如今,省府又要把剩余的四尊石马再运到西安,这样的话,那千百年来相互守望的格局就没有了,就不复存在了。这样的话,也就违背了长眠在九嵕山深处的太宗神主当初的心愿,也使荒草萋萋的九嵕山更加落寞,使世代生活在这片土地上的乡民心里的那份缺憾更深了!

可是,乡民们有什么办法呢,这是省都督府要办的事情呀,他们再怎样不舍,再有多深的缺憾,也不能把都督府怎么样。无奈,在他们不知道搬运四骏的具体日子的情况下,他们选择了六月二十八日庙会正会的这一天,再一次聚集到了祭坛上,对日夜陪伴自己的神马,做最后的一次祭拜!

太阳已高高升起,淡淡的晨雾还弥漫在纵横交错的山谷间。祭坛前已经站满了从周围赶来的乡民。山民、廷荚和山花也一起赶来参加祭拜活动。

九嵕巍巍,荒草萋萋,山风飔飔,幡旗猎猎。郭老先生长衫蓝袍,银须飘拂,站在荒草萋萋的祭坛上,仰天一声哀叹,热泪长流,高喊一声:"起乐——"

随着老先生的喊声,先是几声洪亮悠远的大锣与鼓声,跟着是十几把唢呐悲壮绵长的吹奏,祭拜活动开始了。

在锣鼓声、唢呐声、梆子声和丝弦声中,各村依次把猪、羊、"神馍"、香烛、纸帛、清酒、果品等祭品,供奉到祭坛前萋萋的荒草上——由于这是最后一次在故土对神马进行祭拜,所以,各村子的乡民都尽其所能。

接下来,是焚香祭酒化纸叩拜……

就在纸钱燃烧的时候,人群中传出了哭泣声,随之蔓延为一片哭声。

在众人的哭声里,郭老先生仰起头,长长稀疏的胡子被山风吹拂着,他望着在山顶上盘旋的神鹰,一边落泪一边诵唱起祭文:

"呜呼,千年石马,遭遇厄运,分崩离析,流离失所!

我九嵕山之乡民,痛入骨髓,肝肠寸断,哀泪涟涟!

今再聚山陵,仰望苍天泣祭。今国家动荡,战事不断,盗贼蜂起,神马背井离乡,违逆吾先祖当初之心愿!呜呼哀哉,罪莫大焉!

高高在上的神灵呀,请宽恕庶民百姓吧,请福佑我中华大地吧——偃甲息兵,匪患不兴,国泰民安!"

接着,长发散乱满脸胡须的王山民,泪流满面站在荒草萋萋的祭坛上,情不自禁仰望苍天曰:

"九嵕苍苍,泾渭泱泱,天地神灵,为何不庇佑我中华苍生!

今盗贼蜂起,军阀林立,乱象丛生,致我庶民百姓不能安生,水深火热!致我千年神马,破碎支离,四分五裂,流落他乡!

愧为军人身,不能报国,不能安民,忍辱偷生,混沌蒙昧,行如狗彘,生不如死啊!"

廷荚青衫长巾,张开双臂,接着高声泣曰:

"呜呼,泣祭苍天神灵,福佑我中华大地,福佑我庶民百姓吧——山高水长,国泰民安,五谷丰稔,六畜兴盛……

呜呼,尚飨吧!"

山风飔飔,旌幡猎猎,香烟袅袅……

锣鼓沉滞悠远,唢呐激越飞扬,丝弦细腻哀婉……

众乡民跪在萋萋荒草的祭坛前,哀泣声惊动天地神灵……

82

天没有亮,星星还在天上闪耀,有八辆马车已经来到了叱干里。李鬼等人接应以后,带着这些马车向昭陵驶去。

李鬼不知道事件背后的故事,真以为是省都督府派来的。再说,刘法胜又给了他超出想象的银圆,这让他感到十分满意。

晨光初升,马车一到山脚下,就惊动了栖息在山崖上石洞里的神鹰,它们在山上盘旋鸣叫。

周围的乡民,听见神鹰的叫声,知道山上有事,猜想是省都督府派来搬运石马的。他们停下手里的活,急切地赶往山上。

这是在自己家乡的土地上,最后一次能看见神马的日子。

等众多的乡民赶到时,李鬼带着人已经开始行动了,他们为了装运方便,先把东西两庑已经没有屋顶的破砖墙推倒搬离,然后将"特勒骠""青骓""什伐赤""白蹄乌"从底座上搬了下来。由于石马历经千年,蚀痕累累,有的地方已经有明显的断裂,等石马从底座上搬下来时,有的已经破损;未破损的石马,轻微用锤在背面一击,就四分五裂。他们把破损的石马用草帘子和绳索包裹后装箱,在厚厚的荒草中,一点一点拖移到坡道下边,然后以椽搭桥,把石马移到了马车上。

由于人手多,石马很快被装好了。在郭老先生、邢先生、张广社和众多乡民的注视下,马车离开了九嵕山北麓,沿着乡间大路走去。乡民们呆呆地坐在山岭上,望着走远的马车,望着荒草萋萋空空荡荡的祭坛。

从前那两座残破不堪的东西两庑,已经不复存在,远远地看去,在荒草里,只剩下几个砖堆子。

鹰已经不知了去向。

有人忍不住走到祭坛上,坐在荒草里的砖堆上发呆。

人群里突然传出了哭声,这哭声像水一样向四周漫延……

按照刘法胜的安排,李鬼把拉运石马的车队送出九嵕山,就带着自己的人马吃肉喝酒逛窑子去了。李鬼并不知道,拉运石马的车队一离开叱干里地界,刘法胜就戴上石头眼镜,腰里别着快枪骑着骡子,跟在车队后边下了头道原。在原下,黄树螂和戈兰德已经带着人在那里等着。刘法胜拿了银票,头也没回又回到了叱干里。

只隔了一天,醴泉县署的团总和陈野狐带着人马车辆,来到了叱干里。这一次,由刘法胜直接出面,他装作什么也没有发生过的样子,先把车马安排在骡马店,又在十里香饭馆请大家吃过饭,吃完已经是傍晚。第二天清晨,刘法胜又亲自带着人马向昭陵出发,到了九嵕山北麓,刘法胜装模作样陪着黄团总和陈野狐一起向祭坛上走去。走到半坡,他突然惊呼一声,甩开别人,连跌带爬向前跑去,随之坐在祭坛前的荒草里,惊慌失色地大喊大叫:"石马!石马咋不见了!"

众人也急切地跑上祭坛,看着眼前的景象,同样惊骇失色……

83

当拉运石马的车队离开九嵕山的时候,西嘴坪村的张广社说了一句话:"这事情背后要是有诈咋办?"

张广社这么一说,在众人中间立即引起了一阵骚乱,大家议论纷纷。郭老先生说:"还真怕有这种可能,我们后边要跟人呢。"

张广社说:"他们是马车,我们没有牲口,跟不上。"

廷莱正在一边着急地走来走去,听到这话说:"巡山的军士已经去小屯渡口,山民带着人马就来了。"

于是,大家都站在山梁上,急切地朝山下看着。稍后,山民果然带着人马向山上奔驰而来。此时,祭坛上已经静悄悄,山民来后听了大家的意见,随之叫两名军士牵着廷莱的骡子回烟霞草堂,把骑的马让给廷莱和张广社,让他们跟着自己一同行动。在众乡亲的注视下,山民带着骑队出发了。虽然前边是车队,可是黄树螂和戈兰德心里明白事情背后存在的阴谋,所以一路打马疾行。山民他们赶到店张驿的时候,天已经黑了。他们在骡马店一打听,说有一队车马刚从这里过去。为了不让前边的车队发觉,山民让军士和马匹在此稍作休息,随后又一路紧追。

月光照着大地。山民感觉快要追上前边的车队了,他派几名军士在前面侦察情况,其余的人远远尾随其后。

快到咸阳县,已经能隐隐约约看见咸阳县城墙,前边侦察情况的军士回来报告说,车队在咸阳北门外车马店里歇了下来。山民听后,索性带着队伍绕开车马店,从西门进了咸阳城牛团长的驻防地。随后,牛团长一边派人到城外继续侦察情况,一边让山民等军士吃饭休息。

由于离开了醴泉地界,黄树螂感觉到相对安全,又由于连续赶路,人员牲口实在太疲惫了,他们便停下吃饭休息。等到了天边出现了黎明的曙色时,才又启程。接下来,黄树螂等人可能出于隐秘的原因,带着车队没有从咸阳县渭河渡口过河,而是从渭河北岸一路向东。渭河北岸相对于南岸来说要隐蔽一些。

侦察情况的军士赶紧回来把情况告诉了牛团长。牛团长、山民、廷荚和张广社经过商量认为,他们如果真是省都督府派来运送石马的,就应该过渭河直接朝西安方向走,为啥要走渭河北岸,舍近求远?这事多半是另有阴谋。于是,他们决定兵分两路。由廷荚和张广社为一路,去西安找学界名流,然后去省都督府或省议会打探消息,并告发此事。另一路由牛团长和山民带领,继续跟踪,弄明事实真相。

黄树螂再次带着车队马不停蹄地赶路,到太阳落山的时候,走到了西安城北的渭河草滩的上码头。渡口上,客店商铺,河里河外,船上船下,人来人往。

牛团长和山民由于人马众多,不便在渡口停留,就在远离渡口的地方找了一处停歇下来,只派两个穿便装的军士去渡口那边侦察情况。

夜幕降临,渡口也渐渐安静下来。

黄树螂等人又一次出发了。

原来,渭河草滩有上下两个码头,上码头是渡人的,下码头才是渡货的。黄树螂带着车队赶到下码头,那里已经有船有人在等着。他们小心谨慎,熄灭了马灯,只借着月光干活。黄树螂站在河岸上,一边观望一边指挥着大家把箱子往船上装。他打算让戈兰德借着夜深人静的时候,走水路离开西安地界。

牛团长和山民隐藏在稍远处,观察着那边的动静。他们已经断定,事情肯定有问题,不然,为啥要这样偷偷摸摸?

特别是,当他们把石马装上船以后,并没有驶向河的对岸,而是沿着河道向下游驶去。此时的黄树蠮，还是多了一个心眼，因为还在西安地界上，他终究不放心，没有叫戈兰德随船走，而是与船家说好了交货的地点，让戈兰德随后到指定的地方去收货。

就在山民和牛团长准备行动的时候，渡口那边突然响起了枪声，有一马队影影绰绰疾驰而来，向船队奔去。黄树蠮喊一声"坏了"，随之与戈兰德骑马消失在月光迷离的夜色里……

山民也带着马队紧急追赶，那些船夫被迫掉转船头。

山民上前相互通报后才知道，前边的马队是驻防在渭河北岸的靖国军，他们已经得知消息，说陈野狐他们以省都督府的名义在盗运石马，要用大车把石马运到草滩渡口后，再装船由水路运走。近几天，他们派兵日夜在渭河北岸巡逻，并把陈野狐告发到了省议会，同时在西安城内散发传单，声讨陈野狐盗卖国宝之行径。

靖国军也不了解事情之间的阴谋。

另外，廷荚和张广社并不知道在山上拉运石马的是谁，他们一到西安，看见大街上的传单，也以为在山上拉运石马的是陈野狐。他们立即去找学界名流，正准备在西安城举行示威游行活动。

第二天，学界和社会各界在西安城举行了声势浩大的声讨陈野狐盗卖国宝的游行活动。半早上，有消息传来，说石马在草滩渡口已经被截获。游行的队伍再次群情激昂，一路高喊着"反对盗卖国宝""反对祸国殃民""严惩卖国贼陈野狐"的口号，向省都督府走去。陈树藩迫于压力，出面向大家谢罪，并紧急派人派车去草滩渡口，将石马运到了陕西省图书馆。

84

黄树蠮和戈兰德利用夜幕的掩护，仓皇逃脱。第三天，戈兰德失望之余，跑到陕西省图书馆，趁四骏还放在图书馆前，又拍了几张照片，之后灰溜溜地离开西安，回北京给他的投资者去交代。

有趣的是，陈野狐、洋"博士"与北京的那位"高人"，还没有见到石马，却先背了恶名。当他们从醴泉回来，石马已经放在陕西省图书馆前。起初，陈野狐并不知道事情的真相，只感到从街上走过时，认识自己的人，不再用以前那种尊敬的目光看自己，不再像以前那样殷勤地和自己打招呼，要么视而不见，要么乜斜着眼睛，用那种轻蔑的目光看着自己。他回到裁缝店，问伙计，伙计不好意思说。他倒气愤起来，逼着伙计说，伙计吞吞吐吐半遮半掩说了，他当即就蒙了，半天醒不过神来。这时，陈树藩却来了，指着陈野狐的鼻子骂，一边骂一边说了事情的经过。

陈野狐气得把牙咬得咯吱响，从此没脸见人，躲在裁缝店里从早到晚长吁短叹，用拳头在自己胸膛上砸，用手打自己的脸，恨不得端一盆狗屎往自己头上倒。说自己羞了先人，被人耍了，背了骂名还说不出口。从此，他一病不起。

而北京来的那位"高人"，更像做贼一样，站在一边听着陈树藩的话。他甚至没有看陈野狐一眼，就拉着洋"博士"的胳膊离开了。他恼羞成怒，一边大骂陈野狐一边又骂自己，第二天，就带着那个洋"博士"，像被打断腿的狗一样，垂头丧气灰溜溜地离开了西安城。

石马再次被盗，西安城里游行的消息，不几天就传到了醴泉县，也传到了下北镇李鬼的耳朵。

李鬼听到这消息后，先是惊讶了半天，一时就有些糊涂起来。他坐在龙圈椅子上，仔细地对过往的事情进行了梳理。想着想着，把前后的事情往一起一连接，"哎呀"了一声，在自己的脸上拍了一把，自言自语道："哎呀呀，这个狗日的刘法胜，耍了那个陈野狐，还躲在背后，拿我李鬼当枪使！"

"哈哈，这事要是不败露，自己一辈子都被蒙在了鼓里。"

"好你个刘法胜，勾结外人盗卖石马！"

"可是，这狗日的把石马卖给谁了呢？"李鬼在院子里转来转去思前想后，他又联想起了刘干的死，直直地站在那里望着天上，突然，他恍然大悟地又在自己脸上那块黑皮上狠劲拍了一把，大声地说道："对，上一次石马被盗，百分之八十也是这人设下的圈套，把刘干当枪使，事情败露了，就把刘干拿枪打了！哈哈，还让你李爷跑到西嘴坪村去抢劫，给你打掩护，把大嘴的命也搭上了！"

"这一次，我的角色就是上一次刘干的角色！"

"哈哈哈！"李鬼笑出了声。

"你到现在还以为我是当年跪在你面前的那个毛孩子？"李鬼用手指着叱干里的方向说。

"哼,你这前前后后得了多少银圆?"

"哼,你算计得也太周全了,想得也太美了!"

"哼,你是不是太精明了?太自以为是了?"

"哈哈,天底下就你个狗日的精?整天骑着个黑骡子,嘴里噙着个玉石嘴烟锅,摇头晃脑的,爷的眼里早就往外冒气呢!"

"哼,我叫你个狗日的能算计!我叫你个狗日的会精明!我叫你个狗日的把爷当枪使!"

"爷早就不想在这下北镇待了,早就想挪一挪窝呢。"

李鬼的嘴边冒出了几丝冷笑。

李鬼突然对着院子喊:"集合!"

转眼,近二百号人马齐刷刷站了一院子。

李鬼大声说道:"今天杀猪宰羊,喝酒吃肉,明天叱干里!"

李鬼的人马赶到叱干里的时候,已经是第二天中午。

刘法胜自从醴泉县署的黄团总和陈野狐带着人马失望地离开后,就一直沉浸在沾沾自喜的情绪中。他一高兴,就请来了戏班子,要在叱干里的戏楼里接连唱三天大戏。唱戏的第二天,叱干里恰好逢集,刘法胜心情就特别好。他让团丁把圈椅搬到戏楼底下,自己坐在戏楼下的正中央,手里握着长长的带有玉石烟嘴的烟锅,一边吃着烟,一边美滋滋地欣赏着台上的板板腔,还不时想着家中密窖里那些银圆,想着那张还没有兑换的官银票,以及前前后后关于石马的事,竟然忍不住得意地笑出了声。

可是,当他的笑意还没有从脸上完全褪去,李鬼带着几百号人马突然出现了,把整个戏楼给包围起来。

戏楼上下突然安静下来,空气也突然间凝固起来。

刘法胜还没有明白过来,李鬼已经大摇大摆地走到他的跟前说:"刘团长好心情嘛!"

刘法胜感受到了李鬼的异样,赶忙起身。李鬼一点也没有客气,坐在了圈椅上说:"不错嘛,舒服得很嘛!"

刘法胜立即对身边的人说:"回去再给李老弟端一把椅子去。"

李鬼手里提着刘法胜给的一袋银圆说:"认得它吗?"

刘法胜一脸茫然,笑容可掬地说:"老弟有话直说。"

李鬼提着袋子的底端,把银圆哗啦啦地倒了一地。

刘法胜尴尬地笑着。

李鬼冷笑道："你给我们弟兄的银圆，除了那天吃肉喝酒，剩下的都在这里，不过，我想知道，那伙人给了你多少银圆？"

刘法胜的笑僵硬在脸上。

李鬼突然喊了一声："把狗日的给我捆了！"

一边站着的年长的团副欲上前阻拦，被李鬼一枪打了。

台上台下一片混乱，众人哗一下躲得远远的，却不愿意离开，站在远处继续看着热闹——哈哈，狗咬狗了，土匪李鬼竟然要收拾"老虎"刘法胜了！

刘法胜被牢牢实实地捆着跪在地上。

李鬼仍坐在圈椅里大声地说："把这狗日的给我拉到戏楼子上去！"

刘法胜被几个土匪拖抬到了戏楼上。

有土匪捡拾起地上玉石嘴子的长烟锅，递给李鬼。李鬼拿着长烟锅，指着跪在戏楼上的刘法胜大声地问："我问你，刘干是谁打死的？"

刘法胜脸如死灰，头低得快要挨住地。

李鬼又问："昭陵的石马是不是你串通弄走的？"

刘法胜吓得脸色死灰，大气都不敢出。

李鬼再问："前后两次，他们给了你多少银圆？"

李鬼从圈椅里站起身，来到戏楼跟前，手在刘法胜的脸上扇着，之后嘴贴着刘法胜的脸压低了声说："你狗日的上一回拿刘干当枪使，这一回又拿你李爷当枪使！你说，你是不是太精明了，太自以为是了！"

刘法胜少气无力地说："爷，银圆全给你。"

李鬼突然转过身，对周围远远站着的乡民大声说："各位乡民，你们知道昭陵的石马是被谁偷盗走的吗？就是这刘法胜，就是刘法胜勾引外边的人，把昭陵的石马盗走的，还哄骗大家说，是省都督府要把石马运到西安去保护呢。这人该不该杀？"

乡民们早就对刘法胜怀恨在心，听李鬼这样一说，连考虑都没有，就一阵高喊："狗日的该杀！杀！杀！"

李鬼转过身，贴着刘法胜的耳朵低声说："爷是土匪，爷知道怎样去取那些银圆！你成天骑着个骡子，嘴里咬着个玉石嘴烟锅，你走吧！"

李鬼说着话一抬手，一枪把刘法胜打倒在戏楼子上……

85

李鬼打死刘法胜之后，立即带着队伍入驻二分团驻地，刘法胜原来的人马，也自然归顺了李鬼。刘法胜开的烟馆，还有那头皮毛像黑绸缎似的骡子，也自然换了主人。

由于李鬼的人马多，原来二分团的驻地就容纳不下，李鬼让人告诉郭老先生，把他家街西的大院腾出来驻兵。郭老先生听后很不情愿，但想来想去还是被迫同意了。

李鬼春风得意，更有了当大土匪大司令的想法。他把队伍分为三个大队，任命了三个大队长，自封为司令。从此，他每天也像过去的刘法胜一样，骑着皮毛像黑绸缎子似的骡子，后头跟着三个大队的大队长，在叱干里招摇过市。同时，也开始在乡间催粮要款私摊乱派，招募乡间的地痞混混，进一步扩充自己的实力。

不久，以前在刘法胜手下干过的一个团丁，为了讨好李鬼，就告诉李鬼说，前一阵子，为了运送石马，县署的黄团总曾带人专程到西安领过枪械，不仅有快枪，听说还领回了一挺机枪。李鬼惊奇地问是真是假，手下的人说，这是刘法胜亲口说的。

李鬼只听说过机枪，还从来没有见过，这对他太有吸引力了。从此，他心里就早晚念叨着那挺机枪，想象着有了机枪，自己就更有当大土匪大司令的本钱，就更像是真正的大土匪大司令了。

于是，当秋天来临的时候，他骑着那头黑骡子，带着二百多号人马，浩浩荡荡向醴泉城出发了。来到城门口，值守的团丁突然见来了这么多人马，甚至都不敢多问一句。而李鬼的人也根本没有把几个守城的团丁放在眼里，横冲直撞地进了城门。

李鬼带着人马，径直来到醴泉的县署衙门。城防营的黄团总看见来了这么多人马，头缩得像乌龟。李鬼叫黄团总把人集合在院子，然后问黄团总从省城运回来的快枪和机枪在哪里。黄团总叫团丁把枪拿到院子里，李鬼围着那挺机枪转了几个圈子后，问黄团总咋样使用，黄团总唯唯诺诺说给李鬼听,李鬼随之架起机枪,对着墙头嗒嗒一阵射击,随后,哈哈大笑着对身边的人说:"看看还有什么枪械子弹,都给带上。"

李鬼本来想拿了机枪,就回叱干里,但一个大队长却对李鬼说:"司令,县署衙门到现在还没有知县呢。"

李鬼听后,哈哈一笑说:"马老六的羊肉泡馍味道不错,叫上弟兄们,吃肉去!"

随之,几百号人浩浩荡荡地去了马老六的羊肉泡馍馆。当天,李鬼就坐在县署衙门当起了司令知事,又像在叱干里一样开始征粮派款,招募地痞流氓,扩充队伍。

土匪李鬼盘踞醴泉县城的消息,很快在社会上传开。山民知道后立即把这个情况汇报给了牛团长,牛团长又将此情况汇报给陕西督军陈树藩。

陈树藩要求牛团长带着队伍即日去清剿。

牛团长让队伍拉着一门大炮,在醴泉城外与山民会合。战斗在黎明时候打响。牛团长和山民先叫队伍从北城门偷偷地架梯爬城墙,被守城的土匪发现,顿时枪声大作。李鬼在睡梦中被惊醒,随之带着土匪抬着机枪上城墙,和攻城的队伍展开激战。

机枪居高临下,爬城墙的军士被迫撤退。

牛团长命令大炮轰击城墙,城墙被炸开多处豁口,守城的土匪被炸死多人。山民带领军士再次架梯攻城成功。城门被打开后,骑兵随之进城,与守城的土匪展开巷战。枪声炸弹声喊杀声铺天盖地震耳欲聋,战斗十分惨烈。

李鬼带着土匪抵挡许久,见军士进攻猛烈,遂向西北城门撤退,并派土匪爬上房顶,把机枪架在房顶上进行阻击。军士猝不及防慌忙急撤。牛团长因为冲锋在先,被枪弹击中,从马背上摔了下来。

山民杀红了眼,待队伍稳住阵脚,再次以大炮轰击房顶,消灭屋顶土匪后,在机枪的掩护下,带领骑兵向西北门冲击。李鬼等少数土匪已撤出城门,山民带队伍驰马追击,出城门不远,山民被冷枪打中。军士们喊杀连天,乘胜追击。追过望乾桥不远,把土匪团团包围。土匪见逃跑无望,纷纷缴枪投降。军士们气恨难消,把李鬼、张宝等土匪围在河滩上,大刀砍头,无人幸免。

中午,山花感到心慌意乱,却说不清原因,就一个人到大路上去转。见到山口村里有人说:"县城那边打仗呢,机枪响个不停,还有大炮往城墙上轰呢。"山花惊奇地问:"你听谁说的?"那人说:"刚从县城那边过来的人说的。"山花又问："谁和谁打仗？"那人说："是独臂英雄带着队伍和李鬼那伙土匪在打仗。"山花不再多问，一转身，去了李老伯那里，骑上骡子一路向县城赶去。

山花赶到县城的时候，战斗已经结束。城门下有乡民赶着牛车，或推着独轮车向城外走，车上躺着牺牲的军士还有死去的土匪。那些人一概脸色土灰，全身血迹斑斑。山花站在城门边，呆呆地看着乡民们拉着或推着那些死去的人，向城外泥河沟岸边的撂荒地那边走去……

山花拉着骡子往城里走。她一边走一边打听队伍的情况。有人告诉她说，队伍都在建巷小学里。

她来到了建巷小学，军士们包括受伤的人都在这里。罗校长一看见山花，就泪流满面。

山花已经有一个预感，她不敢问，却又不能不问。

罗校长一边落泪一边说："山民牺牲了。"

山花突然感到天旋地转，坐在地上泪水哗哗地往下流。

稍后，山花终于放声痛哭起来。

山花问罗校长："山民人呢？"

罗校长说："已经被运走了。"

山花站起身，一手牵着骡子，一边哭着一边出了小学的门。

她来到泥河沟岸那块撂荒地边，大家正在安葬死者。山花坐在荒草里，又一次号啕大哭起来……

这一次，死在西北门河滩上的那些土匪，就地被掩埋在一边的土梁上。在城里牺牲的人，无论是军士还是土匪，都像从前革命军与白朗军打仗时死去的那些人一样，被安葬在了泥河沟岸边那块撂荒地里。也与从前一样，没有棺木，没有墓碑。许多女人跪在荒草里，化纸焚香祈祷。民间艺人们，站在撂荒地边的泥河沟岸上，一遍又一遍吹奏着唢呐曲《祭灵》，向那些亡灵致哀，祈祷天下太平，国泰民安。

雷恒民又一次受伤了，他与在这次战斗中受伤的军士一起，在醴泉县进行过简单包扎以后，被马车送往咸阳县。山民生前所在的队伍，由于在这次战事中死伤众多，再没有回小屯渡口，也随团去了咸阳县。

就在队伍离开醴泉后第二天，醴泉城里的人发现大头周四皮脑子出了毛病。他光着脚在街上乱跑，用手在地上抓着乱吃，嘴里还不停地念叨着"黄树螂……黄树螂……"，却没有人知道其中的原因。

与此同时,南北对峙的全国护法战争拉开了战幕。

陕西革命党人受孙中山之命,回陕西组织护法军,开展反对段祺瑞和陈树藩的斗争。各路护法军在鄠县会合后,发布护法讨陈檄文,宣告成立陕西靖国军。从此,陕西靖国军和陈树藩的队伍几乎天天都在打仗,陕西境内战事不断,生灵涂炭,战事前景扑朔迷离。

也是在这一年,俄国的十月革命爆发。

中国革命的前景,依旧是江山万里,风雨飘摇,烽烟四起,路途遥遥。

86

故事讲完了。

最后,还应该说一说昭陵六骏的命运。

"特勒骠""青骓""什伐赤"和"白蹄乌"先被存放在陕西省图书馆东廊,到了1950年,移交给西北历史陈列馆(1955年更名为陕西省博物馆,1991年又更名为西安碑林博物馆)。从此,四骏日日夜夜牵挂起"飒露紫"和"拳毛䯄"的命运,不知道它们去了哪里,同时开始日日夜夜翘首以待,等待着团聚的那一天。

至今,一百多年过去了,四骏与"飒露紫"和"拳毛䯄"仍然是天各一方,刻骨相思,望眼欲穿……

前边已经说过,卢芹斋利用国家动乱军阀混战之机,以自己开设的来远公司的名义,把"飒露紫"和"拳毛䯄"先偷运出北京,再通过海运偷偷地运出国门,运到了美国纽约来远公司的仓库。

他为什么要把"飒露紫"和"拳毛䯄"运到美国?

这就要说一说美国费城的宾夕法尼亚大学。这所大学里有一个著名的博物馆,当时正在进行扩建并增建一个陈列大厅。这个陈列大厅建成以后,里边怎样布展、展出什么,以及揭幕展的筹划等工作,都由博物馆的馆长高登来负责。他决定在揭幕展上,展出来自古老东方中国的艺术。于是,他向全世界各大中国古董商人发出了邀请函,让他们带着自己的宝贝前来参展,同时要求他们对自己带来参展的宝贝进行明码标价,这样,就便于那些参加揭幕展的慈善家们自由地挑选认购，然后捐赠给宾大博物馆。

卢禽哉也是受邀请的人之一。

卢禽哉感觉到这是一次难得的机会，他立即购买了船票，从巴黎来到了美国费城，并立即拜会了高登馆长。两人一见如故，言来语去，谈得十分融洽投机。卢禽哉当即表态，他很高兴与宾大博物馆进行合作，把他从中国盗卖出来的那些绘画、瓷器和雕刻品等艺术品，让宾大博物馆以免费"借展"的方式，在揭幕展上进行展出。

作为回报，高登当即通过照片，认购了卢禽哉已经盗卖出的中国八尊响堂山石像中其中的三尊。与此同时，两个人还一致认为，收集中国的石刻意义非凡，并达成了一种默契，卢禽哉以后有了石雕，都先让高登过目挑选。这也正是卢禽哉要把"飒露紫"和"拳毛䯄"运往美国的原因。

1918年3月的一天，高登在纽约卢禽哉来远公司的仓库里，见到了昭陵两骏，即"飒露紫"和"拳毛䯄"。随后，高兴地致信卢禽哉说："上星期六，您的助手带我参观了大都会仓库，并见到了两尊石马。我十分高兴能见到这样著名的雕刻品，也得知它们在美国已经有了一段时间。我会从博物馆的角度，提出一个最佳的方案，与我的同人商讨购买的可能性。"

1918年4月19日，宾大博物馆董事会会议记录上写道："高登馆长汇报，卢芹斋愿意将来自西安府的两块浮雕免费借展于我馆。"

1918年5月8日，"飒露紫"和"拳毛䯄"从纽约仓库运到费城。就在先一天，来远公司的一名雇员写信给高登说："今日用卡车运出了两块浮雕，计划明日中午到达费城，望一路平安。另随函附上照片二套，我们将石马的碎块一一编号，相信你们在拼合时不会有什么问题。"

没有想到的是，除了宾大博物馆，美国别的博物馆也对"飒露紫"和"拳毛䯄"垂涎三尺，有一所大学博物馆的负责人甚至说，哪怕能购得其中的一尊，哪怕是不带人的那一尊，他们也会感到十分荣幸与满意。

卢禽哉立即把这个消息告诉了高登，高登心急如焚，立即给宾大博物馆董事会的会长写信说："我希望明早就能与您见面，如果您愿意，让其他董事也来参会，一起来商量这一重要事宜……竞争在我的意料之中，却没有想到来的是如此之快……其中的原因之一，是这些浮雕自从7世纪以来，一直出现在历史的记载当中，这足以证明中国人视其为艺术领域内最优秀的作品。它们是非宗教的纯世俗的艺术品，对我馆佛教雕刻收藏，能起到完美的平衡作用。因为中国早期雕刻是宗教的天下，六骏因而成为稀世之宝。这些石刻实在是独特的不朽之作。"

随之,宾大博物馆董事会慎重地讨论了此事,会后,高登立即给卢芹斋写信说:"经董事会批准,一旦资金落实,我们立即购买陈列于本馆的唐太宗两骏,现已批准开始筹集资金。"

其后,由于卢芹斋再次催促购款,宾大博物馆董事会不得不再次召开会议,强调了"无论从艺术还是历史的角度,唐太宗两骏都具有头等的重要性,极力推荐宾大博物馆尽力购买这对石雕"。

之后,高登采取了"缓兵之计",即通过购买卢芹斋手里其他的中国青铜器,以解卢芹斋"燃眉之急",使宾大博物馆终于又争取到了十五个月筹集资金的时间。有几家博物馆,对于唐太宗两骏的渴求甚至高于宾大博物馆,他们对卢芹斋紧追不舍。

尽管这样,后边的故事仍接二连三。到了1920年6月,高登在董事会上特别提请大家注意,一旦期限来临,其他博物馆已经做好了购买两骏的准备。他们现在处于这样的时刻,要么购买,要么眼睁睁看着失去它们。

1920年的12月,两骏购买终于有了进展,有一位叫约翰逊的慈善家愿意慷慨解囊。由此,长达三年购买"飒露紫"和"拳毛䯄"的事宜终于落下帷幕。博物馆把慷慨解囊者约翰逊的名字刻在铜牌上,陈列在"飒露紫"和"拳毛䯄"陈列柜的下方,以告诉众人。

宾大博物馆由此沉浸在获得"飒露紫"和"拳毛䯄"的喜悦当中。

而中国人,为了两骏能回归祖国,开始了漫长的努力。至今,这样的努力仍没有停止……

昭陵六骏——

是战马,是战神!

是历史,是艺术,是神话!

是不朽的灵魂,是精神的记忆!

是中国广袤的大地上最动心最深情最浓墨重彩最非同凡响的点睛之笔!

它们因其非凡的表现手法,卓越的艺术成就,丰富的历史内涵,绝无仅有的代表性,以及凝结在其身上深厚的民族情结,成为千古绝唱!

难以想象,"飒露紫"和"拳毛䯄",历经磨难,被贩卖到异国他乡,两颗"破碎"的心思念祖国,眷恋故土,朝思暮想盼望团圆,该是怎样的日夜煎熬?相思的泪又是怎样的滴答滴答……

后 记

落日圆　渭水长

  昭陵六骏被盗发生在约一百年前,历史记载里只有几句话,要把这几句话写成长篇小说,自然需要很多的虚构,但要虚构,却是要遵循大的时代背景。就是说,不仅要写发生在昭陵六骏身上的故事,还要写发生在它身后的那些故事——有实写的,有虚写的,有近写的,有远写的,有关于石马的,有关于神鹰的,有关于人物的,有关于家国命运的,等等。

  在写作过程中,查考的书目资料主要有:《礼泉县志》《昭陵揽胜》《唐太宗与昭陵》《地名传说》(礼泉王世民)《中华民国大事记》《碑林集刊》(该刊物上发表有周秀琴先生写的《昭陵两骏流失始末》一文)等。在此,一并表达谢意。

  故事说完了,心里的那个坎却还没有过去。从始到终,很多次都忍不住放下手中的笔在想:昭陵六骏对于中国人来说,不仅是历史,是艺术,更是精神上的存在。它们作为一种遗产,作为一种象征,如果至今还耸立在昭陵的祭坛上,那该是多好呀。

  突然又一次想起那首民间的歌谣来:

  哎哟哟——

  落日圆

  渭水长

  人活世上梦一场

眼一挤

腿一蹬

把地顶个土疙瘩

疙瘩大

疙瘩小

疙瘩上面长荒草……

哎哟哟——

落日圆

渭水长

人活世上有说道

眼一挤

腿一蹬

任凭后世说短长

草绿了

草枯了

和你没有干系了……

  是的,人活在世上就是一个过客,没有人能够永远地活在世上,人活过一辈子后,留下来的就是那些过往的故事,就是那坟头上一年又一年的荒草。

  凡事都有一个说法,大到国家,小到一个地方或一个家。你活着的时候,做了什么,没有做什么,是被后世传颂,还是背千古骂名,世人心里都清楚,都会记着的,也会写进书里的。这正像一百年前发生在昭陵六骏身上的故事,一百年后,在县志和各种书里都会看到,还有人据此写成了小说。

  该书名最初是"六骏——一个惜叹百年的故事",后改为"六骏风烟"。是为记。

2016 年 10 月 3 日一稿

2018 年 6 月 8 日定稿